中国微型小说读库

03

中国微型小说学会 编

上海文艺出版社
上海故事会文化传媒有限公司

目录 CONTENT

上 编

3　白家羊肉馆 / 徐全庆

7　补丁 / 张青

11　吃饭 / 非鱼

15　春天的婆婆纳 / 宋梅花

19　存在感 / 孙华

23　大红袄 / 李海燕

28　佛魔 / 海涌

32　父亲与灯笼 / 唐波清

36　红鬃马 / 贺敬涛

40　化蝶 / 王东梅

44　继任者 / 谢松良

47　讲台上的惊喜 / 老牧童

50　界河 / 安晓斯

54　九转大肠 / 张大愚

59　就要你擦鞋 / 谷希

63　看谁先吃到硬币 / 张家坤

66　哭鱼 / 刘泷

70　老师好 / 阎秀丽

74　勒马 / 王光龙

77　鹨哥 / 戴涛

81　麻袋 / 响雷

85　马事 / 李德霞

89　蜜蜂的理想 / 蒋静波

93　模仿 / 顾盛红

96　木棉花落 / 朱洛嬉

99　牛黄 / 杨希清

102　平行线 / 李春华

106　琴痴 / 刘怀远

111　青花如意陶 / 徐建英

115　三小时局长 / 刘贵赓

119　三爷的戏法儿 / 孟真

122　瑟犄 / 奚同发

126　十五个冬笋 / 李学文
130　石头记·老沙头儿 / 高春阳
135　守望者 / 汤斌
140　碗油灯 / 侯发山
143　我是头羊 / 申平
147　响铃面 / 許宗耀
151　小丑 / 冯晴
156　信封里的儿子 / 司玉笙
160　雪里红 / 杨启彦
165　雪夜来客 / 王植
170　砚痴 / 阿英
174　一根牛绳 / 阿木
178　一头走入磨道的驴 / 寇建斌
182　永远的战士 / 赵国洲
186　岳峰 / 范子平
190　掌勺人 / 周福泉
194　种在城里的麦子 / 韦如辉
198　捉迷藏 / 蟠桃叔

下 编

203　昂然有范 / 揭方晓
207　半本书 / 张建春
211　悲伤的白菜 / 李伶伶
215　彼岸花 / 叶征球
219　匾额 / 王琼华
224　穿过花香的火车 / 张洪霞
229　蛋糕 / 高春阳
233　灯光 / 秦俑
237　钓 / 邓力
241　伏笔 / 王生文
245　挂账 / 唐凤
249　胡服骑射 / 郑俊甫
253　家里来了个锔锅匠 / 张志明
259　尖伤 / 刘正权
263　金雕的礼物 / 申平
268　金马驹 / 于博

目录 CONTENT

- 272　客串 / 谢志强
- 276　老金 / 张琳
- 279　烙花之许 / 顾文显
- 284　礼谏 / 刘浪
- 288　领作 / 徐向林
- 292　流量制造 / 张甫军
- 296　流远的徒河 / 李海燕
- 300　母亲的灯 / 马新亭
- 304　你想变成人吗 / 凤凰
- 308　叛徒老丁 / 袁作军
- 312　庖丁解牛 / 胡炎
- 316　色痴 / 阿英
- 321　时光窃贼 / 迁夫子
- 325　蒜棋 / 相裕亭
- 329　遂昌街 / 戴涛
- 333　天酿 / 方冠晴
- 337　跳饭 / 曾颖
- 341　我不是一条鱼 / 非鱼
- 345　消失的木匠 / 韦如辉
- 349　小蒜煎饼 / 王苟
- 354　小巷连理枝 / 刘建超
- 358　写牌匾 / 刘怀远
- 363　信任 / 陈淮贵
- 368　许不完的愿望 / 吕啸天
- 372　玄关 / 欧阳华丽
- 376　雁奴 / 蒋玉良
- 381　1970年的酒 / 郑玉超
- 386　意外事故 / 邢庆杰
- 391　月光 / 苏三皮
- 395　再见鹊桥 / 刘凤琼
- 399　粘住 / 李晓
- 403　张自在听戏 / 周国华
- 407　长眼睛的手 / 尹小华
- 410　中国人的情人节 / 尹全生

上编

白家羊肉馆

◎ 徐全庆

徐全庆 笔名双旗、席双旗等，在国内外数百种报刊发表过作品，入选中考语文试卷和百余种选本，多次在全国各级文学大赛中获奖。著有微型小说集《绝对机密》等。

　　与朋友去六安旅游，中午在叶集吃饭。自然要吃羊肉，叶集羊肉闻名遐迩嘛。

　　进了一家"小冯羊肉"馆。看招牌我们以为店主人很年轻，进了店才知道是个中年人，一张脸像山羊一样，温和。

　　因为过了饭点，店里已没有什么人。

　　菜很快上来了。我们一边感叹羊肉味道的独特，一边争相显摆着头脑中不多的关于叶集羊肉的知识，仿佛每个人都与叶集羊肉有着很深的渊源似的。

　　店主人端来一盘花生米配萝卜芽，说是送我们的。又问，听你们讲话，对叶集羊肉都很了解，可你们知道叶集谁家的羊肉最好吃吗？

虽然我不知道,但我想我知道店主人想要什么,于是说,肯定是你"小冯羊肉"了。大家都笑起来,善意中夹着些许嘲讽。

不,是白家羊肉馆。店主人说,郑重得像对全世界宣布重大决定。

这个答案出乎我们所有人的意料,大家都疑惑地看着店主人。

至少在我心中是这样。事实上,在叶集羊肉美食大赛中夺冠最多的也是白家羊肉馆。这样说时,店主人纯净水般的眼睛回应着我们的目光,我从中看到了纯粹的真诚。

我们中一个人说道,我朋友曾经给我送过真空包装的叶集羊肉,就是白家羊肉,烧出来味道还不如你这个呢。

店主人笑了,一样的羊肉还要看谁烧,白师傅烧的肯定比我这儿好吃。我还是他教的呢。

他一定有什么特殊秘方吧?我问。

没有,店主人说,叶集羊肉的制作方法是公开的,关键是功夫。白师傅做羊肉下的功夫比别人足。

我来了兴趣,拉过一把椅子,请他坐下,示意他继续说。

买羊,白师傅只买本地散养的湾羊,圈养的不要,更不要说外地的。羊的大小也有讲究,只要四十斤的。简直是选模特。立冬后宰羊,剥去羊皮,开膛破肚,去掉羊头和内脏,把羊的身体尽可能撑开,置于阴凉通风处晾干。羊大腿等肉多的地方,用刀划开。这样做是为了让羊肉尽快风干,防止变味。别人只是随便划几刀,白师傅不,划开的厚薄一样,仿佛拿尺子量的。

风干好的羊肉,或做手撕羊肉,或用于红烧。白师傅只做红烧。

先把羊肉切成小块，用温水浸泡半个小时。然后焯水，进一步去除膻味，让肉质更加松软。再放入葱姜酱油，文火慢炒至三成熟，然后加水慢炖一个半小时。白师傅火候掌握得极好，做出的羊肉松软却耐嚼，深得顾客喜爱。

也有人不喜欢他。有一天，白家羊肉馆对面新开了一家餐馆，"百家羊肉馆"，那招牌，简直和"白家羊肉馆"一模一样。这分明是商标侵权，白师傅自然很生气，要找"百家羊肉馆"讨个说法。但他没有亲自去，他们两家有点矛盾，很久都不说话了。他找了个中间人。

中间人很快回话，说对方不愿意改招牌。中间人愤愤地说，干脆，我们联合大家，把他赶出叶集。

白师傅摇摇头，说，算了。

两家羊肉馆就这样隔街相望。白家羊肉馆每天人满满的，甚至要排队。百家羊肉馆却门可罗雀，偶尔有人去，也多是外地人。白师傅看了自然喜欢，心中盼着百家羊肉馆早日关门。但百家羊肉馆却一直坚持着，每天总有几个外地人去吃饭，只是进去时满脸期待，出来时总是一脸失望。白师傅看了，忧心忡忡。

一天午后，大家都收了生意，白师傅走进了百家羊肉馆。百家羊肉馆的老板盯着白师傅，戒备且紧张。白师傅指着他店门口挂着的风干羊肉对他说，这些羊肉你不要卖了。语气温和但坚定。百家羊肉馆的老板就握紧了拳头。白师傅接着说，你如果还想卖，先从我那儿匀点儿羊肉过来。你这羊肉，不是本地湾羊，又太肥大，没有风干好，这会影响叶集羊肉的声誉。

这时，又有人进店，店主人慌忙起身招呼。我们期待店主人早点忙完，继续给我们讲剩下的故事，可店主人却一直在忙。

我们怅然离开。走出餐馆，一抬头，我发现，街对面一家羊肉馆，蓝底金边招牌上赫然写着五个大字："白家羊肉馆"。我又回过头看，它的对面只有"小冯羊肉"一家羊肉馆。

张 青 现居广东东莞,中学高级教师,中国微型小说学会会员,广东省小小说学会理事。作品散见于《芳草》《微型小说选刊》《微型小说月报》《百花园》《天池小小说》《小说月刊》《小小说月刊》等。

补丁

◎ 张青

慕云镇坐落在长江腹地,巫峡峡口,地处川鄂交界处。小镇依山傍水,青砖黛瓦,屋舍错落。山腰一条扁担街与江面平行,横贯全镇。

慕云镇虽小,却是个水码头,江上24小时行船。

小镇毗邻昭君故里,许是汲取了三峡山水之灵气,镇上的女子,个个出落得俊俏水灵。有歌谣为证:慕云的女子一枝花,朝云的女子也不差,柏云的女子矮蹋蹋,松云的女子姜疙瘩。

碧桃便是这慕云一枝花,眼界高,心眼活,主意大,刚满二十,就自作主张嫁给了远航船员游小川。碧桃妈忍不住唠叨:"苕女子,船员一年到头不着屋,以后有你苦日子过!"

可碧桃觉得很浪漫。碧桃在电影院做售票员,整天看电影,看《等到满山红叶时》，看《巴山夜雨》，她觉得世界上最浪漫的事都发生在三峡，发生在江轮上。

新婚燕尔，小川带碧桃到上海去玩。小川跑武汉到上海的货轮，货轮的甲板非常宽敞，夜晚，两人躺在甲板上，看夜空里的繁星，看江水暗流汹涌，看江上零星的渔火，看黑夜中倏忽远逝的城市灯光……江风扑面而来，羽毛一般轻扫他们年轻的肌肤。碧桃的每一个毛孔都打开了，每一个细胞都膨胀了，天地之间，好像只剩下小川和自己。

到了上海，小川带碧桃逛外滩，逛城隍庙，逛南京路，买大白兔奶糖，买友谊雪花膏，买红灯牌收音机。在南京路百货商店，碧桃相中了一条湖绿色百褶裙，裙子穿在碧桃身上，宛如风摆荷叶，袅袅婷婷。

这个月夜的美好，碧桃将它珍藏在心窝里，这是她的蜜罐，她时不时舔舐一下，甜得要笑出来。

小川跑船的日子，碧桃一个人住在航运公司的宿舍里。这间房是他俩的婚房，他俩在房顶和四壁糊上了报纸，打了时兴的家具。白天，她独自在小街窄巷里游走闲逛，眼睛长在额头上，基本不看人；夜晚，她织着毛衣，钩着桌布，听着收音机里的流行音乐，想象小川的船到了哪里，小川在干什么，一天的日子就这样打发了。

轮到休假的那两个月，小川便整天跟碧桃腻在一起，白天买菜做饭，夜晚轧马路看电影。碧桃下班回家，家里的五斗柜穿衣柜写字台甚至床，时不时会转个方位，好像一个全新的家。碧桃用手指头戳戳小川的胸，笑着说："你到底有多少力气使不完？"

这样甜蜜的日子过了三年。三年后，碧桃的蜜罐见底了，蜜罐的甜似乎抵御不了小川不在家的寂寞之苦，碧桃好像有点明白妈妈的话了。

这一年的梅雨季节特别长，梅雨淅淅沥沥下了一个月。小镇成天云遮雾罩，洗过的衣服，总是晾不干，连一向心情敞亮的碧桃的心里，也湿得长出蘑菇了。

入夜，碧桃熄了灯，将收音机音量调小，闭眼躺在床上。细雨敲窗，杜鹃鸟空灵的叫声从屋顶掠过，一声声归向远山；江上的轮船拉着悠长的汽笛，船头的光，晃到了碧桃的窗帘。碧桃的心，也像窗帘一样，飘飘忽忽地没了着落。

第二天，豆子来给碧桃送米，看到碧桃房顶的报纸脱落了，就说："今年雨水多潮气大，我晚上来帮你糊报纸吧。"豆子是小川的发小，受小川之托，平时帮忙照应碧桃，做些买米买煤的重活。

晚上，碧桃事先点燃一盘熏香去除潮味。豆子带来了人字梯，碧桃在下面刷浆糊递报纸，豆子接过去，用耙子和小笤帚把报纸糊上顶棚。二人配合默契，收音机里播着欢快的歌，碧桃的心情畅快极了！

干完活，碧桃请豆子去巷子口吃羊杂汤锅。她洗了把脸，换上好久没穿的百褶裙，一步三摇。远远就看见红红的泥火炉，热腾腾的汤锅冒着蒸汽，两人跟江边背夫一样，一瓶包谷酒就着一海碗红汤羊杂，边吃边聊，酣畅淋漓。

夜深了，豆子送脚步跄跄的碧桃回家。碧桃刚开锁，豆子就从背后把她抱住了。碧桃无声地挣扎，可是她面红心跳，四肢酥软。

两人纠缠着、裹挟着，在黑暗中，一步步靠近床沿。

突然，一股浓烈的焦糊味传来，碧桃低头一看，百褶裙被熏香点燃了。豆子说了声"对不起"，落荒而逃。

小川回家的当天，就拉碧桃要去看电影，他打开衣柜，拿出湖绿色百褶裙要碧桃换上。

看见裙子上烧糊的破洞，碧桃的眼泪哗哗淌了下来，她觉得自己的生活就像这条裙子一样，破了个洞，再也回不去了。

小川吓坏了，他一再保证，下次去上海给碧桃买一条一模一样的裙子。

整整一个月，碧桃心神不宁，寝食难安。小川偷瞄碧桃的脸色，手足无措。面对小川江水一样湿漉漉的眼睛，碧桃每次都有坦白的冲动。

临走前夜，小川要碧桃闭眼，他要送碧桃一个惊喜。睁开眼，碧桃的眼前还是那条湖绿色百褶裙，裙子左下角，缝缀着一片嫩绿色荷叶。补丁打得天衣无缝，与其说是补丁，倒不如说是锦上添花。

碧桃一头扎进小川怀里，眼泪糊了她的脸。

"我手艺怎么样？"小川悄声问。

"小川，小川，你手太巧了。"碧桃喃喃细语。

第二天清早，碧桃送小川上船，穿上了打着补丁的百褶裙。江风徐来，一叶清荷，满池涟漪。

天，终于放晴了。

非 鱼

河南三门峡人，中国作家协会会员，河南省小小说学会副会长，曾获莽原文学奖、首届河南文学期刊奖。出版有小说集《一念之间》《来不及相爱》《追风的人》《尽妖娆》等。有作品被翻译成英文、日文、西班牙文。

吃饭

◎ 非鱼

很久不联系的小武突然给李胜利打电话：吃个饭吧。

吃饭不是吃饭。李胜利知道，吃的是事，而且小武打电话的事，还不是一般的事，一般的事小武自己就解决了，压根用不着吃饭。

约在星期四晚上六点，御宅。问都有谁，小武还卖关子，说去了就知道了。

于是，从星期二早上接到这个电话开始，李胜利就陷入了纠结之中。

不是特别重要的饭局，没有这么早约的，自己不是饭局的主要人物，也不会提前两天就通知他。他想起之前饭桌上流传的那个笑话：提前几天约饭，是真心实意请你；当天早上约饭，是临时起意；当天下午约饭，你是陪客；快到点约饭，你就是凑桌填空的。很显然，小武不是临时起意，也不是拿李胜利凑桌。

可是，他会有什么事呢？

他们俩是前同事，后来，小武的编制问题一直没解决，就辞职走人了。辞职以后的小武，彻底从大家的视线中消失了。有人说他去广西干传销去了，也有人说他去海南了，还有人说他开了好几家大公司，天天夹着包开着奔驰到处跑，手底下一群业务员，买个鱼缸都要八九万。这些信息都没有得到过证实，因为大家谁都没见过小武本人。

过了好几年，小武突然就出现在大家面前，确实夹着小包，但没有开奔驰。问他在忙乎啥呢，答：瞎混。

瞎混的小武偶尔会喊李胜利他们几个吃个饭，饭桌上男男女女一大群，都是小武的哥和妹，这其中不乏一些重要岗位的重要人物。吃完饭好几天，单位里谈论的话题就是小武：牛逼，人脉广。

人脉资源很广的小武时不时会给李胜利说一点"小事"。这些"小事"常常让他很头疼。他自己工作范围内办不了，还需要打电话找别人，找了别人，就欠人情。小武很懂得这一点，他总会在事成之后，把这些人约到一起，把他的网越织越大。

大概有两三年时间，小武出现在李胜利手机屏幕上的次数比他老婆都多，他是既烦恼，又有点乐在其中。为什么呢？饭桌之上，酒杯之间，他被小武捧得很高：这是我亲哥，我哥可不是一般人。我的事就是我哥的事，我哥的事就是大家的事。谁不给我面子，也不能不给我哥面子。

小武又消失了。等李胜利意识到他好久没有出现在他办公室、没有出现在他手机里时，仔细一算，已经有一两个月了。打他手机，一直是无法接通。

慢慢地，他就把小武忘了，大家也把他忘了。都这么忙，谁会一直惦记着谁呢？

一年多过去，猛一下又接到小武的电话，提前两天约饭，而且还是在御宅，这让李胜利既上头又伤脑。御宅是啥地方？私房菜，主菜据说是佛跳墙，当然李胜利也只是听说过，没去过，更没吃过。

这个飘忽不定的小武，在这个地方请客，会有什么事？

越想越犯嘀咕。星期四晚上的这顿饭，成了李胜利的心事。早知道不答应就好了。

好不容易熬到星期四下午，李胜利在心里盘算了无数遍，最后还是开着他的小破车去了。开车的目的，是不打算喝酒，他怕酒喝到动情处，自己瞎应承能力范围之外的事。

御宅的门脸很小，一不小心就跑过了。两扇对开的老式木门，两只大门环，需要扣门环才有人从里面打开。穿旗袍的服务员领着他，穿过一个长长的过道，似乎进入了另一个院子。院子当中一棵硕大的香樟树，四周一圈两层的小木屋，小武约的是二楼一个房间。

一进门，已经有四五个人在沙发上聊天，小武不在。这就尴尬了，这几个人他都不认识。他装作接电话，重又走出房间，在门口扒拉手机。还好，还有手机。

过了十多分钟，小武终于出现了。拎着两提酒，呼哧带喘。

哥，哥，不好意思，堵车，来晚了。他给李胜利说完，进了房间，又把同样的话给那几个哥说了一遍。

随意坐，随意坐。有人招呼大家落座。可李胜利依然没有看出来谁是主宾，他该坐哪儿。该死的小武。他只能根据年龄大小判断，找了一个不上不下的位置。

酒倒上了，他说不喝，居然也没人劝他，包括小武。

酒一杯一杯在喝，菜一道一道在上，眼前的杯盏换了一个又一个，聊天似乎也没有个主题，东一句西一句，无非股票、基金，大小的八卦新闻。这些，他都不关心。他一直在想，今天为什么吃饭。秘制的私房菜，他吃得并不舒坦，就像等第二只掉下来的鞋一样，一直在等小武的"事"。

没人说事。小武没有，任何人都没有，只有吃饭、喝酒、聊闲篇。李胜利更觉得累，吃得累。

终于结束了。一个一个客人晃荡着走了，李胜利磨蹭到最后，拉住了小武：今儿啥事儿？

没事啊。就想你们了，一起吃个饭。小武把脸凑到他跟前，满嘴酒气，满脸真诚。

真没事？

真没事。吃饭嘛就是吃饭。

那些人都是谁啊？你也不介绍。

你不认识？嗨，我想着你们都熟悉。

他真想踹小武一脚。扭头看看桌上的残羹狼藉，长舒口气，心说：可惜了啊——

春天的婆婆纳

◎ 宋梅花

宋梅花

湖南张家界人,湖南省作家协会会员,中国微型小说学会会员,湖南省张家界市永定区作协副主席。作品散见于《小说选刊》《湖南文学》《天池小小说》《小小说月刊》《微型小说选刊》《张家界日报》等,出版有小说集《茴堤乡逸事》《庸城故事》。

婆婆纳开在三月,紫蓝色的小花儿,像田埂上的星星。

每年的婆婆纳开时,南门口的人都能闻到铜婆煮的果茶香,听说,煮果茶,是铜婆的祖传秘方。

铜婆无儿无女,很勤快,每天清晨提着一对水葫芦去河对岸打水。铜婆顺着岩板儿路,一直走到码头。船工们说,这整个庸城,起得最早的怕是铜婆。

河对岸草滩上有股水,从草根下沁出来,随便嘬一口都是甜的。久而久之,那股水沁出来一个坑,常年不竭,河对岸那些菜农们常排队舀了背回去喝。河这边去背水的也多,坐渡船过河。铜婆每天早上跑几趟。

南门口买果茶的人,都会盯着铜婆那把錾花大铜壶。大铜壶放在两个铁轮的火炉上。铜壶和铜婆有些不相称,铜婆瘦,铜壶圆,铜壶身上錾了许多花花叶叶,壶盖和壶口,分别雕有龙头和龙尾,壶把上还用铜环儿连着一把两根筷子长的小铜棍。喝茶的人说,这果茶果然名不虚传,香,上面还漂着油花花儿。有人猜测,那把大铜壶里肯定有秘密,不然,果茶咋会那么香?铜婆知晓这些话后,丝瓜络样的脸不见任何表情。

有一天,南门口闻不到果茶香,冒热气的大铜壶也没见着,一打听,原来铜婆背水在河边鹅卵石滩崴了脚,出不来,足足两月不见出摊儿。这让喝惯了她煮茶的人怪不自在。那把大壶,那一叠整整齐齐有缺口的茶碗,总让人念想,天天都有人打听着。这时,铜婆却放出话来,要卖大铜壶,不再煮茶卖水。铜婆可能对那把铜壶有感情吧,即使卖,也给铜壶定了个天价,让人听了有些发愣。不出几天,庸城都晓得铜婆要卖壶。

半月过去,铜婆的壶还没卖掉,价格实在是高了,街坊们说着说着都摇头。再过一月,铜婆又放出话来,谁愿意买铜壶,教给煮果茶秘诀。大伙一听又纷纷摇头:"果茶生意是独活儿,是个做得的活儿,但一碗果茶才卖多少钱呢?那铜壶倒像是金壶呢,得赔上大半个家当。不成。不成。"

铜婆的壶,实在太贵了,庸城人议论纷纷,没人敢买铜壶,只能在心里惦记冒着油花花儿的果茶。

有天刚蒙蒙亮,南门口有人起得早,经过铜婆住的巷子时猛然看到那把铜壶放在巷口,便跑进去喊:"铜婆,铜婆,壶不卖了么?又开始煮果茶?"铜婆一听,忙开门出来,两只小脚跑得飞快。

很多天没见,铜婆更瘦了。铜婆跑出巷口,一把抱住那壶,如获至宝:"唉呀我的壶啊!你是跑到哪儿去哒呀……"

原来,铜婆的茶壶被偷走了,崴脚是假。那天她从河边背水回来,壶便不见了,门板上的铁扣绊,被敲掉了。

庸城人笑说,人老成精,那强盗偷走了壶,却无法卖,铜婆替他喊价了,只好乖乖送回来。

庸城人又能喝着铜婆煮的果茶了,但果茶似乎少了香味,和老木叶茶没区别,大伙喝着,又说不出所以然,更奇怪的是,铜婆请南门口苏先生帮写了个招徒启事,铜婆要传茶艺。铜婆收徒只有一个条件:力大能搬壶,会搅茶便可。原来,煮果茶是要搅得好。庸城人说,怪不得好喝。

一月后,河对门一个长得五大三粗黑黑的后生走到铜婆摊前,一来便叩头,要拜师,如铜婆不应就不起来。铜婆一问,是个诚心来学茶的,便收下了。铜婆不用去背水了,那后生是河对门的人,熟门熟路,背水是他的活儿。后生是个孝子,每天帮铜婆做事,要求不高,只每天要两碗果茶带回家给家里老母亲喝。铜婆点头应允,但生意却似乎没以前好,果茶不香了。

庸城人说,果茶不香,铜婆如何要收徒,传不出真艺收徒弟做甚?庸城人说着说着,铜婆便病了,这回是真病。一日,她把后生喊到床前:"想我煮果茶这人间陋活儿,真要学之人寥寥无几,你来学,说明有缘。这果茶如今少了一味,是不能香的了,世上只有一样东西可解这茶的味道,就是铜壶上的那根环棍儿,可惜,当时那茶壶回来之日,便没见了那根铜环棍儿,搅茶棍是个巧活儿,没了这茶棍,茶艺学来何意?你还是回家好好侍候老母亲吧。"后生一听,转身出巷口坐船,跑回家。几天后,气喘吁吁又跑回铜婆面前,手里多了样东西。铜婆一见,眼一亮,静静地说:"果茶又要香了,这不是普通的铜棍,是我爷爷的爷爷当年在几百来种香料里熬制出来的料棍。缺了它,果茶就不叫果茶了。你那时知错退壶,却掉了这根环棍儿。"后生一听,羞愧难当,长跪不起。铜婆又说:"想我煮果茶这人间陋活儿,真要学之人寥寥无几,你来学,说明有缘。这茶壶沉,不是一般人搬得动的。你一来,我便知道是你搬走了铜壶。因为铜壶上那个环棍儿,要取下来才能扣住手搬起铜壶……"

第二日,果茶的香气弥漫了半条南门街。听说,铜婆收的那个徒儿待她如亲娘。庸城人说,是果茶的香气,给铜婆送来了一个儿子养老。

孙 华

中国微型小说学会会员,江苏省公安文联会员,盐城市作家协会小说委员会副主任,在《啄木鸟》《天池小小说》《小说月刊》《金山》《人民公安报》等发表微型小说300多篇,有作品被《作家文摘》《微型小说月报》《微型小说选刊》《小小说选刊》等转载。

存在感

◎ 孙华

孔德卫"砰"地一声关上门,听到老婆子在门里大声问:"你到哪里去?"他理也没理,心里暗自得意,看我回来后,你还整天当我不存在?

走出单元门,孔德卫抬眼看了一下天,太阳明晃晃的,暖融融的,使劲地嗅一口,空气中弥漫着早春的清香,沁人心脾。他觉得自己仿佛也溶化在了空气中。

自从退休后,我不就是一团空气吗?孔德卫想。每天在家里,老婆子自个儿忙自个儿的,买菜择菜、洗衣做饭、打扫卫生、看电视,一天跟他都说不到三句话。甚至刚退休那几天吃饭时,老婆子常常是自个儿装上一碗,"叭嗒叭嗒"地吃起来,就像家里根本就不存在他这个人似的。他不止一次地恼怒地问老伴:"你还当我存在吗？"老婆子憨憨地笑笑说："我已经习惯了一个人吃饭，忘了你已经退休在家了。"细想想，还真是不能怪老婆子，几十年了，自己陪她吃过几次饭？那时的家，只不过是自己的一个旅馆，遇到案子，一个月两个月不着家是常事。

小区的胶囊公园里，几个老头老太太正在打太极拳，一旁的石桌上，住在孔德卫楼下的王老头和另一个老头正在下象棋，旁边围着五六个与他们年纪差不多的人在看。孔德卫经过时，他们连眼皮都没抬一下。这样的事已经不是一次了。以前可不是这样，每当孔德卫夹着包，从他们身旁匆匆而过时，他们总是抢着和他打招呼。"孔大队长，早上好啊！""上班啊，孔大队长。"退休后，孔德卫每次出门路过时，他们都像他不存在，鼻子里连哼都不哼一声。尽管退休了，可也不应当变化这么大啊，还都是老邻居老街坊呢。

那天孔德卫实在憋不住了，拉住正准备从他身旁擦身而过的王老头问："我哪里得罪你们了？"

"没有啊。"王老头一脸的懵然。

"那你们见我咋都像我不存在的样子？"

"你突然不穿警服了，有点不适应了呢。"王老头嗫嚅道。

孔德卫瞅瞅身上的羽绒服，再看看王老头的身上，自己确实跟他们并无区别。松开王老头，孔德卫深深地叹了一口气：咋不穿警服就没有存在感了呢？

今天孔德卫可没工夫叹气，甚至心里还有一丝小小的得意。昨天晚上，他突然接到一条短信，说明天上午十点左右，有两伙人相约在何垛桥斗殴。这条短信是谁发的呢？自己的手机通讯录里肯定没有这个人，不然肯定会显示名字的，看号码似乎又有点熟悉。盯着短信，孔德卫在记忆里搜索了许久，也没想起这个号码是谁的。管他呢，宁可信其有。明天就去何垛桥走一遭，真的有人斗殴，正好显示一下我的存在感，看老婆子和王老头他们还敢当我是一团空气，咋说我也是一个退休的警察呢。想到这些，孔德卫安安稳稳地一觉睡到天亮。

到了何垛桥，果真见到桥沿下站着两拨人，隔着五六米，互相观望着，有几个人还穿着宽大的风衣，应该是有"家伙"藏在里面。孔德卫正犹豫着要不要通知一下派出所时，忽然在右边的一拨人中看到了一张熟悉的面孔。他立即走到那人面前，朗声说道："大船，你出来了啊？"

"托你的福，到山上吃了几年的萝卜干饭，我终于又见天日了。"那个叫大船的人斜着眼，冷冷地说。

"看来狗还是改不了吃屎啊。"

"你不也是一样吗？皮已经脱了，还赶到这里来刷存在感？"大船回敬说。

孔德卫没接他的话，转身对着两拨人说："你们知道大船是怎么进去的吗？就是因为聚众斗殴致人重伤。你们现在走还来得及，不然只有像大船那样，去山上吃萝卜干。"

"老东西，让你来笑话我大哥。"人群中，一个二十岁左右的"愣头青"嘴里骂着，右手从羽绒服袖口里抽出一根甩棍，狠狠地向孔德卫头上砸来。孔德卫站在人堆中，已没有躲开的余地，只好将头一偏，露出肩膀，准备硬生生地扛过这一棍。耳中听到了"咚"

的一声,孔德卫却没感觉到疼,抬头见大船正甩着胳膊。"好小子,这一棍还真不轻,你知道你要打的是谁吗?他是刑警大队的孔神探,你想找死吗?"大船对那个"愣头青"喝斥道。

大船又扭头对旁边的人说:"昨晚我就劝你们不能打,想不到你们今天还是来了。孔老头说的不错,如果你们不想学我,就赶紧散了。要打,也先过了我这一关。"大船说着,一把甩掉外套,往前走了几步,站在了两拨人中间。

沉默了一会,只见这边一拨人中的一个似乎是为头的人说:"看在大哥的面子上,我们撤。"说完,跨上了路边的电瓶车。对面的那拨人中响了一声口哨,一下子也全都散了。

孔德卫从地上拾起外套,待大船穿好,问:"到社区报到没有?"

大船摇摇头:"还没来得及呢。"

"正好我现在有空,陪你到社区和派出所走一趟,顺便帮你落实一下工作。"

"你都退休了,还行吗?"大船笑着说。

"去了就知道了,让我在你面前刷一下存在感。"孔德卫一边掸着大船外套上的灰尘一边说。

走了几步,孔德卫像忽然想起什么似的,停下脚步,问:"昨晚的信息是你发给我的吧?"

"在里面我一直念叨着那个叫我投案自首的手机号码,想不到这么多年,你一直没换,发个短信给你,也是为了刷一下存在感啊。"大船说。

李海燕

中国微型小说学会会员，中国作家协会会员。作品散见于《作品》《安徽文学》《当代人》《海燕》《金山》等。有作品被《小说选刊》《作家文摘》《微型小说选刊》《小小说选刊》《微型小说月报》等转载。

大红袄

◎ 李海燕

奶奶并不看两人的脸，只说了一句，回来了。其实奶奶不用看，也知道两人脸上的憔悴和疲惫。

昨天，小远爸打电话来，妈，小远只是受了伤，已经无大碍，我和小远他妈明天回去。奶奶就明白他们打算瞒着她了。

两个人疲惫地坐了下来，奶奶问了那个姑娘。

你们见着那姑娘了？

见着了。

那么大团长的千金能看上咱家小远？

嗯嗯。儿子儿媳妇一起点头。

奶奶从炕上下来，步子有些蹒跚。她打开柜子，拿出那件大红袄。小远妈用手掩住嘴，眼泪就下来了。小远爸忙上前一步挡在小远妈的前面。

妈，红袄你不是做完了吗，又拿出来做啥？

奶奶说，我把扣重新襻一下，这个没襻好。

原来奶奶襻的是喜字扣。

今年春天小远回家探亲，告诉奶奶，他有女朋友了。奶奶刨根问底，是你们边防站里的女兵吗？小远告诉奶奶，是他军校的同学。你俩相爱吗？小远被奶奶逗笑了，奶奶你也知道相爱呀？咋不知道，奶奶天天看电视，在电视里我还看过你们边防站呢。那你看到我了吗？那倒没有，等你成了英雄，奶奶就能看到你了。

奶奶抱着大红袄回到炕上，开始动手拆那些缝好的襻扣。

那件大红袄，是奶奶为未来的孙媳妇做的。小远妈曾制止过，现在啥样的衣服都有卖的，妈您就别费心了。奶奶固执地说，我做的是我的心意，再说，我的孙媳妇，那天必须穿我做的大红袄拜堂。

大红袄是绸缎面料，缀着本色的小朵玫瑰花，亮闪闪的。

奶奶开始重新襻扣。奶奶拿针的手微微颤抖。

屋子里的空气似乎凝固了，只听见奶奶的针线缝合声。过了好一会儿，小远爸说，妈，不急着做，小远今年结不上婚，他女友小蕊明年才毕业呢。

奶奶头也不抬，做好了放着，我都是土埋脑瓜顶子的人了，万一……

妈，您能活一百岁呢。

又沉默了。

秋风在窗外纺着线，嘤嘤嘤地响。偶尔有一两片树叶刮过来，打在窗玻璃上，又被风旋走了。小远妈站在柜子那儿，看着墙上小远的照片，默默地掉眼泪。

儿子说，妈您歇会儿，睡个午觉，走一个星期了，我去地里看看庄稼啥时候能收。说完上前拉了拉小远妈。小远妈忙说，我也去。

奶奶抬头隔着玻璃窗，看着儿子儿媳的背影，眼泪噼里啪啦地掉了下来，我的小远，我的宝贝孙子，你成了英雄，奶奶在电视里看到你了……老天爷呀，我都七十七岁了，咋不让我替我的小远死呢……你爸妈怕奶奶受不了，瞒着奶奶……他们就你这一个孩子，他们比我还难受啊……

奶奶给大红袄重新襻好了扣，这次襻的是蝴蝶扣，然后整整齐齐地叠好，放进柜子里，在上面落了一把锁。从此，奶奶再也没打开过那只柜子，直到小蕊来。

小蕊来的那天，下着春天的第一场雨。清清瘦瘦的小蕊说她去北京，顺路来看看奶奶。小蕊还说，小远本来也想跟她一起回来的，但因为临时有任务，没回来。

小蕊说得真切，奶奶只好问小远的伤。小蕊说，跟过去一样活蹦乱跳了，就是想奶奶，让我替他抱抱奶奶。小蕊说完，抱住了奶奶。奶奶的眼泪在前面流，小蕊的眼泪在奶奶的身后流，两人松开的时候，又是两张笑脸。

三天的时间，奶奶要小蕊跟她睡，一老一少两个爱着小远的女人，一唠就是大半宿，唠的都是小远。小蕊给奶奶讲她跟小远的相遇，从相知到相爱，说她这辈子就认准小远了。奶奶给小蕊讲小远小时候的事，从孩提时开始讲起，一件件一桩桩，几列火车都装不尽。

三天后，小蕊要走了，奶奶打开那只柜子，拿出那件大红袄，给你做的，试试合身。

小蕊把大红袄穿在身上。

奶奶上前抻抻前襟儿，拽拽后身儿，蛮好看的，喜庆，只可惜有点儿肥了。脱下来吧，以后奶奶给你做件合身的。

小蕊说，奶奶，我喜欢，给我吧。

小蕊抱着那件大红袄在前面走，小远爸妈和奶奶在后边送。出了村口，奶奶说她要单独送送小蕊。

小蕊挽着奶奶，两人慢慢地向前走着。走到村前那条小河边，小蕊说，奶奶回去吧。

奶奶说，我送你过河，再来就不容易了。

小蕊说，以后我会跟小远常来看奶奶的。

奶奶攥着小蕊的手，两人过了河。奶奶说，走吧，孩子，过了前面那道坡，就是大道了。

小蕊上前抱住了奶奶，奶奶，我走了，您多保重。小蕊的眼眶再也关不住汹涌而至的泪水。她转身快步走去，不再回头看奶奶。

小蕊——小蕊——

奶奶追了过来，小蕊站定。奶奶说，红袄还给奶奶吧，袄太肥，你太瘦，穿着累。

小蕊说，奶奶，我回去好好吃饭，袄就不肥了。

不给了，不给了。奶奶坚持要回了大红袄。

春风带着一股春天才有的湿润，从南边吹过来，吹湿了奶奶的眼睛。奶奶突然说，奶奶知道小远已经不在了，这么好的姑娘，怪就怪我家小远没福气啊。奶奶哽咽了。

小蕊憋着眼泪，一个劲儿地摇头。

孩子，小远现在是英雄，你别告诉别人你跟他好过，找个好人家嫁了吧。

三天来，小蕊终于在奶奶的面前哭出了声音。

佛魔

◎ 海涌

海涌
原名洪海勇。1977年生于辽宁辽阳。文学作品在《红豆》《小小说月刊》《天池小小说》《微型小说选刊》《微型小说月报》等发表。小说荣获第二十届中国微型小说年度奖(2021)、第二十一届中国微型小说年度奖(2022)提名。

关东山下有一座元塔镇。

镇上无寺无庙,却有一座建于元代的砖塔,塔下端坐着一尊药师铜佛,佛爷手托宝塔,闭目沉思。佛爷什么都看得见,又视而不见。

这一塔一佛虽无来由,也无寺院僧侣,却是所有元塔镇人心中的敬畏,香火供奉,殷勤打扫。

可有时佛前的供果总被人偷走,换了萝卜白菜或是石头,香烛也换成了草根枯枝。镇上人都知道是谁干的,除了乌老爷子的养子,谁又能做出这般手脚。

现如今康德皇帝在关东登基,乌家日子虽是过得不如前朝那样风光了,可祖上留下的地皮瓦片终究还是有些的,靠着租赁过活,也能衣食无忧,算是元塔镇的首富了。

乌老爷子本就是千顷独苗，娶妻多年也不见子嗣。又先后纳了两个偏房，数年过去，依旧是膝下冷清，毫无起色。

最终乌老爷子已然是弹尽粮绝，只得偃旗收兵，刀枪入库。可还是心有不甘，最终托人抱养了一个男婴，只为了将来支撑门户。

虽是男丁，可终究没有贵族的血统，渐渐长大了，给人的感觉是一身的市井气。

爬上索伦杆子，偷了上面喂乌鸦的肉，换了耗夹子。教书先生不是被他摔了眼镜，就是扔了拐棍。

镇上人背后都叫他乌二愣子。

乌二愣子成年后，也不见收敛，淘气耍钱，输打赢要。吃酒带醉，掀桌子砸场子更是常有的。

乌老爷子也任由这厮如此混蹦乱踹，有吃了亏的找上门来，乌老爷子就让人给些银元，赔些客气的道歉话儿，打发了事。人们都说乌家老爷子善。

乌二愣子虽是人们眼中的恶人，可也不见他欺负过穷人，遇到外乡讨饭的，乌二愣子总是远远地甩过去几个大子儿。看到冬天在路边的倒卧，乌二愣子也叫人拿席子卷了，到镇外的山上草草挖个坑埋了。

镇上的人都摸不清这乌家少爷亦正亦邪的脾气，也没人敢和他深交。乌二愣子我行我素，满街横晃，镇上玩儿够了就到镇外的山上玩儿。有时候几天不回，回来了家人问其去向也不多说。只说是到朋友那儿住几天。

有时竟然穿戴了外翻毛的皮袄皮帽回来，俨然一副山匪的打扮。那走时的一身锦缎棉袍不见了，水獭帽子也不知了去向。

时间一长便有了闲言，说乌二愣子与镇外的山匪有交往。乌老爷子听了也只是叹气摇头，自顾抽着手中的大烟。

那日，有客来访。乌老爷子摆酒相待，乌家少爷必当作陪。

酒席间客人说，东洋人又开始作妖，相中了元塔镇的铜佛。说是腊月二十三小年儿那天就要请回东瀛供奉。

乌老爷子说，佛像虽无主，可是镇上几代人的信仰。送去了东瀛无外乎往外送了祖宗。

那人说道，现如今连康德皇帝都随着人家摆弄，东洋人想拿什么就跟拿了自己家的一样。

乌二愣子也不敬酒，也不插言，自顾吃喝。

下了席面，乌老爷子与客人厅堂吃茶，难免又是唠些前朝旧事。

乌二愣子换了那一身山匪装束，又是几夜未归。家人习以为常，熟视无睹，任由这个忤逆折腾。

腊月二十三，乌家大院举家祭灶，独不见这大少爷的身影，家丁便街里街外寻找。正遇见东洋兵排着队来拿佛像，家丁也跟了去看个究竟。

到了砖塔下，却不见了佛像，但见乌二愣子端坐在石台上，双掌合十，怒目扬眉。见东洋兵来了，断喝一声开始念白：佛爷在此，尔等还不跪拜。拜完就将爷身请回尔番邦，给你家狼主当祖宗供奉。

家丁赶忙回去报信儿。

东洋人将乌二愣子拿下，脱光了衣服绑在石台上，一桶一桶的往身上浇冷水，逼问铜佛的下落，镇上人陆续赶来观瞧，竟无一人言语。

那乌老爷子奔跑着赶到，顿足捶胸，呼号着让乌二愣子说出铜佛的下落。

乌二愣子哆嗦着，只是冲着面前的人群冷笑。

几声枪响。乌老爷子昏死过去。乌二愣子只说了一句，你姥姥的，便没了动静。

东洋人下令不许收尸。满身血红的乌二愣子硬邦邦的，犹如身披铠甲，端坐在石台上。在夕阳下闪闪发光，真像一尊金刚罗汉。

一连两天竟无人敢动一下尸骨。第三天乌二愣子不见了。也没人问个究竟，毕竟乌老爷子早已吓死在当场。此时的乌家早已是人仰马翻。

没了铜佛的元塔镇还叫元塔镇。可就是少了点魂儿，整个镇子都病歪歪的。

直到东洋兵离开关东那天，镇上的人魂儿都回来了，因为佛爷回来了。

那一天，是一伙山匪模样的人将佛像恭恭敬敬请上石台。又在佛像边上埋下一坛骨灰，立了一块石碑，上面写着：乌立德之墓。还盖了红锦缎。

从此墓中之人和佛爷一起受着镇上人的香火。如此过了二十多年，铜佛被砸毁，砖塔被推平，边上的石碑自然也给平掉了。

可镇子上至今还有人说着乌二愣子和佛爷的事儿。有人说乌二愣子是佛，有人说是魔。是佛是魔，肉眼凡胎的人一时间又怎么能分得清呢？

父亲与灯笼

◎ 唐波清

唐波清 湖南常德人。中国微型小说学会会员,湖南省作家协会会员。已出版《花痴》《两颗香椿树》《轮回》《父亲与经济学》等12部作品。在《小说选刊》等发表微小说500余篇。微小说作品多次荣获全国大奖。

父亲为灯笼而生,为灯笼而死,一辈子为灯笼活着。

花市灯如昼。1937年元宵节,在挂满灯笼的夜晚,父亲伴着喜庆和团圆降临这个世界。父亲呱呱落地的时候,爷爷正在堂屋里头扎灯笼。奶奶说,你给娃取个名儿吧。爷爷脱口而出,就叫"灯笼"。从此,街坊邻居都管父亲叫"灯笼",这个小名儿挺响亮。

父亲七八岁的时候,爷爷就手把手地教他扎灯笼。爷爷说,扎好一个灯笼大致有6道工序:选材备料,扎骨架,糊纸,纸张处理,配色,搭配装饰。

父亲聪明伶俐,他很快就熟记了选材备料的五件事儿。一要选好扎骨架用的竹篾、竹皮、竹竿。其中竹篾、竹皮要竹节少,无虫蛀,薄厚一致;竹竿要亮洁,无霉变;要将粗竹篾、竹皮、竹竿用尖刀拉划成细竹蔑。二要选好麻纸，韧性好，拉力强。要将麻纸裁成5公分宽、15到20公分长的窄条，用于连接骨架的各个接头。三要选好白纸，最好选择35克普通白纸。四要选好油光纸，皱纹纸和普通纸。五要选好油漆，大多用红、黄、绿三种颜色。

转眼，父亲变成小伙子。子承父业，青出于蓝而胜于蓝，父亲的手艺精湛，他是十里八乡有名的灯笼匠。父亲起早贪黑，灯笼装满几间屋子。譬如有石榴灯，两个石榴连体开着，灯嘴有八个瓣，有十二片叶子。乡里人讲究，过年过节，娘家人给新婚女儿送石榴灯，希望女儿早生贵子，多子多福。譬如有莲花灯，灯的下部是莲藕，莲头满满实实，莲尾飘飘扬扬，寓意后继有人；莲藕有莲头、莲身、莲尾，象征有头有尾。譬如有赏玩灯，十二生肖，栩栩如生，大花灯可做成好几米高，小花灯可放在手里把玩。

父亲的得意之作，就是那盏大红大紫的石榴灯。有事没事，父亲总要久久地观赏它。

父亲有了家，有了母亲，有了我。母亲说，你给娃取个名儿吧。父亲脱口而出，就叫"大灯笼"。

父亲没日没夜地扎灯笼，就想让一家人的日子过得有滋有味。那年，父亲上山砍竹子，被一条毒蛇咬伤，险些丢了性命。父亲的腿肿胀得如同象腿一般粗细，他在竹椅上一躺就是两个月，他斜躺着吃力地扎灯笼，他不能也不敢停下来，一家人好几张嘴等着吃饭呢。

父亲的腿伤留下后遗症。从此，父亲走路，左瘸右拐。

父亲的小名儿叫灯笼，我叫大灯笼，灯笼便教大灯笼扎灯笼。

父亲说，扎灯笼最费时间的环节就是扎骨架、糊纸和纸张处理。譬如扎骨架。根据所要扎制的对象，构思，下料，大的花灯分两次完成。先扎出大概轮廓的骨架，再小心扎填细微部分。扎小的花灯一次就可以完成。譬如糊纸。在两个骨架的竹篾子之间，要撕成与空间大小相当的纸，用毛笔刷上浆糊，粘牢，裱糊。譬如纸张处理。这是关键一环。要将密制配方用毛笔涂湿整个灯面，涂完之后，晾晒，整个灯体，方显丰满。

我一边念书，一边学扎灯笼。十几岁时，我扎的灯笼几乎可以和父亲媲美。父亲满意地笑了。其实，父亲的心里还装着一个梦想，他就指望我考上大学。

1977年恢复高考。父亲挑着一担灯笼，左瘸右拐，在县城的考场附近叫卖；我冷静地坐在考场内答题，我写的作文叫《父亲与灯笼》。祖坟冒青烟，我收到了大学录取通知书，父亲看起来比我更高兴。1978年春天，父亲挑着一担灯笼，左瘸右拐，一直送我到车站。父亲远远地望着，直到客车慢慢模糊。父亲的眼里似乎跳动着我走进大学校门的画面。

父亲没日没夜地扎灯笼，卖灯笼，一门心思就想供我好好上大学。大一那年的秋天，原本是收获的季节，可父亲却在砍竹子的山上滚落悬崖。父亲捡回了一条命，他瘫痪了，他只能坐轮椅。

轮椅上的父亲，依然倔强地扎灯笼。

大学毕业，我主动申请回到乡中学教书，我要照顾轮椅上的父亲。我成了家，有了老婆，有了孩子。老婆说，你给娃取个名儿吧。我脱口而出，就叫"小灯笼"。

小灯笼长得快,天天推着父亲的轮椅转圈。

轮椅上的父亲,手把手地教小灯笼扎灯笼。父亲对小灯笼说,扎灯笼最出彩的工序就是配色和搭配装饰。先说配色。上色分单色和复色两种,民间流行的石榴灯、莲花灯一般为单色,现实的、写实的一般为复色,有颜色过渡,譬如动物灯、造型灯。再说搭配装饰。提前设计好各种花瓣和剪纸图案,装饰要灵动,搭配要巧妙。不折不扣地完成六道工序,一只完美的灯笼终于诞生。从此,灯笼就有了生命,它会挂在人间,飘向天堂。

小灯笼在父亲扎的灯笼中长大。小灯笼大学毕业以后,他把各式各样、五颜六色的灯笼拍成照片,挂在网上,订单如雪花般飘来,忙得轮椅上的父亲不亦乐乎。

2021年的春天,84岁的父亲一病不起,卧床两个月。奄奄一息,父亲十几天没吃没喝,居然也没咽下最后一口气。街坊邻居很诧异,家里人也很诧异。

小灯笼钻进后院的杂屋子,终于找到了那盏大红大紫的石榴灯。小灯笼将石榴灯挂在父亲的床头,点燃蜡烛,石榴灯闪动的光亮,映照得父亲红光满面。

父亲含着笑,黄浊的眼珠子不再转动……

红鬃马

◎ 贺敬涛

贺敬涛

中国报告文学学会会员、中国散文学会会员、河南省作家协会会员。作品散见《山东文学》《安徽文学》《佛山文艺》《小小说月刊》等,多篇被《小小说选刊》《微型小说选刊》《作家文摘》等转载,入选数十种年度选本、中学生教辅、试卷。出版有作品集《美丽如花》。

壮硕紧实的肌肉如同雕刻般凸起,油亮血红的毛发像披了鲜红的毯子,高高扬起的鬃毛迎风飘动,粗大的鼻孔猛烈地喷着白气,由于连续地奔跑,渗出的汗水闪耀着红光,像是在流血。

这是一匹纯正的蒙古红鬃马。

红鬃马兀立在队列中间,对面乌泱泱排列着一个日本骑兵中队,装备精良,训练有素。

此刻,凛冽的寒风像一头发怒的野兽,横冲直撞,涤荡着山野,在这荒凉的山谷里,呜咽嘶鸣,鹅毛般的雪花迎面扑来,拍在脸上沙沙地疼。

红鬃马摆动了一下头,两边是14匹八路军骑兵团的战马,"火车头""黑骏马""青花梨"……高扬着头,喷着白气,躁动着,不停地用前蹄刨着脚下的积雪。

红鬃马背上巍然端坐着杨班长，灰布军装整齐地扎进皮带里，乌亮的马枪背在身后，细长的马刀笔直地立在右侧，刀背轻薄，刀刃锋利异常，目光如炬，充满杀气，左手轻抚着红鬃，像每次大战之前一样。

此时，风雪戛然而止。

"老杨同志，这次你的任务，是带领你的骑兵班引开敌人，掩护大部队转移，敌人是一个中队的日本骑兵！"骑兵团周团长脸色铁青，眼睛盯着杨班长，"有问题吗？"

"没问题，保证完成任务！"杨班长挺直了身板，后脚跟猛地一磕，举手行了个军礼。

走出团部，红鬃马正静立在那儿，高扬着头，目视前方，仿佛一百年、一千年，就那样立着，像一尊雕像，左腿上一道5公分的伤疤分外抢眼，那是与日本骑兵激战时挂的彩。

"兄弟，一个中队，交给你了！"杨班长伏在马耳边交代完，像蚱蜢一样飞身上马，一抖马缰，红鬃马一声长啸，飞驰而去。

"唰！"那是向前挥动马刀的声音。

"骑兵团，冲锋！"杨班长的声音炸雷般响起。

战士们高举着马刀，15匹战马像一股巨大的旋风，向小野中队冲去。

狂风骤然猛烈，雪花打着旋地扫向前方，呼啸声、马蹄声、嘶鸣声、马刀碰击声与呻吟声交织在一起，声震山野。

空旷的开阔地上，红鬃马傲然与小野中队对视，雪地上横躺着10多具尸体和马匹，一匹战马吃力地爬起来，又无力地躺在地上，脖子上的血汩汩流了出来。

"对面的骑兵听着，不要作无谓的抵抗，放下马刀，皇军大大优待！"一名日本骑兵喊话。

"骑兵团，冲锋！"杨班长高亢的声音再次响起。

折返时，只有红鬃马立在雪中，左腿被马刀刺中，鲜血顺着腿注入雪中。杨班长左臂也被砍掉了，血流不停，右手的马刀刀刃已卷了口，手哆嗦不止。

"对面的骑兵战士，小野中队长敬你是一名真正的武士，只要放下马刀，皇军大大优待！"

风陡然增大，飞起的雪花飘在杨班长的残臂上，白色雪花瞬间变成了红色羽片，杨班长回望一眼大部队突围方向，仰天大笑，高声呐喊："骑兵团，冲锋！"一抖马缰，冲向日本骑兵。

好大的白绢布啊，就铺在身下，杨班长静静躺在白绢布上，右手举着马刀，斜着身子，嘴巴大张着像在嘶喊，一副冲锋击杀的姿势。身边，立着红鬃马。

一个日本骑兵端起枪。"八嘎！"小野厉声呵责制止。

红鬃马一低头，衔起杨班长衣角，拖曳着向前挪动，一步、两步……雪地上，徐徐铺展开一匹鲜艳的红帛。

雪花又飘了下来，像白色的蝴蝶在红鬃马面前起舞。

"下马！"旷野上响起小野的啸叫。日本兵齐刷刷地下了马，几名士兵恭敬地抬起杨班长，多名士兵在雪地上开始刨土，"咚、咚！"，土太硬了，日本兵轮番刨着。

坑刨好了，日本兵抬起杨班长轻轻放入土坑中，开始封土，红鬃马却衔着杨班长衣角半天不松口……

小野走到坟前，啪，双腿并立，恭恭敬敬地弯腰行礼，身后，整个日本骑兵中队默然肃立。

接下来，红鬃马的举动，令小野一行惊呆了。只见红鬃马绕坟一周，前腿跪下，头深深地偎依在坟土上，眼眶里流出泪水，许久，站起身，回头看了一眼覆满雪花的坟茔，径自踉踉跄跄往远方走去，枯树，原野，大山，白雪，正前方就是百丈悬崖！

风雪猛然增大，风，嘶鸣啸叫，雪，重重拍在马背上，红鬃马吃力地抖擞起身形：那是一匹多么健美的骏马啊，壮硕紧实的肌肉如同雕刻般凸起，油亮血红的毛发像披了鲜红的毯子，高高扬起的鬃毛迎风飘动，粗大的鼻孔猛烈地喷着白气……

红鬃马长啸一声，用尽力气紧走几步，迎着风雪，纵身跳下……

化蝶

◎ 王东梅

王东梅
中国作家协会会员，在《长城》《天津文学》《芒种》《小小说选刊》等多家刊物发表作品，并有多篇作品获奖，著有个人作品集《山坡上有块地》。

老黄的酒量是越来越不行了，才二两酒就醉得东倒西歪。老黄老婆就说了句咋能喝成这样，老黄就恼了。摔了盆砸了碗，还把酒瓶子撞在西墙上。老黄老婆上来拦，老黄一抡胳膊，老婆就栽出去了。栽在了火炉上。炉子上正熬着粥，得亏老黄老婆身子偏了些，没趴到炉子口上。衣角却带倒了粥锅，热粥溅出来，胳膊上就鼓起了好几个大水泡。

老黄老婆知道，老黄一定是心里又憋屈了。

早前老黄可不是这样。跟着他从村里逃出来的时候，老黄虽然瘸着一条腿，可是他把她护在自己的身子底下，像老母鸡护着自己的小鸡崽。老黄说，没有过不去的火焰山。苦日子，熬熬就过去了。可是，苦日子过久了，老黄却把自己熬成了酒鬼。

其实在熬成酒鬼之前，老黄真的不想做酒鬼。

日头又西坠了一寸，树影就又向东扯长了半尺。老黄老婆眼里的泪花渐渐也干了。侧耳听听，老黄的鼾声也没了。听他说今儿傍晚要去材料厂送最后一批货，后天，人家雇的新工人就该来上班了。

唉。

正寻思着要不要叫醒老黄，却见老黄已经站在了门口，怀里还抱着那个暖瓶那么大的水壶。老黄说，走了。蹬上板车就头也不回地走了。老半天了，老黄老婆才想起来，老黄还空着肚子，忙抓起桌上的馒头追了出去。可是，哪里还有老黄的影儿呢。

材料厂就在西河沿的边上，好大一片空场，日日夜夜堆着山一样高的货，老黄说，只要厂里不嫌他腿瘸，他能在这儿干一辈子。厂里没嫌他腿瘸，却嫌他岁数大了。招来一群年轻力壮的小伙子，顶替了老黄他们。

日头把树枝都压弯了，浑黄的光影从歪歪扭扭的枝杈间投下来，山样的货堆下面就有了一片歪歪扭扭的阴影，老黄就在阴影里把一包货往车上搬。细长的身子，弯成了细细的弯钩。

看了许久，老黄老婆也没喊出老黄的名字。临了，把装馒头的袋子压在水壶边，悄没声地走了。

回家的时候天已经大黑了，老黄老婆赶紧洗手做饭，老黄回来一定又是后半夜了，必须进门就让他吃上热乎乎的饭菜。

正做着饭，房东老婆来了。

房东老婆的大肚子先她一步进了门。房东老婆来问老黄老婆一句话，说她快生了，外面的月嫂不放心，老黄老婆手脚利索心又细，她想问她愿不愿意伺候她坐月子。房东老婆还说，工资好说。还说，等出了满月，老黄老婆要是愿意，可以帮她带孩子。

为了照顾瘸腿的老黄，老黄老婆不敢去外面上班，只能去捡些废品贴补家用。帮房东看孩子，又能照顾老黄，又能有份好收入，老黄老婆高兴得都想蹦个高儿。小时候奶奶说穷人家的日子就是猫一天狗一天，只要活着，日子就有孬，也会有好。有好，就有盼。

老黄老婆恨不得马上就把这个好消息告诉老黄，让他也乐呵乐呵。

熬了老黄最爱吃的紫米粥，切了自己亲手腌的小酱萝卜，老黄还没有回来，老黄老婆就去了后院。后院里丝瓜秧肥硕的叶子闪着黑黢黢的光。黑色的光芒里，老黄老婆就摸着了两条肥嘟嘟的长丝瓜。涩涩的味道，在暗夜里诱人地香。

旁边的竹扫帚上又多了三个蚕茧。金黄的蚕茧，像夜晚里的亮晶晶的小星星。

突然，有细细的咔咔的声响，像是谁在努力地咬破什么。寻着声，老黄老婆就看见一只蚕茧在动，声响就是从蚕茧里面发出来的。老黄老婆心头一热，蚕宝宝要变成蛾子飞出来了。

春天的时候老黄老婆把蚕卵拿出来，老黄还笑话她：缝件真丝的褂子不？老黄老婆只抿嘴笑。眼见着蚕宝宝一天天长大，眼见着一个个爬上蚕山不动了，老黄老婆就心心念念地盼着，趴在蚕山边上等。今天，终于等来了。

先是蚕茧头上破开了个小洞，接着，小洞越来越大，就看见了一个黑乎乎的小脑袋。小脑袋左挣右拧正摆出壳，抿在一起的身子和翅膀就又被茧壳卡住了。黑脑袋再扭，壳里的身子也再扭，扭得茧壳也跟着扭。咔咔咔，咔咔咔，咔咔咔。终于，肩膀头出来了，肚子出来了，尾巴也出来了。啪，茧壳被甩到了一边。刚出来的身子还是潮潮的，翅膀紧贴着身子张不开，只一会，潮气散了，翅膀就呼啦啦拍打起来，嗡嗡嗡，嗡嗡嗡，像蝴蝶一样，飞上了天。

一只，两只，三只……

老黄老婆觉着自己的后背也鼓出了一对翅膀，脚跟也轻了，仿佛飞翔的队伍里也有了她。

飞呀，飞呀……

老黄回来的时候果然是后半夜了。老黄累得不想说话，闷着头吃了饭就歪在床上。等老婆刷洗完碗筷，老黄已经睡着了。

夜，静得只剩下一团漆黑。

老黄老婆有一肚子话，想和老黄说。说，说飞，说蝴蝶，说……

突然，一只粗胳膊搭在了老黄老婆的腰上。鼾声依旧，呓语依然，老黄的一只大手兜住了老婆的身子，向自己怀里揽了去。老黄老婆的身子瞬时软了。老黄老婆就软着身子，偎在了老黄怀里。

轰隆，轰隆。

鼾声像是压在山脚下的雷。

轰隆，轰隆。

不知几时，老黄老婆竟也沉沉地睡去了。

继任者

◎ 谢松良

> **谢松良**
> 中国作家协会会员,现居广东东莞,已在《中国作家》《北京文学》《芙蓉》《花城》《时代文学》《飞天》等刊物发表作品,曾获《延河》杂志"2022年最受读者欢迎奖"小说榜优秀奖。

樊家面馆店铺不大,除了卖面条外,还兼卖炒菜、卤菜,以及米酒。因为是小店,没有聘请服务员,七十多岁的老板樊老头和老伴兰姨忙进忙出,整天乐此不疲。

樊老头每天起得早,天微微亮,面馆里便响起锅碗瓢盆的撞击声,或者剁肉砍骨头的声响。我吃过早饭上学,故意绕道经过面馆,总爱在店门口怯生生地往里张望一阵。若是被樊老头看见了,他准会走过来问我:"小孩子不赶紧去上学,在这里逗留个啥?迟到了,小心挨老师的批评。"

"不会的,我走路快。"我低声回他。

去的次数多了后,我便和樊老头熟络起来。有一回,我忍不住问了一件闷在心里很久的事情:"你的生意这么好,一到吃饭时间,店里的客人都挤不下,为何不扩大经营呢?"

樊老头告诉我,做生意铺子大,可能多赚钱,也可能不赚钱;大有大的难处,小有小的好处,小打小闹以一当十,做精做细,说不定小本生意也能做出点名堂。从樊老头的话里,我悟出:做人和开店是一个道理,只有走适合自己的道路才能成功。

我那时正念高中,学习成绩不理想,每次考试一个头两个大,樊老头的话点醒了我。我决心偷师学艺。到了周末,我时常装作无所事事的样子,去樊老头那里凑热闹。客人不多的时候,我站在樊老头一旁问这问那,他的一招一式都逃不过我的眼睛。

终于,给我看出了门道,面条煮得好不好吃,主要是看拌面的臊子,我细细点数,樊老头主要卖以牛肉、肥肠、猪杂、炸酱等为配料的面条,佐料有红油、胡椒粉、花椒、盐巴、猪油、葱花、陈醋、酱油、蒜末、姜水、料酒共十一味,还有两味装在陶罐里,看不见也猜不透。

一个周末,我如期到了店里,兰姨招呼涌入店内的客人落座,收了钱,一一写好单交给樊老头去做。不一会儿,煮好的面条端上来,肥肠、牛肉、精瘦猪肉等臊子,配以芝麻和秘制豆瓣烧制酱料,宛如红玛瑙一样覆盖在面条上,泛着微红的面汤上浮着星点绿色葱花,面条里面再藏上几片翠绿的青菜叶,刚一入口,麻辣鲜香口感直透脏腑,那叫一个香啊!

客人们发自内心地打趣道:"樊老头,你这面条真是人间美味啊!"眼尖的客人看到我在樊老头跟前鞍前马后,就问:"喂,老头,你收徒弟了?"见樊老头不置可否,客人又笑着说:"你也该收个徒弟,要不然,你哪天去了天堂,我们去哪里吃这么好吃的面条呢?"

这时候,樊老头拉着我冲到那位客人面前,歪着脖子红着脸对他说:"你还真说对了,他就是我收的徒弟。"

我生怕樊老头反悔,立马跪下去,给他行拜师礼。樊老头一把扶起我,说,你这个调皮的孩子,也懂这个。然后,樊老头像捡了宝一样,扬声对客人们说:"你们常来帮衬我的生意,我很感激,借收了徒弟的机会,我今天就好好露一手,做两桌下酒的好菜,庆贺一下。"

樊老头炒菜,我在一旁打下手,他悄悄地对我说:"小子,你看好了,我不光面条煮得好,菜烧得更好。"果然,菜一端上桌,就传来一片叫好声,客人说:"樊老头,你这几样菜煎炒烹炸卤炖都全了,味道堪称一绝,神厨啊!"

兰姨在一旁说:"你们今天能尝到我家老头的手艺,全沾我家徒弟的光了。"我心里那叫一个美啊!

我跟樊老头学厨艺的事传到父母的耳朵里,他们不反对也不赞成。拿到高中毕业证后,我干脆搬到樊家面馆去住了,一心一意跟着樊老头学厨艺。

三年后的深秋,樊老头无疾而终。樊老头无儿无女,根据他老人家的遗愿,我成了樊家面馆的新主人。而这时,传来了政府要整体搬迁到樊家面馆对面新楼办公的消息,一些嗅觉灵敏的商人天天来找我们谈面馆出售或转让的事。

面对他们开出的优厚条件,我动了心,劝兰姨将面馆转出去,去其他街道另开一家。一切谈妥,就在我在转让协议上签字时,樊家面馆的木牌突然掉下来,我一惊,手中的笔掉在了地上……

老牧童

原名徐费嘉，皖南泾县人，毕业于安徽师范大学中文系。当过"知青"，做过农民、矿工、教师、媒体人等。诗歌、散文、小说、剧本等散见各报刊，曾获全国性文学大赛奖项十余次，作品被多家报刊转载。

讲台上的惊喜

◎ 老牧童

洪校长六十岁这天，收到了儿子洪钟从深圳寄来的快递。电话里，洪钟说："爸，这是我送你的生日礼物，是个惊喜哦！"

洪校长打开快递盒，揭开衬里，看见了一个古里古怪的东西——像头盔，又像面罩。洪校长在大别山里教了一辈子书，从没见过这个玩意儿。老伴提醒他："儿子和我说，让你明天走上讲台时，把他送的礼物戴在头上，打开开关。"

老校长如今还在教课？不是。现如今，年轻人纷纷离开大山，洪山村小学已经没了学生，今年关校了。学校空了，校产还在，乡教委请退休的洪校长照看一下校舍。洪校长十分乐意。每天，洪校长一早就来到学校，把挂在老槐树上的那口钟敲得"当当"响，山谷里仿佛有了些许人气。巡视完学校，洪校长总会情不自禁地走上讲台,顺手摸起一个粉笔头,不用看黑板,就写下一行端端正正的板书——面向学生,在黑板上"盲写"漂亮的板书,是洪校长几十年教书生涯练就的绝招。然后,洪校长按照记忆开始讲课。洪校长太爱这个讲台,太想念他的学生了!乡亲们看到他对着空教室讲课的情景,怕老校长憋出病来,有人请他打麻将,有人邀他去钓鱼,有人请他到家里喝酒。对于乡亲们的一片好意,洪校长总是笑笑谢绝。老伴也着急,和儿子商量该怎么办,便收到了儿子从深圳寄来的快递。

　　第二天一早,洪校长兴冲冲地来到熟悉的学校,迫不及待地走上讲台,戴上了儿子送的神秘礼物。他按儿子的吩咐摁下开关,很快,奇迹出现了:洪校长眼前不再是空荡荡的教室和满屋子的课桌板凳,而是满满一教室活蹦乱跳的学生!

　　这就是洪钟为父亲准备的惊喜,VR头盔。这种头盔,可以让使用者在虚拟环境中达到身临其境的体验。看到的影像,是洪钟根据以前为父亲拍摄的教学录像设计的。

　　面对"满屋子的学生",洪校长兴奋异常,他抖擞精神,清了清喉咙,说:"同学们,上课了!"教室里顿时安静下来。

　　洪校长精神饱满,一口气讲完了授课内容,他意犹未尽地说:"下面,请第三组第四排右边的同学把今天的课文朗读一遍!"

　　令洪校长万万意料不到的情况出现了:只听教室中有了响动,好像有人挪动桌凳。接着"腾"地站起一个人,大声地按要求朗读起课文来:"悯农,唐,李绅。锄禾日当午,汗滴禾下土⋯⋯"但那声音不是稚嫩的童音,而是沙哑苍老的。

洪校长很诧异，赶忙摘下 VR 头盔。看到眼前的景象，老校长的泪水"刷"地流了下来：教室里不知什么时候坐满了人——全是村里的老头老太，自己的老伴也在。

原来，乡亲们也为老校长准备了惊喜——大伙儿经过商量，决定利用洪山村小学的闲置校舍，办一个"洪山村老年学校"，聘请洪校长担任校长兼教员。

今天一大早，"消息内线"——洪校长的老伴，告诉大家，老校长会戴着一个奇怪的头盔在讲台上讲课。村里的老头老太兴奋地互相招呼，拿起孙子孙女的课本走进学校，就在洪校长在讲台上摇头晃脑、神气活现地讲课时，一个个蹑手蹑脚，悄悄从后门"溜"进了教室。

虚拟的教学景象一下子成了真实的课堂，洪校长看到这恍若梦境的情景热泪盈眶……

界河

◎ 安晓斯

安晓斯

河南武陟人。中国微型小说学会会员，河南省作家协会会员。作品散见《小说选刊》《故事会》《小小说选刊》《作品》《啄木鸟》《读者》《山西文学》等。曾获《小说选刊》全国优秀微小说奖、中国微型小说年度奖。

五十岁的时候，夫妻俩都觉得很累。老李就对老婆白燕说，吵了三十年了，也不知道还能活多久，能不吵就不吵吧。白燕同意老李的意见，不吵了，真不想再吵了。

退休后，夫妻俩回到了十几公里外的农村老家居住。老家的院子宽敞，阳宅，坐北向南的堂屋是五间大瓦房，宽大的院子像个小花园。农村的房屋布局，当中三间是大客厅，两头是两间小卧室，东屋一间是小厨房。

抽了口烟，喝了口茶，叹了口气，老李对老婆白燕说，为避免吵架，咱各住各屋，各做各饭，各花各钱。他们还商量着在院中间挖了条小沟，找工匠用砖、水泥和瓷片砌好，做成一条长长的水池。

老李说，男左女右，东为上，我住东边卧室，你住西边卧室。

不想再争吵，老婆白燕说，成。

从此，院中间那条长长的水泥池子就成了夫妻俩的"界河"。

植树节到了。夫妻俩又商量着在大门口正中间栽了一棵绿化树，约定好了，老李走东边，白燕走西边。

小院里，"界河"边，放着两把一模一样的竹椅子。为消磨时光，老李买了张小桌子架在了"界河"上，上面摆着他们常下的那副"五子棋"。每天，夫妻俩就隔着"界河"说说话，下下棋，有时还争论点从朋友圈看到的稀罕事。遇到家里的大事小情必须决策又争执不下时，就下"五子棋"，谁赢棋就按谁说的办。大多的时候，赢家都是老李，白燕就嘟哝着说老李耍赖。小日子慢慢过，老夫妻糊涂活，一天天就这样稀里糊涂地过去了。

农家小院里，窗台上都会有青砖垒成的鸡窝。鸡要下蛋了，就会飞上去，呆卧在鸡窝里铺垫的麦秸上，肚下面压着主人预先放好的"引蛋"，愣怔半天后，咯咯哒、咯咯哒地叫起来。这是告诉主人，下了一个蛋。

那天，白燕喂养的一只黑花母鸡发癔症迷瞪了，飞过"界河"卧在老李的鸡窝里下了个蛋。在"界河"边竹椅上晒太阳的白燕，就去老李的鸡窝里收走了那枚热乎乎的鸡蛋。同样在"界河"边那把竹椅上晒太阳的老李，正好看见白燕去他的鸡窝里收鸡蛋。

这不太好吧，老李说，不是自己喂的鸡下的蛋，就不要去收。

白燕不服气。是我的黑花母鸡飞错了地方，把蛋下到你的鸡窝里了。

老李说，啥证据？白燕就拿出手机，给老李看自己抓拍的照片。

照片上，那只黑花母鸡刚下完蛋走出老李的鸡窝，正仰着脖子咯咯哒、咯咯哒地叫着。

无话可说，老李就点点头。

趁着老李上洗手间，白燕顺手在老李的小菜园里薅了一把蒜苗。转过身，老李正站在她身后。

这季节蒜苗正贵，按市场价，再低一点，收两元钱。老李的竹椅上用小绳子拴着个微信二维码，就顺手递了过去。"嘀"一声，白燕扫码支付两元。

那天正值农历二十四节气的"惊蛰"，夫妻俩没事闲聊。老婆白燕就问，"惊蛰"是啥意思？老李说，"惊蛰"的意思是大气回暖，春雷始鸣，惊醒蛰伏于地下冬眠的昆虫。农谚说"未过惊蛰先打雷，四十九天云不开"。白燕就问，真的假的啊？老李笑笑，很准。当天晚上，真的就电闪雷鸣，下起大雨来。老李知道白燕害怕打雷，就端着茶壶来到老婆的卧室陪她坐着。看到老李进来，白燕眼角湿湿的。你还记得啊？给老李的茶壶加过开水，白燕又端过一盘老李喜欢吃的水果。《晚间新闻》播完了，雷停了，雨小了，老李从沙发上站起身，端起茶壶往外走。你睡吧。白燕的泪水就一个劲儿地往外涌。

结婚纪念日到了。白燕割了韭菜，包了饺子，坐在"界河"边吃，还剥了大蒜，倒了一小碟醋。正巧那天老李吃酸汤面叶（方言：面片），薄薄的白面片在碗里晃，上面撒着葱花、香菜末，汤上漂着的小磨香油闪闪发光。

白燕知道老李喜欢吃水饺，就递过去几个。老李也用勺子盛了点酸汤递过去。白燕说,知道今天啥日子不?老李装出一副茫然的表情。高兴了,天天都是好日子。

吃过饭,两人就看"界河"里养的鱼。白燕养的鱼是红色的,老李养的鱼是黑色的。白燕就说,上次那鱼食钱,该算算了。老李就用手机扫码支付五元钱。白燕的手机设定了语音:微信收款,五元。老李笑笑,真像个卖鱼食的老太婆。

日子如春水般平静流过,"界河"两边的竹椅子上,老李和老婆白燕就这样打发着漫长的光阴。"界河"两边的葡萄树也长得旺盛,粗壮的老藤蜿蜒曲折,爬满了"界河"上面用竹竿做成的葡萄架,一嘟噜一嘟噜的葡萄紫红紫红,很是喜人。

忽然有一天,他们接到闺女的电话。闺女要生孩子了,想让白燕去那座大城市里帮着照看孩子。

临走前那个晚上,白燕走到老李的卧室前。我明天就要走了。

半夜,老李走到老婆白燕的卧室前。我查了查,得坐两个小时高铁。

送走老婆白燕,老李坐在"界河"边,呆呆地看着对面那把空荡荡的竹椅子,心里空落落的,有一种莫名的酸楚。

老李拿出五子棋摆在"界河"上面的小桌子上。擦擦眼角的泪水,老李对着那把空椅子说,老婆啊,咱下盘棋吧,我让你赢。

正流泪间,手机响了,是老婆白燕在高铁上和他视频。

老李就把手机镜头对准"界河"上的小桌子让白燕看,黑白相间的棋子摆满了棋盘,那局"五子棋","界河"对面的白燕真的赢了。

九转大肠

◎ 张大愚

张大愚

北漂族。中国微型小说学会会员。曾就读于鲁迅文学院文学创作班。作品散见《小说选刊》《小说月报》《青年文摘》《短篇小说》等。若干篇微型小说入选全国高中统考试题及阅读训练。

菜名：九转大肠

类别：鲁菜

食材：猪大肠

做法：大肠洗净，细肠套粗肠，套至九层。煮透改刀成段。起锅炒糖色，将肥肠段翻炒挂匀，放入葱末、姜末、蒜末煸出香味，烹醋，下酱油、白糖、清汤、精盐、绍酒，微火烧至汤汁黏稠，放胡椒面、肉桂面、砂仁面，淋花椒油，起锅装盘，上撒香菜末。

特点：色泽红润，层层相叠又层层相分，口感软嫩醇香，兼具咸、酸、甜、香、辣五味。

制作人：老甄

老甄做菜注重品相。他做的九转大肠，每段肥肠像尺子量过一般，齐刷刷的，好看，芡汁也亮得能照出人影儿。我们学着他的样子用心去做，效果差得多。领导很赏识，上面来了重要客人，总让他做主厨。老甄私下说，货卖一张皮。

老贾不服气。老贾做菜也有特点，重滋味儿，不强调品相。"驴粪球子外面光，管什么用呢？"他背后这样说。话传到老甄耳朵里，老甄就撇嘴："吃不到葡萄说葡萄酸，有本事也弄个好看的呀！"话再传回去，两个人就吵起来。吵急了，老贾说了一句与吵架主题无关的话："冲你这样，一辈子都得打光棍！"老甄看看老贾，脸一下子黑了。

老贾的话实打实地杵了老甄的肺管子。老甄四十多了，一直单身，他对此很在意，人前从来不提。老贾今天提了，还是以这样的方式提的。老甄咽了半天唾沫，说："话别说绝了，谁知道哪块云彩下雨？走着瞧！"

老甄再上班就变得很沉默。沉默了两个月，突然有一天，老甄在厨房里大声向我们宣布："我谈了对象，老家介绍的。"过了一段时间，又告诉我们："我要结婚了。"

婚假期满，老甄把媳妇儿领到单位来了。酒桌上，老甄引着胖媳妇儿给我们每个人敬酒，大家让他讲两句，老甄说："好饭不怕晚。"

大伙儿齐挑大拇哥。我说："嫂子多有福相啊，你要转运了。"老甄嘿嘿笑了："这话对，饺子要吃烫烫的，老婆要娶胖胖的。"媳妇儿捶了他一拳，大家都笑了。老贾也笑，笑得有点勉强。

老甄几乎天天晚上在宿舍里给媳妇儿打电话。人越多,打得越欢。休息日,老甄就沐浴更衣,穿得溜光水滑的去看媳妇儿。第二天回来时,包里总是鼓鼓囊囊的。他把包一甩,花生、糖果等小食品就哗啦一声散在床上。"你嫂子买的,都尝尝。"老甄抓起来递给每一个人,顺势亮出腕上锃光瓦亮的手表。大伙儿眼睛亮了:"阔了啊,好表!""嗐,你嫂子买的,拦都拦不住!净乱花钱,衣服还有,手机也能用,非要买。"大伙就说,别得便宜卖乖了。老甄就笑。

我逗老甄:"这岁数了,晚上和嫂子还行不?"他捶了我一下:"太行了,身体棒着呢。"

看来老甄真的转运了。如果不是后来发生了那件事,我们都以为他的生活像他炒的菜一样,趋近完美了。

那个周六的上午,我因为突发感冒没有上班,一个人在宿舍里拉着床帘蒙头大睡。迷迷糊糊中,听到一阵吵吵嚷嚷的声音。我醒了,仔细一听,竟是老甄和他媳妇儿。我的第一反应是,两人不会是要借着这里"办事"吧。心说老甄你也太马虎了,咋不看一下宿舍有没有人呢。刚想使个动静,两人的声音越来越大了。我赶紧闭上嘴,屏声静气地听着。

先是老甄媳妇儿的声音:"老甄,当初是看在老乡和同学的份儿上才答应帮你这个忙的,价钱也是讲好了的。现在一拖再拖,想赖账是吗?有本事雇人当媳妇儿,咋没本事给钱?你还算个男人吗?"

接着是老甄的声音:"不是说了嘛,过一段时间都给你。这段时间买表,买手机,买衣服,买各种小食品,还有休息日到外面住旅馆，钱都花光了。再缓一两个月，一次性都给你行不行？"

"不行！没法相信你了。现在就还，没有就去借，找你同事或别人借，现在就去，我等着！"

"做事咋这么绝？杀人不过头点地。明说,要钱没有,要命一条！"

"那就别怪我不客气了，我要让所有人都知道这件事，现在我就去你们厨房！"

"你敢！再逼我，我……我杀了你！"

"来呀，你要不敢就不算男人！"

我紧紧捂住嘴巴，生怕不小心弄出声音来。原来事情竟是这样！心里一时间五味杂陈。现在我该怎么办呢？

老甄没有再说话，但隔着床帘，我能听见他越来越粗重的喘气声，紧接着传来身体搏斗的撞击声，女的仿佛喊了一声救命，刚一发出，就断了，似乎被堵住了嘴。

我大喊一声，拉开床帘，从床上跳了下来。两个人都吓了一跳，老甄松开了掐在女人脖子上的手。女人脸色煞白，快速跑了出去。

"她去报警了吧？还不把她追回来！"我大声呵斥老甄。老甄一怔，但没有去追，反而一屁股坐了下来。神色瞬间无比颓唐。"让她报吧，进去了也好，我他妈的演累了，也该歇歇了。"我愣着，一下竟想不起说什么好。老甄忽然说："对了，你以前不是问我做九转大肠的诀窍吗？现在可以告诉你了，里面要放'砂仁'。"说到"砂仁"两个字时，他的眼神和语气凶狠异常。

我后背一凉。

警察来了，我们被带上了车。

两个小时后，我和那女的回来了，老甄被留在了派出所。

厨房里少了老甄，连老贾都沉默了。再有九转大肠这道菜时，领导让老贾做，老贾摇头。我说，我试试吧。我按老甄讲的放了砂仁，大家说，味道有点发苦。看来还是不行。我努力回想老甄做这个菜的过程和味道，却怎么也记不周全了。

谷 希

本名丰国需，中国民间文艺家协会会员，中国微型小说学会会员，浙江省作家协会会员，作品以故事为主，散见于各故事刊物，出版有《丰国需故事选》《看一眼一百万》等七部作品集。

就要你擦鞋

◎ 谷 希

王强大学毕业后进了机关，很快学会了看人办事这套功夫，几年下来混了个一官半职。他一直觉得学习能改变命运，若不是自己当年考上了名牌大学，说不定现在还在农村混呢。

这天，王强开车去接儿子放学，见时间还早，便在校门口溜达起来。突然，他看见学校对面的墙角下有个擦皮鞋的摊位，摆摊的是个女人。他见自己的皮鞋有些脏了，就走过去在摊位上坐了下来，让那女人给他擦皮鞋。

女人当即手脚麻利地给王强的皮鞋上油，擦了起来。王强搁着脚，有一搭没一搭地和女人闲聊起来。女人告诉他，自己是从农村老家出来打工的，由于没有文化，找不到好的工作，于是干起了这擦皮鞋的行当。

王强乐了,趾高气扬地说:"这年头,学习改变命运。你没文化,还想干啥?也就只能擦擦皮鞋了。"女人一听这话,正在擦鞋的手突然停了下来,她抬头朝王强看了看,又低下头继续擦起来,再也不搭理王强了。

王强自顾自地东拉西扯,话还没说够,女人却说鞋擦好了。王强一看,皮鞋擦得锃亮。"嚯,手艺还不错!"他当即付了钱,踱到了学校门口。

不一会儿,王强的儿子出来了,他拉着儿子的手,往自己停车的地方走去,边走边问儿子,期中测试考得怎么样?儿子支支吾吾地说:"没……考好,只考了73分……"

王强一听,叹了口气,正想教育儿子两句,恰好看见了刚才那个擦皮鞋的摊位,当即有了主意。他拉着儿子走过去,重新在女人面前坐了下来,要那女人为他擦皮鞋。

女人一看,傻眼了:"你不是刚才来擦过了吗?难道是嫌我擦得不够亮吗?"

王强搁起了脚,满不在乎地说:"让你擦你就擦,照顾你生意不好吗?反正我有的是钱,想擦几次就擦几次。"说着拿起手机,对着摊位上的二维码扫了一下,支付了擦鞋钱。女人见王强把钱都付了,也就不再多说什么了,又开始麻利地上油擦鞋。

这时,王强掏出手机,递给儿子说:"儿子,来,你给老爸拍张照片。记住,要把那擦鞋的拍进去。"啥意思?女人一听,不由得又抬起头来看看王强。

王强得意地点了根烟,一边吐着烟圈,一边对儿子说:"儿子,你看见没有？擦皮鞋的都是没文化的人。你可要好好学习，只有学习才能改变命运。如果你不好好学习，将来考不上好的大学，你也只能和她一样擦皮鞋！你懂吗？"

女人愣了一下，还是没有出声。王强的儿子则似懂非懂地点了点头。

擦好鞋，王强就带着儿子走了。到了停车的地方，王强一摸口袋，发现手机不见了，忙说："儿子，老爸的手机呢？快还我。"儿子惊讶地说："我刚才就给你了呀，你正好要点烟，就随手放凳子上了。怎么，你后来没拿吗？"

王强顿时觉得脑袋嗡的一声，这手机要是丢了，那还了得？王强让儿子在车旁等着，自己三步并作两步往校门口跑。幸好，他大老远地看到那女人还在。王强跑过去，气喘吁吁地问："你……你看见我……我放在凳子上的那个手机了吗？"

女人平静地说："一开始我还真没看见，后来手机响了，我才发现的。我还以为是你打过来的，就拿起来接了一下，谁知道，电话里却是一个女人的声音，还骂我是'黄脸婆'……"

啊？王强傻眼了，知道是那个和自己不明不白的小美女打来的电话，他不由得脸上一红："快，快把手机还给我，别人的闲事莫多管！"

女人一听，说："还你？就这么简单？我被侮辱了，你还说我多管闲事？"

"这……"平时伶牙俐齿的王强一下子不知道说什么才好。他定了定神说："这样吧，我给你钱。"

女人"哼"了一声,说:"告诉你,不是我挣来的钱,我是不会要的。手机可以还你,但我有一个要求。"

"什么要求?"

女人指指地上的擦鞋工具,说:"我的要求很简单,喏,你给我擦一次皮鞋。"

"什么?"王强愣了一下,气呼呼地说,"我一个堂堂的机关干部给你擦皮鞋?你是哪根筋搭错了吧?"

女人笑了:"不擦?不擦也行,我就把刚才那个电话给回拨过去,我也来试试骂人的滋味。"

王强一听,急了,此事一闹大,校门口的人都过来看热闹,这面子往哪儿搁呀?趁现在还没人注意,擦就擦吧。想到这里,他不耐烦地说:"行行行,我给你擦还不行吗?"

这下好了,两人互换了位子,王强坐到了摊主的位子上,给那女人擦起了皮鞋。可这王强没怎么擦过皮鞋,再加上心急,手忙脚乱地怎么也擦不好。

这时,女人扭头朝旁边喊了声:"小毛,你过来。"王强抬头望去,一旁的树荫下有个小男孩,正趴在凳子上写作业。小男孩听见叫唤声,当即放下作业本走了过来。

女人摸了摸小男孩的头,对他说:"小毛呀,你今天虽然又考了一百分,但是妈妈要告诉你,除了好好学知识,还要好好学做人!否则读书再好,将来哪怕当了官,也照样给人擦皮鞋!"说着,女人用手指指王强:"喏,甚至还会像他这样,连皮鞋也擦不好……"

听了这话,王强的脸一下子红到了脖子根……

看谁先吃到硬币

◎ 张家坤

张家坤 安徽省宿州市作家协会会员,新浪微故事大赛六次金奖获得者,近年来在《故事会》《上海故事》《金山》《微型小说选刊》《新民晚报》《羊城晚报》等发表小说、散文200余篇。

北方有一个习俗,就是在除夕夜吃饺子的时候,会准备几枚硬币包在饺子里,据说谁要是在除夕夜吃到包有硬币的饺子,谁就会在未来的一年中走好运。大鹏的儿子听说后,吵着今年除夕夜也要包饺子,还要在饺子里放硬币。

大鹏家在南方,以前从没有过这样的讲究,不过既然儿子这么感兴趣,大鹏就把这想法跟大家说了,大家也都一致同意。

今年除夕,大鹏一家和弟弟一家都在母亲家里吃年夜饭。母亲一连忙了好几天,不过再怎么忙,母亲也没忘记孙子的提议,她在包饺子时找来两个崭新的五角硬币,擦了又擦,还用开水烫了好几次,然后把它们包在两个饺子的馅儿里。

晚上，饺子上桌了，虽然大鹏他们都不相信只要吃到包有硬币的饺子就能给新的一年带来好运，不过内心都还是希望自己能吃到包有硬币的饺子。

最积极的是大鹏的儿子和两个侄子，往常吃饺子都要父母千催万劝、软硬兼施，最后才肯磨磨蹭蹭地吃几个，今天却一反常态，三个人端起碗就大口大口地吃，大有不吃到硬币不罢休的态势。

在大鹏和弟弟的催促下，母亲终于放下了手中忙不完的活。她从灶台上端来半碗盛剩下的饺子，来到餐桌吃饭。说来也怪，母亲吃的第二个饺子，里面就包有硬币。

看到母亲吃到了一个硬币，孩子们既像是受到了鼓舞，又像是受到了挑战，吃得更快了。谁也没有想到，不一会儿，第二个包有硬币的饺子又被母亲吃到了！

大鹏他们不由得感慨母亲今天真幸运，两个包有硬币的饺子都被她一个人吃到了，连忙说些祝福母亲的话。母亲听后，苍老的脸笑成了一朵花。

这时，大鹏的儿子不乐意了，他把碗一推，一边哭一边说："奶奶，你作弊，硬币是你包在饺子里的，你一定在包有硬币的饺子上标了记号，你刚才捞饺子的时候又把它们捞出来单独放在碗里，要不是这样，两个包有硬币的饺子怎么这么快就让你一个人吃到了？"

大鹏的两个侄子听说后，仿佛明白了什么，也跟着起哄。

大鹏和弟弟赶紧喝止孩子，这时，母亲说话了："这件事真怪奶奶，我虽然没在饺子上做记号，但我煮饺子时，不小心煮的时间长了一些，有些饺子破了皮，沉到了锅底，捞饺子的时候，我就把那些破了皮的饺子都盛到了自己碗里，不过我第一次在饺子馅儿里放硬币，没想到包有硬币的饺子最容易破皮、最容易沉底，就这样害得我的宝贝孙子们都没吃到硬币……"

母亲的一席话，让大鹏他们的眼睛都湿润了，孩子们也不起哄了，他们一同上前搂着奶奶的脖子，说："奶奶，明年我要和你一起吃破了皮的饺子！"

母亲听了这话，脸上的笑容更灿烂了……

哭 鱼

◎ 刘 泷

刘 泷

蒙古族，笔名边远。中国作家协会会员，中国少数民族作家学会会员，鲁院第四届少数民族作家班学员，内蒙古大学首届文学创作高研班学员。曾在《人民日报》《光明日报》《解放军报》《文艺报》《民族文学》等发表文学作品150多万字。

阿良被送到铜台庙里来了。

阿良年方七岁。

七岁的孩子想家，想山下的铜台沟，想铜台沟那些在一起玩耍的伙伴。

人儿小，有了心事，就愁眉苦脸。此后几年，烧火，劈柴，提水，诵经，燃灯，打扫庭院，乃至下山化缘，他都苦着脸，就像连阴的天，没有一点笑模样。

师父禅照，和阿良相依为命，谆谆开导他，云在青天水在瓶，你是出家人的命，你不要心事重重，要一心向佛，在青灯黄卷里安身立命。

阿良想想家中的七个哥哥、一个妹妹，想想那座一阵风都可以吹倒的茅屋，不由低下了自己的头。那一刻，他觉得自己的脖颈很软，像被人掰断的树枝，径直垂向了地面。

后来，再下山化缘，他哪里都不去了，总是去铜台沟。那里有他的家，但他不回家，也刻意地躲避着爸爸妈妈和家人。他就去一个地方，那是地主朱善荣开办的私塾。朱善荣是文盲，他出钱请一个落第的举人，给家族里的孩子授课。

阿良闭目端坐在朱家私塾的窗下，风也不怕，雨也不怕，霜也不怕，雪也不怕，骄阳也不怕，寒冷也不怕，谛听着老学究的声音，入定一般。

老学究给学生诵读的《千字文》《弟子规》《百家姓》，他都会背诵。他还学会了很多的古诗词，什么"床前明月光"，什么"松下问童子"，滚瓜烂熟，甚至模仿老学究摇头晃脑的强调，也惟妙惟肖。

总是下山，却化不来一分钱、一粒米，禅照师父对此很是狐疑。于是，就悄悄跟踪阿良下山去了铜台沟。那私塾是孤零零的一座三间西厢房，门扉紧闭，且糊着厚厚的褐黄色草纸，根本看不到里面的情景。难道，阿良在闭目参禅？

禅照颇愤怒，脱下僧履，挥舞着，照准阿良的后背就打了几下。他斥责，真不争气，不堪造就！你在这里干什么？偷懒吗？不化缘，没有供养，我们怎么办，铜台庙怎么办？

从此，禅照再不让他下山，把他留在山上，自己去化缘。

那日，禅照回寺，见不到阿良，就满山寻找。

在山后的小溪，见阿良躲在无人处合掌祷告。趋近细看，他的面前竟有几只煮熟的河鱼。

一只较大的河鱼干硬了，在砂锅里翘着尾巴，仿佛河里的鱼跳到干裂无水的岸上，在大睁着眼睛。眼白很多，眼黑很少，在无奈地望着天空，犹如八大山人笔下白眼向人的鱼儿，很自负的样子。

禅照师父上前问阿良，这是怎么回事？阿良并不害怕，回答说，这是自己在河边捉到的几只小鱼，刚刚煮了，正准备吃。

禅照说，吃就吃，刚才祷告又是怎么回事？

阿良说，于心不忍，故有此举。

禅照又问，那你是怎么祷告的？

阿良说，愿来世你不为鱼，我不为僧。

阿良哽咽，泪流满面。

禅照脱下僧履，想想，却又穿上了。他手捻念珠喃喃说，日本人烧杀抢掠，民生凋敝，今天下山，又是无缘可化。

阿良用木棍儿夹鱼，递给禅照，说，师父您吃。

禅照摇头，说，我不杀生，更不吃鱼。

几天后，禅照回山，对阿良说，你去朱财主家的私塾吧，我和他们说好了。

阿良说，我两手空空，没有束脩人家不收啊？

禅照说，我把那串楠木念珠给了私塾的先生。

果然，禅照手上那串心心念念的念珠不见了。

阿良眼含热泪，回铜台沟，登堂入室，得以聆听老学究的教诲。

三年后，解放了，土改了，阿良分到了房子，分到了地。

斯时，禅照还俗，也回了铜台沟。

朱善荣呢，被清算了，一贫如洗。

老学究跟随国民党军官的儿子去了台湾。

村里办学校，招聘教师。少年阿良经过考试，拿起教鞭，为人师表。

阿良崇尚俭朴，也未婚娶。他把自己的钱，私下接济了禅照和朱善荣。

一年，各地闹饥荒，阿良去乡里开会回来，却在柳条河边看到禅照和朱善荣在煮鱼，两个人手抓着半生不熟的河鱼，狼吞虎咽，如同饕餮。

禅照指着砂锅里的半条鱼儿说，熟了，香呢，你吃。

阿良摇头说，师父，从铜台庙回村那天，我就发愿吃素，再不吃鱼了。

老师好

◎ 阎秀丽

阎秀丽
辽宁省作家协会会员，作品见《安徽文学》《山西文学》《鸭绿江》《延河》《广西文学》等刊物，有小说被《小说选刊》《微型小说选刊》《小小说选刊》《微型小说月报》转载。出版长篇小说《梨花盛开的时节》等。

"李老师丢了！"这个消息像一阵风一样，很快传遍碾盘村。

李老师叫李长贵，在村小学教了几十年书，几乎每个村民都在李长贵的课堂上听过课，村里人见面都喊他一声"李老师"。李老师退休后成了学校的看门人，直到得病后才真正赋闲回家。

开始时，李老师的忘性很大，连儿子春华的名字也时常喊错，会顺嘴喊出好几个别人的名字。春华都答应，他知道这些名字是他爹教过的学生们。到后来李老师开始不认人，就连他自己的名字也不记得了。只有喊他李老师，他才会乐呵呵地点头答应。

李长贵的走失，在小山村引起了轩然大波。

闻讯而来的村民很快挤满了村主任大奎家的院子，人们叽叽喳喳地议论着。大奎紧锁眉头，背着手在屋门口走来走去。

"你说都70多岁的人了,能去哪儿?大家伙都想想。"大奎扫视一下人群说。

"我爹自从得了这个毛病,几乎就不出门了,能跑哪儿去?村前村后都找遍了,也不见个影儿。"春华红着眼睛对大奎说。

"今早隔着院墙我还听他说话呢!"福生看了一眼春华说。

"李老师说啥了?"大家把目光望向福生。

"当时我正在院里干活,我听见李老师说:'上课不许溜号儿,怎么这几个数字都弄不明白?'我还以为是李老师训他孙子呢,可我扒墙头一看,原来是他正坐在小板凳上对老黄狗说话呢……"看到大家严肃的目光,福生想了想说,"要不去老树根周边再找找看?"

学校门口有一个老树根,过去李老师常在那儿看着学生们上学放学,风雨无阻,老树根陪伴了他40多年。得病后,他唯一常去的地方就是那里,家里的老黄狗跟着他,李老师坐在树根上,手里拿着一根树枝,嘴里絮絮地说着话,他在给老黄狗讲课。

有人从那里路过,也会被李老师拦下来,让他们不许贪玩,要好好听课。那些人就停下来,站在老树根前,嘻嘻哈哈地听一会儿李老师的课。

所以,老树根那儿,是碾盘村最热闹的地方。

可是春华摇摇头说:"去好几次了,没有。"

"要不去鹰嘴崖那儿看看?"二赖子从人群里挤出来,"今天午后我碰见李老师来着。"

"在哪儿?和你说啥没有?"

"就在老树根那儿,他拽着我,非得让我听他讲课。正下着雨呢,我就跑了,说等回来再听课。"

"你跟我说实话,你还说啥了?"大奎瞪着二赖子说,"你要是敢撒谎,信不信我给你扔鹰嘴崖下去!"

二赖子哭丧着脸说:"主任,其实我是怕李老师一直让我背课文,就顺嘴说同学们都在鹰嘴崖玩呢,我去喊同学们来上课,然后就跑了。李老师会不会去那儿?"

"走!去鹰嘴崖!"大奎瞪了一眼二赖子,领着大家就往鹰嘴崖方向疾奔而去。

鹰嘴崖三面峭壁林立,只有西北方向较为平缓,其间有一条羊肠小道通向山顶,但是两旁灌木丛生,非常难走。刚下过一场雨,道路湿滑泥泞,一个年轻人上山都很吃力,何况是一个70多岁的老人……

当大家到达山顶时,大奎忽然停住脚步,双臂伸开。大家顺着大奎的目光向前望去,都张大嘴巴,倒吸一口凉气。没有人敢发出一点动静。

只见一个须发皆白的老人,正踉踉跄跄地向崖边走去。刀削似的脸上有几道血痕,身上满是泥水。他眼神游离,似乎在搜寻着什么,嘴里咕噜着含混不清的话。

"李老师!"

山风呼啸,李老师的话被风传送到大家的耳朵里,那是一些人的名字。被喊到名字的人,紧紧地捂住嘴,眼睛里有泪光在闪烁。

一步一停,一停一喊,前面,已经是深渊。

大家的心也随着他每一步移动往下沉,谁也不敢发出声音。

一步,两步,三步……

"同学们,上课时间到!"春华一声裂破云空的嘶吼在群山中响起。

"老师好!"大奎的嘶吼声也随即响起。

"老师好!"所有的人都跟着大声喊起来。

山谷中回荡着高亢而又经久不息的回音,几十个人齐刷刷地面对着李老师弯下腰。

李老师停下了迈向崖边的脚步,慢慢地转过身来,拿着树枝,像个孩子似的咧着嘴,笑着说:"同学们好!现在开始上课。"

勒马

◎ 王光龙

> **王光龙**
> 安徽寿县人。
> 二级编剧。中国作家协会会员,中国戏剧家协会会员。入选文化和旅游部"千人计划","江淮文化名家"引育工程青年英才。小说、剧本、散文、诗歌和评论等百余万字发表于《散文》《美文》《剧作家》等报刊。

马驹性情本野,需要驯马人加以鞭策训导,方能供钟鸣鼎食之家和王侯将相骑乘。

宋国有一驯马师,姓羊名驼,传言是羊斟之后,善驭马。凡是经过他驯驭的马儿,无论生性如何桀骜乖戾,也无论是骊、黄、骓、駓、驿、骐、骥、骆、骊、雒、骃、騢、騲等各色马种,他都能勒绳即停,鞭笞即跑。

世人奇之,以为羊驼有什么不传于世的妙法。遂有胆大之人,跟踪羊驼,以窥视他如何驯马。羊驼每次都是在天明之前从马厩中牵马,原本野性十足的马驹见到羊驼手中的鞭子,气焰顿时已经低了三分。羊驼拍了拍马肚子,飞身上马,手持缰绳,飞驰而去,只留下一阵渐远的马蹄声和消散而去的灰尘。偷窥人追赶不及,只能望着羊驼纵马的背影而感叹。

羊驼骑马跑过一片草地，马驹撒起野来，反复颠簸着羊驼，试图把他从背上颠下来。羊驼稳如泰山，继续鞭笞马驹，马驹越发地奔跑起来。羊驼跑了很长一段时间，马背上已经渗出了汗液，但是羊驼并没有打算就此停下来，而是继续挥鞭，骑着马驹往山上奔跑。

山路崎岖，碎石坑洼，马驹在草地奔跑体力消耗过度，在山路上已经跑不起来。羊驼似乎不在意这些，加大了鞭子抽打的力度，马鞭上渐渐有了血迹，马驹只能憋着一口气往前冲。眼见前方就是悬崖，羊驼似乎没有停下来的意思，反倒是马驹感觉到了危险，想要停下来，却被羊驼往死里抽打，马驹感到了绝望。眼见着就要跌落悬崖，羊驼突然勒住缰绳，人和马同时停了下来。

旭日已经升起，温度有些升高，马驹喘着气，身上的汗液和被鞭笞的血迹变成了雾气。羊驼眼睛有些湿润，和马驹站在悬崖边，俯视着大好的风景。

下山之后，羊驼抚摸着马驹的伤口，把变得温顺的马驹交给马主，这匹马将供给显贵大富人家使用。

那时节，宋、郑两国交战，急需马匹。宋国每次抢来马匹都交给羊驼驯驭，羊驼叫苦不迭。宋将华山即将征讨郑国，把羊驼召去做其马夫。这华山乃是匹夫，生性残暴，鱼肉百姓，军士也暗暗叫苦。羊驼因为驯马起迟了些，被华山用马鞭子抽打了好几下。

将军，这马鞭只能抽马，不能抽人！

你这马夫，还还嘴。

华山的鞭子又落在了羊驼身上。军号一响，两军对垒、厮杀，宋军占据了优势。华山让羊驼赶着车乘往前冲，但是缰绳上的马儿们不肯向前。

将军，马儿不肯向前，定是敌人有诈。

你听畜牲的不听本将军的命令！快，给我冲！

华山抽打着羊驼，羊驼只能抽打马匹，往着郑军敌营冲去。突然，郑军四面而出，华山才知道中了埋伏，叫嚷着让羊驼赶紧撤。

羊驼仿佛没有听见华山的话，更加拼命地抽打着马匹，华山拼命地抽着羊驼，羊驼和马儿身上都血迹斑斑。

突然，一声嘶鸣，羊驼勒住了马儿。华山一看，羊驼把车乘驾到敌营内。

将军，我驯马只会悬崖勒马，不会临阵回头。

羊驼和华山被俘。

戴 涛

中国作家协会会员，上海作家协会会员，上海微型小说学会会长。作品见《北京文学》《作品》《天津文学》《小说界》《百花洲》等刊物。

鹩哥

◎ 戴涛

南方靠海的城市，每年的夏天总要经历几场台风。

这天汪泓下班坐地铁回家，刚从地铁站钻出来，便感觉自己的身体不由自主地依着风移动。

忽然又一阵狂风吹来，伴随着树枝树叶，有一只黑色的鸟跌落到他跟前，他认识这鸟，叫鹩哥，因为有一次在公园里听到这鸟在说人话，他便好奇地问过提鸟的老人。

鹩哥在地上有气无力地"扑棱"了几下，眼睛半开半闭要昏死过去，汪泓于心不忍，便将鸟揣在怀里带回了家。

到了家里，他找来一只纸盒，又找来一块干净的毛巾铺在盒子里，然后把鹩哥放了进去，鹩哥趴在那里一动也不动。他草草地吃了点东西再去看，鹩哥还在昏睡，他想自己平日里遇到什么不舒服的时候都是蒙头睡一觉就好了,于是他决定电视也不开了,游戏也不打了,早早关灯上床,好让鹩哥安静地睡觉。

第二天清晨,他一睁开眼就跑去看鹩哥,鹩哥站立在盒子里,一双又黑又亮的大眼睛打量着他,汪泓激动得双手捧起了鹩哥,用鼻子去顶它的嘴。

今天正好是周末,汪泓便带着鹩哥上花鸟市场,给它买吃的喝的还有住的地方。卖鸟食的告诉他,要省事可以买配好的颗粒饲料,考究的话自己配鱼、猪肝、鸡蛋、小米、面包虫。汪泓想,我哪有时间配啊,就买现成的颗粒饲料啦。卖鸟笼的告诉他,这鸟的嘴厉害,笼子一定要坚固,而且它生性活泼好动,所以要住大号的笼子。他点头称是,就买了一款卖鸟笼人推荐的笼子。

回到家,鹩哥住进了新鸟笼,似乎很满意,不停地上下跳跃,汪泓又将鸟食投进笼子,鹩哥却看也不看食物一眼,只拿大眼睛瞪着他,这眼神似乎在告诉他,这种垃圾食品我们可是从来不吃的好吧。

汪泓没去理会它,自顾自去泡方便面吃,吃完回来,鹩哥还是瞪大了眼睛看着他。汪泓继续不理它,坐到沙发上看电视,看完了一部故事片后转过身来,鹩哥依旧目光坚定地注视着他。这下汪泓再也无法淡定了,赶紧跑出去买来猪肝、小米、面包虫,他将猪肝蒸熟后切成小块,与小米、面包虫分别放入三只小盅置于笼中架子上。

鹩哥的眼神终于变得柔和了,开始优雅地吃了起来,吃了一会儿,鹩哥抬起头来看着他:"吃饱了,谢谢爷爷。"鹩哥突然说话了,这将汪泓吓了一大跳。等到他回过神来，鹩哥又说话了："我给爷爷唱首歌，世上只有爷爷好……"

等到汪泓回过神来便开始想，这爷爷是谁呢？是鹩哥的主人么？

到了黄昏的时候，正在闭目养神的鹩哥突然睁开眼睛不停地喊："锦绣路1100号101快递，锦绣路1100号101快递！"

喊声又把汪泓吓了一大跳，你这家伙是不是神经病！骂完了鹩哥，汪泓又开始琢磨，锦绣路1100号101在哪里，会不会是鹩哥的家？

第二天是星期一了，一大早汪泓就赶着去上班，而且周一到周五天天忙，所以尽管每天下班回到家，都会听到鹩哥在那里叫，锦绣路1100号101快递，他也无法去一探究竟。

终于又到了星期六，汪泓决定带着鹩哥去找锦绣路1100号101，他在手机的百度地图上输入终点锦绣路1100号，地图显示7公里，然后又点自驾（汪泓喜欢上班地铁，休息日自驾），地图显示行驶时间15分钟。15分钟后汪泓开进了一个小区，下车后看到楼房墙上写的却是民生路899号，汪泓一下被搞糊涂了，问了保安才弄明白，这小区因为靠着三条马路，所以里面分别有三条路的门牌号。

汪泓终于找到了锦绣路1100号101室，房子的前面有个不大的院子，用铁栅栏围着，铁栅栏上有一扇门，汪泓去按门铃，发现门铃是坏的，想推门进去，可门上了锁，他朝里张望，看见房门和窗户紧闭。突然，他发现窗户下有一个鸟笼子，笼子的门是打开的……

他忽然有种不祥的预感。

汪泓立刻去找小区的物业，物业的工作人员说，里面住着一个姓王的老男人，平时他每天都在小区里遛鸟，不过这段日子没见到他了，这样吧，我给他儿子打个电话。打完电话，物业工作人员说，他儿子住得很近，10分钟就会赶到。

不到10分钟，老人的儿子就到了，他用钥匙打开了铁栅栏的门，又打开了房门，在打开房门的一瞬间，一股令人窒息的腐烂味扑鼻而来。

看到躺在床上的老人，鹩哥激动得上下跳跃："爷爷好，我给爷爷唱首歌……"

响 雷
80后，江苏如皋人，江苏省作家协会会员。中短篇小说发表于《十月》《雨花》《百花洲》《安徽文学》《山东文学》等，有作品被《微型小说选刊》《小小说选刊》选载，著有小说集《菖蒲》。

麻袋

◎ 响雷

也不知是谁家的小板车，周荣宽白捡了来用，轮轴有些缺油，每转一圈都要吱嘎一下，每吱嘎一下，他的心就咯噔一下。黑夜里，城中死寂，远处偶有一两声犬吠。真不该做这种事的，他有些后悔，更多的是害怕，他觉得自己从来没有这样慌张过，作贼一样。

出和平门向北三四里，路越来越不像路，他停下来擦擦汗，喘了口气，胆子又大起来。江滩就在前面不远，他把小板车上的麻袋扶了扶，继续推。他要在江滩边找一处荒地，把麻袋埋了。

麻袋里是他的仇人白酉生。

白酉生跟周荣宽年纪相仿，五十出头。他们住在同一条巷子，檐头挨着檐头，山墙贴着山墙。他们自打一出生就不是好邻居，而是仇人，不知从哪一代起结下的世仇。小时候，他们没少打过架，周荣宽额上的疤便是在十岁那年被白酉生的爪子抓下来的。二十岁那年，他们争过女人，两败俱伤，最终谁也没得到，两家积怨却更深。后来各自成家过日子，周荣宽在崇善堂当伙夫，白酉生做了剃头匠，三日不碰面，碰面没好事。若干年后，他们两家的世仇又自然延续给了下一代。

他们两家山墙之间长了一棵小叶黄杨，碗口粗，据说上百年了，算是名贵古树，值些钱。周荣宽说树是我家的，白酉生说树不是你家的，他们为了这棵树没少吵架。也许溯起源来，他们的世仇就是从这棵小叶黄杨结下的。后来他们不争了，有什么好争的，树就立在那里，谁也别想卖，谁也拔不走，于是搁置争议。但他们又为别的东西争，为别的事情吵，就算没事也会找事。有时一大早，两人跨出家门赶巧四目对上，都鼻子里哼一声，各往东西，背后各骂一句，今儿出门遇鬼了。老天注定他们尿不到一壶。

白酉生长得比周荣宽粗壮，脾气暴躁，但嘴笨，一旦吵架，来来去去就那么几句粗话，不及周荣宽条分缕析、有理有据，所以他常常吵不过，便用拳头说话。周荣宽嘴上快活了，身子骨没少挨苦头。但有一事算周荣宽能耐，周荣宽剃头从来都到白酉生的摊子上，剃完头站起来，神气活现，比踢馆的武夫打了一场胜仗还得意。别人问，你怎么敢的？周荣宽昂着头说，我就是这身胆气。在这事上白酉生窝囊啊，心里窝着火，手上还要把他的头剃得漂漂亮亮，剃不好砸自己招牌。周荣宽有时还出言挑衅，有种把我脖子抹了去哉。白酉生真有一刀划下去的冲动，可是人命关天，得忍。

你不是挺横吗，有本事你爬起来呀？周荣宽停了车，朝麻袋说。

麻袋一动不动。

四野一片空旷，燕子矶矗在远处，似江边饮水的巨兽。北风呼呼地吹，江边的浪声和枯草的摩挲声混在一起，不响，却空洞而遥远，像从地狱里飘出来的。周荣宽一激灵，往掌心里吐一口唾沫，搓搓，从麻袋底下抽出一柄铁锹，撸去一片枯草，开始挖土。

以后定神了，你狗日的闭了嘴，再也没人争啊吵啊的。周荣宽跟麻袋说。他力气小，白天又累着了，挖一阵就停下来歇会儿。

好一阵子，才挖出一米深的坑，估量着大小差不多了，他把麻袋从小板车上卸下来，滚到坑里去。

我可交代你，到了那边，你们一家子团聚了，可别仗着人多合伙欺负我家女人孩子。周荣宽用铁锹指着麻袋说。

你可记好了。周荣宽铲一锹土，覆在麻袋上。

那天要不是我在崇善堂里做活计躲过一劫，也跟你一起下去了。周荣宽又铲一锹土。

没有棺材，你多担待着，能有个麻袋算不错了，白天我埋了多少尸首连个麻袋都没有，依着你那副嘴脸，被野狗吃了我都懒得理。周荣宽说。很快，麻袋掩进土里大半。

我说你充什么好汉，那么多当兵的都打不过，你一个剃头匠能干得过枪炮？浑身马蜂窝似的，还死攥着剃刀不放，掰都掰不开，剃刀你收好了，到下面继续干老本行。埋得差不多了，周荣宽胳膊支在锹柄上歇会儿。

咱们房子都给烧了，小叶黄杨只剩一根黑杆子，你也别记挂着，入土为安，咱们两家的恩怨算是了了。周荣宽说。

我记着你们是民国二十六年冬月没的,我孤家寡人一个,以后谁会记得我哟。周荣宽抹一把泪,用铁锹把耸出的坟头拍实。

周荣宽从怀里掏出一把纸钱,吹着了火折子,点上,火沿着纸钱扩散开。周荣宽烤着手说,别一个人花了,记得给我女人孩子捎些,我到处找啊怎么也找不着他们,要不是为了找他们,我也不会在巷子里撞见你。烟有些熏眼睛,周荣宽用手背抹了抹,越抹越止不住地流。

纸钱燃尽,火星子随西北风飞舞一阵,游魂一样消散了。

李德霞
中国微型小说学会会员，中国小说学会会员，山西省作家协会会员。作品散见于《读者》《小说界》《中国铁路文艺》《百花园》《金山》等刊物。

马事

◎ 李德霞

一个深秋的早晨，我们一家人正在吃饭，大哥拎着个马笼头，一瘸一拐地走了进来。

父亲说："咋？黑草马跑了？"

从草原上买来的马，我们都叫草马，黑马就叫黑草马。

大哥一脸沮丧地点点头。

父亲说："草枯了，草马就会跑，你咋不当心呢？"

大哥说："昨天中午我牵马去饮水，看见井台边有好多匹马，都没戴笼头。我想，黑草马买回来有半年多了，天天拴着，怪可怜的，我就解下了笼头，想给它半天自由。我也想过它会跑，还专门给它戴上顺腿绊，可它还是跑了。"

大哥的黑草马是开春时买回来的。本来，大哥家有头黑犍牛，去年冬天崴断了前腿,成了瘸腿牛。庄户人家,种地没有耕畜不行。大哥大嫂一合计,卖了瘸牛,又跟当老师的二哥借了二百块钱,然后到草原买回了一匹黑草马。那是分田到户的第三年,常有人家到草原买牛买马。草马生在草原,长在草原,草原的辽阔和粗犷,造就了草马十足的野性。草马调教不好,是很难驾驭的。为了调教黑草马,大哥送给村里马大鞭子两条烟两瓶酒。几天后,黑草马就被驯服了,规规矩矩地被大哥牵进马圈里。

父亲放下筷子,问大哥:"你知道黑草马往哪个方向跑了吗?"

大哥说:"有人看见了,黑草马出了村,一路北上,往北边去了。"

"那就是回草原了。"

"不可能吧?二百多里地呢,还戴着绊,能回去吗?不敢想啊。"

"咱们想不到的事多着呢。"

大哥听了,不吱声了。

父亲对正在扒饭的二哥说:"黑草马是你跟你大哥去买的,你骑摩托带你大哥去趟草原,就去老胡的营盘上吧。"

老胡是牧民,大哥的黑草马就是从他那里买的。

二哥抹抹嘴巴说:"好,这就去。"大哥二哥穿戴整齐,骑着摩托车,一路向北驰骋。

快晌午的时候,大哥二哥来到了老胡的营盘上。老胡备好马鞍,正要出去遛马,听大哥二哥说明来意后,说:"我这就把马群吆回来,提前饮水,你们哥俩到水井边等着吧。"

老胡翻身上马,策马驰骋,很快消失在草原深处。

大约半个时辰后,就见远远的天边翻滚起一团黑云,朝水井边滚滚而来，那是老胡的马群。

大哥二哥站在水井边，不安地抻脖子张望。马群近了，有的马已经跑到水槽边，低头吱吱地喝开了水。

老胡快马加鞭，把所有的马都赶到水井附近。大哥早就看到他的黑草马了。他还看到，黑草马的身边，紧跟着一匹半大的黑马驹。大哥再细看，黑草马的腿上，还戴着绊。它是怎么跑回来的呢？那一刻，大哥的心，像被什么戳了一下。

黑草马机警地靠近水槽，想喝水。老胡一抖套马杆，一拍胯下马，直奔黑草马而去。黑草马见势不妙，转身就跑，脖子却被老胡的套马杆牢牢套住。老胡下了马，从大哥手里接过笼头，戴在黑草马的头上，然后把缰绳交给大哥。老胡说："回去看紧点，别让它再跑回来了。"

大哥拉着马就走，黑草马一步一回头。那匹黑马驹不顾老胡的阻拦，奋蹄追上了黑草马，绕着黑草马的身前身后撒欢儿。黑草马咴咴地叫，黑马驹也咴咴地叫。

二哥问老胡："黑马驹跟黑草马是母子吧？"

老胡说："是母子。黑马驹是黑草马前年生的，三岁口。"

大哥的心，再次被戳了一下。

这时，马群已渐行渐远。

老胡重新上马，脚蹬一撞马肚，箭一样射向黑马驹。马到，套马杆到，被套牢脖颈的黑马驹拼命挣扎，终因力不能支，扑通一声摔倒在地。

黑草马回头看着黑马驹，前蹄刨地，咴儿的一声长嘶，响彻云霄。

那一刻,大哥突然泪流满面,握缰绳的手慢慢松开。

大哥二哥是第二天从草原返回来的。

大哥牵着黑草马,黑草马的身后,紧跟着那匹三岁口的黑马驹。

进门,父亲问:"一匹马,咋成了两匹?"

二哥说:"老胡知道大哥的身世后,非要把黑马驹也送给大哥。他说黑草马有黑马驹伴着,就再也不会跑了。"

对了,大哥从小患小儿麻痹症,是个弃儿,三岁那年被父亲从路上捡回来,做了我们的大哥……

蜜蜂的理想

◎ 蒋静波

蒋静波
中国作家协会会员。作品散见于《小说选刊》《星星诗刊》《文学港》《小小说选刊》《儿童文学》等,另有微型小说集《表达方式》《童年花谱》和散文集《静听心声》《时光与野草》等出版。

李老师气喘吁吁地爬上那座小山时,见到一个男孩拿着一只玻璃瓶,蹑手蹑脚地穿行于花丛之中。

早晨的阳光穿过薄薄的雾气和层层的花影,给男孩镶上了一道金边。李老师站在离男孩不远的一棵紫藤树下,饶有兴趣地观察着。

一只蜜蜂在男孩的身边飞来飞去。男孩手拿着一只瓶子,紧跟着蜜蜂,或走或停,或高或低,好像与蜜蜂系在同一根无形的线上。突然,男孩被一截树枝绊了一跤,趔趄几步摔倒了。男孩没喊疼,一骨碌就爬起来,继续盯着那只蜜蜂。

李老师第一次发现,小杰专注起来竟是那么可爱。

今天是星期六,李老师到小杰家家访。上周,他布置了一篇作文，题目是《我的理想》。孩子们的理想五花八门：科学家、外交家、舞蹈家、设计师、飞行员……虽然写得有些空洞，但好歹动了笔，完成了作业。只有小杰在作文题下写了一句话：我还没有找到我的理想。他生气了，这是什么学习态度？他本想在课堂上点名批评，最后，还是忍住了。自己刚接管这个班，还是先进行一次家访，了解一下情况再说。

远远地，他看见小杰家的院子里搁着两只黑乎乎的木箱，好多蜜蜂出出进进。他喊着小杰的名字，不敢贸然进去。小杰的奶奶从屋里出来，听说是小杰的老师，拿来一只防蜂帽，让他戴上。李老师走进了那间阴暗潮湿的屋子。老人端给他一杯茶，自豪地说："小杰用野蜂酿的蜜，他叫我每天喝上一杯。"

他喝了一口，果然绵软细腻，花香弥漫，不同于市面上买的。

老人告诉他，小杰的妈妈死得早，小杰的爸爸替人养蜂，难得回家一次。

"小杰收蜂、养蜂，原来是他爸爸教的。"李老师恍然大悟。

"不是，小杰以前求他爸爸带他去看养蜂场，他爸爸骂他没有出息。后来这里来了一位养蜂人，小杰常去帮忙，养蜂人可喜欢他啰。"老人说。

"这孩子真会琢磨。"李老师禁不住插言。

小杰追着蜜蜂，来到紫藤边，抬头见到了李老师，吓了一跳，怯怯叫道："李老师。"

李老师笑着说："山上真美，你在玩儿吗？"

小杰的脸微微一红，想把玻璃瓶往口袋里藏。

李老师说："小时候，我可喜欢捉蜜蜂了。"他告诉小杰捉蜜蜂的秘诀。

"真的？"小杰眼一亮，将玻璃瓶递给李老师。

这时，李老师好像成了小杰的小伙伴，兴致勃勃地看着玻璃瓶，问："这两只蜜蜂怎么那么大？"

"这叫黑大蜜蜂，是蜜蜂中体积最大的种类，产蜜量比一般蜜蜂要多。"小杰的声音响了起来。

"你家里养的是什么品种？"

"李老师，您去过我家了？"小杰兴奋地说，"那些中华蜂是我在山洞里发现的，熏烟后，抓住蜂王，关进收蜂笼，其他蜂就跟了进来。"

李老师竖起大拇指，说："想不到你还有这个水平。小时候，记得有一天，我抓到一只蜜蜂，突然想吃蜂蜜，就咬住它的尾巴，没想到，蜂蜜没吃成，嘴唇反而被蜇成了喇叭筒。"

"蜂蜜是蜜蜂从嘴巴里酿出来的呀。"小杰哈哈大笑。

不知从什么时候起，他俩好像对换了角色。小杰似乎有说不完的话，他说到养蜂最大的喜悦是收蜂蜜，最大的烦恼是蜂蜜产量不高，冬天，还得喂它们白糖或蜂蜜吃。

一个念头油然而生。

李老师试探着说："后天的班会，你能不能给同学们讲讲关于蜜蜂的知识？"

小杰一愣，舔一下嘴唇，调皮地笑了。他举起右手，敬一个队礼，高声地说："保证完成任务！"

那一天，小杰穿着一身新衣，拿出一瓶蜂蜜，在教室里传递、品尝。他走上讲台，流利地讲着关于蜜蜂的见闻和知识。

课堂非常活跃，提问声、掌声，接连不断。渐渐地，小杰的声音高了起来，语言更流利了。有时候，还发出笑声。放学后，同学们意犹未尽，央求着来到小杰家观察蜜蜂。李老师当场提议，班级成立科学探索小组，就推选小杰任组长。

第二天早上，小杰交给李老师一本作文本，说："李老师，我补上《我的理想》。"李老师翻开本子，在一行行朴实无华的文字中，有小杰对于蜜蜂的探索、对于理想的迷茫和向往，整篇作文是一气呵成的。

李老师的眼光落在小杰作文的最后一段话："理想并没有高低之分。袁隆平爷爷一辈子种水稻，成了世界杂交水稻之父。我要研究蜜蜂，培育新的品种，让蜜蜂酿出更多更好的蜂蜜，为人类的健康服务。这是蜜蜂的理想，也是我的理想。"

正巧，一只蜜蜂嗡嗡地飞进来，好像在回应着小杰的理想。

顾盛红

浙江省作家协会会员，中国微型小说学会会员。作品散见于《小说选刊》《读者》《故事会》等。著有微型小说集《弦上高山表素心》《吴越一炉香》。小说《京砖》获2021年度"中国小说学会好小说年度榜单"

模仿

◎ 顾盛红

康铭在老年大学教授二胡和唱歌，大家都尊他为康老师。他的二胡拉得好，歌喉也宏亮。人优秀了，自然总有一些追随者，老周就是其中的一个。

老周膜拜康老师是老年大学皆知的事。他先跟康老师学拉二胡。老周每次总是早到十五分钟，给康老师洗好杯子，泡好茶水。老周双手捧着茶杯，身子前倾成15度，递给康老师，说："康老师，这是陈皮山楂茶，降三高的，你尝尝。"康老师接过茶杯，微微点头，绽放着菊花般的笑容。

老周给康老师的桌子擦得干干净净，还给康老师买了一个乳胶靠垫，让康老师靠着舒服。康老师颈椎不好，老周常给他揉风池穴。康老师心里欢喜，对老周讲解得很细致。

康老师拉起二胡来，眼睛微闭，仿佛在闻着花香，一副陶醉的样子。老周拉起二胡来，模仿康老师的表情，也微闭着眼睛，像在感受春风的吹拂。老周白天学习完，晚上在家揣摩，很快就进入了状态。

接着，老周跟着康老师学唱歌。老周的歌喉没康老师宏亮，他的声音很低沉。为此，老周每天早起，在小公园里练习海氏丹田发声法，运行时收缩小腹，靠丹田的力量练习呼吸。功夫不负有心人，老周的声音也慢慢地宏亮起来。

康老师对老周的勤奋很是赞赏，他在班上对同学们说："你们要向老周学习，学习他的勤奋好学。"

康老师的鼻梁上架着黑框眼镜，一副老学究的样子。他喜欢把稀松的头发后拢，再擦上点定型胶，神清气爽。他喜欢穿白衣黑裤，简单又清爽。

慢慢地，老周开始模仿康老师的穿着。老周改掉花花绿绿的衣服，也穿起白衣黑裤来。头发也开始往后拢，再擦上点定型胶。更要命的是，老周既不近视，老花的度数也很低，他戴了副平光镜，与康老师的款式一模一样。

康老师看到老周戴着平光镜，哈哈大笑。康老师看到有如此的追随者，心里喜滋滋的。

老周的背有点驼，像一只弓，走起路很难看。康老师的腰板很挺，走起路来像在参加军训般，雄赳赳气昂昂。老周从网上查询到，改变驼背的最简单的方法是每天靠壁站。老周每天靠壁站半小时，慢慢地，老周的腰背开始挺直起来。

一个月后，老周走起路来，也像康老师一样雄赳赳气昂昂了。老年大学的学生们纷纷赞叹。

康老师和老年大学的学生一样喜欢唱老歌，比如唱《我的祖国》："一条大河波浪宽，风吹稻花香两岸……"康老师的男高音像黄河般气势磅礴。老周也不甘示弱，他提起丹田唱歌，气势不输康老师。

有一次，老周早早来到了练二胡的教室。老周穿着白衣黑裤，微闭着眼，动情地拉起二胡。进来的几个人只看到老周的背影，喊道："康老师早，康老师好。"有时，老周一个人在教室练唱，他喜欢对着窗口练唱。不知情的人以及一些新生还以为康老师在唱歌。他们站在门外纷纷鼓掌，说道："康老师唱得太好听了！"

众人纷传，老年大学里有两个康老师了，康老师的心里很不好受。

有一次，老年大学的人聚餐。康老师与老周都喝多了。康老师猛拍桌子，指着老周的鼻子骂道："老周，你是什么东西，为何处处模仿我，你是什么意思？"康老师颈部的青筋暴了出来，脸涨得通红通红。

老周呜呜地哭了出来，他骂道："你以为我想模仿你吗？我愿意吗？我的老伴患上了老年痴呆症，她都不认识我了。但她却记得你，嘴里一直叫着康铭康铭。还指着电视机里的二胡，叫我拉二胡。我天天在家里扮演着你的角色，她每天很开心，病情也有所好转了。我知道你是她的初恋，她记住了生命中最美好的部分。"

在场的人全部惊呆了，康老师抱着老周痛哭起来。

木棉花落

◎ 朱洛嬉

朱洛嬉

广东省作家协会会员,广东省青年联合会委员,河源市十佳青年。作品散见《南方日报》《羊城晚报》《小小说选刊》《故事会》《星火》《椰城》《回族文学》《经典美文》《特区文学》《辽河》等。著有作品集多部,发表作品逾百万字。

小区门口,有一棵移植来的木棉花。春来吐蕊,花开得红红火火,像嵌在碧蓝天空中的红宝石。春雷打了大地几个巴掌以后,木棉花也跟着落了红泪,一朵一朵,掉了满地。可让保洁阿姨奇怪的是,她没能收拾到一次木棉花。每当风停雨歇,她拿了工具去整理落花时,那树下总是干干净净的,像被人整理过。起初,她不以为意,以为木棉花坚强,雷打不动,雨劈不落,毕竟那枝头还热烈着。连着几回如此,就不得不叫她心头暗生疑窦。她给电梯做保洁的时候碰见我,知道我家阳台正对着木棉花,便央我帮她观察观察,那一朵一朵的木棉花,究竟被吹到哪里去了?说起这事的时候,她有点吞吐,怕我不肯答应。但其实我也十分喜欢那一树傲立的红花,只是从未注意到风雨过后花树下的乾坤。经她一说，我的好奇心顿时被挑起，往后的日子便有意地等着风来雨来、雷响花落。天气不好，哪儿也去不了。百无聊赖之间，我更加密切地关注着那一树红宝石木棉花。某个黄昏，下了一场挺大的雨，我却蜷在被窝里睡了一个美美的觉。想起来，赶紧拉开窗帘往那儿望去，湿漉漉的地面空空如也，落花，早已不知所踪。我怅然地立在窗前，望着木棉树枝头盛开的春意，生出一种别样的心情：我错过的似乎不只是一场落花，更是一个真相。

我胡乱猜想着花儿的去处，直到夜幕降临。第二天，我把书桌搬到窗前，摆上笔墨纸砚，调了红黑双墨，安静地描画着窗外那株木棉，等雨来。孩子问我，怎么突然想起来画画，不是许久不画了么？我指着那株木棉，问她：你看，这一树花的形象，好不好？孩子说，噢，还真是好呢。木棉的树干挺拔，花朵鲜艳，和我见过的别的乔木都不一样。我点点头，告诉她木棉花还有一个名字，叫作英雄花。它高大挺拔，顶天立地，如英雄般气魄雄伟。花是鲜红的，姿态大气优雅，实在是叫人由衷地喜欢。女儿听后，坐下来说，她也要画一株英雄的木棉。墨汁在细腻的宣纸上游走，因为赋予了它许多意念，画上的木棉比窗外的木棉还要挺拔有型。看孩子在她画的木棉树下添了几朵掉落的木棉花，我提醒她，咱们窗外的木棉树下可什么都没有哦，你怎么凭空添加了落花？她笑问我，哪一棵树没有落花？我竟不知道如何解释。犹豫间，风雨骤来，我紧张地站起来，严肃地站在窗前望着被风雨吹打的木棉。女儿悠悠地说了一句，其他小花小树被吹得东倒西歪，只有木棉，纹丝不动，就连吹落的花朵，都是整朵整朵噗噗地掉落。它真是与众不同。我近视，并没有察觉木棉花已经掉落，经她一说，便离开房间，准备到阳台去看。刚到阳台，就看到一个黑灰的影子，急匆匆地穿进了雨幕，去到木棉树下。我定睛一看，黑色的是伞，伞下露出一双墨蓝色水鞋。伞离地面很近，为了快速捡起落花，他一直佝偻着身子。他似乎并不在乎寒风呼啸冰雨侵袭，木棉花掉落一朵，便捡起一朵。倘若无花飘落，他就安静地站在雨中。或动或静，持续了半个多小时，风雨不停，他亦不走。我犹豫着，要不要下楼去迎接他，要不要告诉他，我对他有着深深的敬意。这敬意，我原来只给过葬花的林妹妹。但又担心我的自以为是打扰了他，打破了他的世界的宁静。风雨渐歇，慌乱中我还是冲动地下了楼。在一楼大堂，还穿着棉拖鞋的我，终于见到了那双墨蓝色水鞋的主人。他是一位白发苍苍的老人。他慢慢走近我，喘着大气，我能感到，他浑身上下冷透了。他一只手拿着伞，另一只手托着盆，一朵一朵沐浴了春雨的木棉花摆得整整齐齐，像仍在枝头一样。大爷……我鼓起勇气开了口。您去几楼？我帮您按电梯。

谢谢，五楼。好的。我家在三楼，您要不要进来喝口热茶？不用了，谢谢你。这花，的确是很好，不但好看，还可以清热解毒，可以治痢疾。大爷看了我一眼，摇了摇头，没有说话。电梯来了，我把他请进电梯，按了五楼，他再度道谢。临走时说了一句：这花不是用来吃的，这是我爱人最喜欢的花，每年春天，我将它收起来，摆在她的照片前面，是给她看的。他说完转身走了，留下我呆站在电梯里，那股早前停在眼眶的热流，终于轰轰烈烈地奔涌而出。

杨希清

河北省滦南县人,中国微型小说学会会员,作品发表于《当代人》《中国乡村》等报刊,著有小说集《箭杆儿王》。

牛黄

◎ 杨希清

庖三是牛贩子,买牛,杀牛,卖肉,方圆百八十里没有不服的。买牛靠眼力,一头牛能出多少肉,他围着牛转一圈,捏捏前腿跟,拍拍屁股,从牛的一侧伸胳膊量一下牛肚子,后退两步,看两眼牛的全身,便向卖牛的伸出手指头,递了价钱,一番讨价之后,成交了。拉回家杀牛,一棒子打在牛脑门子上,牛闷了,抹了脖子放了血,剥皮后大卸八块,刀法技巧,赛过庖丁。卖肉更让人叫绝,买肉的说要五斤,一刀下去,一称,五斤高点儿,卖出多份,一份上下差不了多少。人们称赞他买牛眼力好,杀牛刀法熟,卖肉刀法绝,名声大了。

庖三靠买牛,日子过得挺殷实,一下子盖了六间北京平,花了十几万,村里的人看着都眼红。有人说庖三的钱挣在买牛上,一头大活牛，也不上秤，全凭眼力，凭多年的经验，轻车熟路，能估出个十有八九。卖牛的恐怕都被庖三唬了，不然咋挣那么多钱？人们虽然这么说，牛还是卖给庖三。

外号叫老琢磨的养了一头牛，该卖了。他和庖三有二分五的亲戚，论辈分庖三叫他表叔。老琢磨心想，买卖挣熟人，不知道自己的牛值多少钱，心里没谱，怕被庖三唬了。突然想起四十里外的表弟开着工厂，有地磅，给表弟打电话称牛，表弟把牛拉过去又送回来。老琢磨心里有了底。

老琢磨去找庖三说卖牛，庖三便去看，围着牛转了两圈，一伸手指出了价钱。老琢磨倒吸一口气，心想你神了，眼珠子转了转说，再添三百。庖三说，添不了，我给的是大价钱，亲戚里道的，我能挣你老人家的钱？老琢磨心里服了，庖三给的价钱比自己算的多六十块，但还是磨叽价钱，庖三又添了一百块，老琢磨心满意足了。

老琢磨捡了点便宜，见人就夸庖三买牛好眼力，嘴一出溜把自己多要的钱说出去了，人们说，你们沾亲带故的，我们没法跟你比。

邻村有个老汉，养了一头母牛，本打算让它下崽赚点儿钱，给病老婆买药。可这头牛不争气，揣不上崽，三年过去了，不但没下一头小牛崽，光配种花去几百块，而且牛一年比一年瘦。几个牛贩子看过后，摇摇头摆摆手就走，连价钱都不给。无奈，老汉找庖三，庖三和儿子来了，看牛时，屋里传来女人不住声地咳嗽，庖三知道是老汉的病老婆。

这头牛瘦得不成样子，庖三仔细看，反复摸牛肚子，问老汉要多少钱。老汉说，你看着给，差不多就卖，老婆等着钱买药呢。

庖三伸出手指，老汉一看心都凉了，说，五百块呀，不卖不卖，一摆手，你走吧！

庖三说，是五千块。

五千块？不值不值，你就给个上下差不多少的价，牛你牵走。

庖三说，五千块，不是说着玩儿。

在一旁的儿子急了，喊爸，你疯了吧，一头好牛也就是五千块。儿子指着这头牛说，除了皮就是骨，一阵风能把它吹倒，最多三千块。

儿子的话一出口，庖三从心里高兴，儿子出的价合适，看来这些年没跟着白跑。

庖三大声说，你懂啥？少插嘴！

爷俩争执了一会儿，儿子拗不过爸爸，一气之下，上车打着火，嗡一脚油门儿，开车跑了，车后抛起一串尘烟，把庖三扔在老汉家。

庖三喊儿子，早跑远了，嘴里嘟囔着骂，驴脾气！

庖三对老汉说，这样吧，你找辆车，把牛送我家，你在一旁看着杀牛，卖多少钱给你多少钱，行吧？

老汉说，那感情好，但我不能让你白忙活。

庖三杀了牛，急着看牛的胆囊。果然，从里面剥出一个椭圆形的肉蛋，表面光滑，呈黄色，庖三问老汉是啥。

老汉仔细看，说不知道。

庖三在手里掂量着，有一两多重，告诉老汉是牛黄，值两千块，够你老婆吃一年的药。

老汉简直不敢相信自己的耳朵，看着庖三微笑的面孔，心里暖暖的，嗓眼儿发热。老汉明白，值钱的不是牛黄。

平行线

◎ 李春华

李春华

中国作家协会会员。作品散见《安徽文学》《北方文学》《小说月刊》《鹿鸣》等。有作品被《小说选刊》《微型小说选刊》《微型小说月报》《小小说选刊》等选载。多篇作品入选年度精选本、排行榜，并入选高考文学类试题库。

在乡下住的几年，我和同学张仁慧最要好。

我俩和所谓的"志趣相投"或者"同病相怜"不搭边。我是家里的独根苗。比方说，冬天到了三九天，窗上冻了一层冰凌花。半夜里我让尿憋醒了，迷迷瞪瞪钻出被窝，屋里的寒气嗖嗖扑过来，冻得我打哆嗦，磕打着牙找尿盆。我妈早把手搭在尿盆沿上。她家里孩子一大堆，她是老大，下边三个弟弟、一个妹子。她妈权当她是母鸡下了个蛋。她明明有好听的名字，可她爸见天喊她丫头片子、赔钱货。

我跟她要好，事出有因。我到新班级，女同学斜眉搭眼瞅着我的麻花辫，不搭理我。唯独小慧像跳跃的火苗，拉过我不知搁哪儿的手：我叫张仁慧，你呢？我乐颠颠地抓过她的手，呀！硬邦邦的，咋像个刺棒！不过只是一闪念，我并没松手，拉着她跑出了教室。

村外河边的小树林，是我跟她放羊的地儿。我们肩挨着肩，坐在草地上，扬着脖子数着一朵一朵飘来飘去的白云，嚼着一嘟噜一嘟噜的槐花。嘴里还跑着火车，话题是天南地北，没边没沿。她忽闪着泪光说，以前我就跟它说话。她下巴往上一翘，努努嘴瞅着吃草的羊。我冷不丁捅她一下，你说咱俩咋就相好？她哧哧地笑。是呀！你是蜜罐里泡大的娇娇女，我是姥姥不疼舅舅不爱的乡下丫头。对了，咱像不像两条平行线？嗯，别说还真像！哈哈……

时间像个无情汉，一步三晃就是三年。我要跟爸妈落实政策返城。小慧拉着我，她的两根羊角辫，在她瘦削的脊背上来回蹦跶。我们跑到小山包上，她猛地抬头，指着青翠的远处说，说好了，咱俩城里见。我鸡啄米一样点着下巴。

许多年后，我俩如约在城里见面。小慧经历了很多，去城里打工，工余时间参加高等学校自学考试，毕业后应聘当了小学老师。她跟一个老师结婚，生了个儿子。说来也巧，我当了公务员也生个儿子。两条平行线，总算有了交集。

我和小慧各自忙，虽久未见面，但常有电话联络。一晃孩子都长大成人。她儿子考上了刑警学院，我儿子公费去英国留学。她儿子毕业后到秦市刑警支队，干得风生水起。小慧提前病休，随儿子去了秦市。我们虽处两地，但一直手机联络。我俩通话说到儿子，我大多沉默。儿子飘在海外，看不见，更摸不着，心里没着没落。哪像小慧儿子在身边，有说不完的话题。

有段时间，我像丢了魂儿。想儿子想得百爪挠心，五花八门的念头闹腾着，手心和脑门出一层冷汗。咋非让儿子去英国留学？在眼前多踏实啊。悔不当初呀……

丁零丁零！手机响了，吓我一激灵。是小慧，我立时捂住胸口，心脏跳得那个欢呀——哎哟喂，总算来了个诉苦的人。

我儿子提干，当了副支队长。他整天不着家，工作是忒打紧。有一回仨月没着家，进门吓我一跳。他两眼充血，胡子拉碴，瘦得都脱了相……要说他穿警装是真帅，那才叫英姿飒爽……

我嗯嗯地答应着。其实，这些车轱辘话，记不清打过多少来回。我心里嘀咕，就算再狼狈，倒是看着真人了。我可倒好，成天抱着个相片，一看小半天。看着看着，还一会笑，一会吧嗒吧嗒掉眼泪。知道的是想儿子，不知道的以为是疯子！唉！小慧纯属是现代版的祥林嫂啊，我的苦闷噎在了嗓子眼。草草说几句，把手机扔沙发上。

都说"花无百日红"，友情也败给了岁月呀！从前仿若昨日，再也找不回。我顿生几分凄凉。可潜意识里，总像一场场电影——小树林的羊肠小道，两个扎着羊角辫的小女孩，你追我我追你，老在眼前回放。

也就俩仨月后，小慧又打来电话。想当年，你的手细滑白嫩呀，我的手她们都嫌粗糙，就你不嫌……还记得咱俩吃槐花不？我想吃槐花包子呢！她的话击中泪点，我鼻子一酸，眼泪刷拉刷拉地掉。小慧，你那头没有槐花吧？我去农庄买，给你送过去。好，好！来吧！想你了！

一个小时的车程，我到了秦市。小慧早在小区门口等着了。

我俩抱在一块儿，她的鬓角忽忽悠悠，飘着几根白发，脸上的褶子见多。

我俩手拉手上楼，我拎着槐花包子，直接跟她去厨房。她把槐花包子码在蒸笼里，打开燃气灶。停当后，又拉着我回到客厅。我俩打开话匣子，话题自然少不了河边小树林，放羊，数云彩，吃槐花……我边说着话，边溜达到卧室。

我走进一间屋子愣了，写字台上摆着年轻、英俊的警官的黑白照片，相框上挂着黑纱。瞬间，我的心一哆嗦，悄声回到客厅。

小慧像尊面无表情的雕像，平静地坐在沙发上，木然地瞅着窗外。我挨她坐下，拉住她冰凉的手。

唉！五个月前，他执行任务去抓捕，谁想他再没回来……那段日子难啊，暗无天日。你一直听我絮叨，我才撑过来。

我一时语塞，眼泪在打转儿。

小慧去厨房端来槐花包子，有滋有味地嚼着，像是回到了少年。我把包子搁嘴里，如同嚼蜡……

琴痴

◎ 刘怀远

刘怀远

中国作家协会会员，作品散见于《山西文学》《山东文学》《四川文学》《小说月刊》等刊物，被《小说选刊》《作家文摘》《小小说选刊》《微型小说选刊》《小小说月刊》《微型小说月报》《故事会》等转载，多篇收入中学语文阅读试题和教辅，出版小说集《在唐诗中割麦》等三部。

民国时，慈惠墩唯一的女裁缝叫肖爱枝。她膝下三个女儿，大女儿叫春花，二女儿叫秋月，唯独三女儿没有大名，人称三丫头。不知道是肖爱枝忙着每天剪布裁衣，还是女儿多得违背了她的理想，所以她不愿意再给三女儿取一个好听的名字。

三丫头虽被妈妈忽略，却心灵手巧，八九岁时就能用碎布头做一些巴掌大的小衣服，特别是一套小旗袍，线条凸凹的拿捏，让做了半辈子衣服的肖爱枝暗暗称奇：这孩子生来就是一个上乘的裁缝！

如果不是跟着妈妈去了一次张百万家，可能她真就一心一意长成了一个好裁缝。

这天，肖爱枝要把做好的几套衣服送去张百万家，三丫头尾巴似的跟在她后面。到了张家，三丫头听见了叮叮咚咚的流水声，从没听过的悦耳水声，那水声淙动跳跃，一下牵住了三丫头的耳朵。

妈妈敲开一扇门，三丫头眼前一下亮了：一个洋学生模样的大姐姐坐在暗红宽大的桌案前，微低着头，左额前垂下一绺黑发，她拨弄一块乌亮的长条木头上的几根弦，见她们进来，纤巧的手指停下来，那水声立刻消失了。

大姐姐把额前的头发捋到耳后，凑过来看新衣。三丫头不知哪儿来的勇气，问："你拨的是什么？"

大姐姐笑盈盈地说："我在弹琴啊。"

"那我怎么听到水声呢？"

"我弹的就是《高山流水》呀！你也会弹琴吗？"

三丫头摇摇头。

肖爱枝说："大小姐，您别理她，她什么都不懂。"

"能听懂我弹的曲子，这孩子真是不得了！我教你弹琴好吗？"

肖爱枝忙拦下："小孩子没轻没重的，那么贵重的物件，别给您拨弄坏了。"

"坏不了的，来！"

大小姐拿着三丫头的小手在琴弦上拨弄，三丫头的手指一动，立刻听到一颗水珠叮咚滴落。三丫头学着大姐姐的样子乱动起来，惊得妈妈忙把她推到一边，说："拨坏了，卖了你也赔不起！"

回到家，三丫头的额前精心垂下了一绺头发，不过她的头发是黄黄的。她问妈："明天还去大小姐家好吗？"

肖爱枝说："人家不做衣服了，还去干什么？"

三丫头说:"我要去和她学琴。"

肖爱枝把嘴撇一下:"别想些没用的,你不能弹。"

"那她怎么能弹呢?给我也买个琴吧。"

肖爱枝搪塞道:"有了富裕钱就买。"

三丫头满心欢喜,帮妈妈做事更勤快了。

肖爱枝的手艺好,生意就很好,每当面带微笑数钱的时候,三丫头就凑过来问:"快够给我买琴了吧?"

"快了,快了。"

三丫头问:"还差多少钱?"

肖爱枝说:"再过几年就差不多了。"

一晃,三丫头额前的一绺头发又黑又亮了,胸脯也高耸了起来,真的成了妈妈的好帮手。她和妈说:"我也能做衣服了,我自己攒钱买琴可以吗?"

肖爱枝就生气了,大声地说:"你多大了,还净做些小孩子的痴心梦,你会弹吗?弹琴可以弹饱肚子吗?"

三丫头说:"没有琴我怎么会啊?"

肖爱枝说:"有那个钱给你做几件新衣服,再买个银镯子戴上。"

三丫头说:"我不穿新衣服,不戴银镯子,只买琴。"

肖爱枝说:"天生受苦受累的命,弄些没用的干什么?饿上几天看你还想不想弹。你要敢买,我就先砸琴,再砸断你的腿!"

三丫头像变了一个人,整天和妈说不了一句话,额前垂着的一绺头发倒越来越长了,遮了眼睛,她也不往后撩一下。她多么想听到那淙淙流水的声音,多么想再看到大小姐那弹琴时优雅的身姿,大小姐去东洋留学了,再没有回来过。

有户人家上门提亲,肖爱枝满意,三丫头悄悄拉住媒人提了个条件,要求彩礼中有架琴。

媒人把话带过去,不想男方一口回绝,说买牛买马可以,没用的东西不置。

三丫头成了街上茶余饭后的话题,说这孩子模样挺俊的,脑子却有问题。还有人说,这孩子闲下来时,两把手指就不自觉地弹动,别真有痴病。

在人们眼里,孤僻的三丫头成了一个病人。

三丫头成了大姑娘。

三丫头成了老姑娘。

突然有一天,街上传来一阵悠扬的声音,三丫头一激灵,先是以为大小姐的琴声,再听,又感觉比琴声悠长。她奔出去看,是一个挑担游乡的货郎在吹一根长长的竹管。

三丫头问:"这是什么乐器?"

中年货郎说:"这是箫,好听吧?"

"琴更好听,有琴卖吗?"

货郎转着眼珠看三丫头的窈窕身材,说:"你想买琴?我会弹琴的,我知道哪里有卖,我带你去挑。"

村里就不见了三丫头。

三丫头再出现时,已不是一个人,怀里抱一个小的,身后跟个大的,两个俊闺女。

肖爱枝憎一下,立刻明白了,劈头盖脸地大骂一顿,三丫头平静得像立在暴风骤雨中的一截儿木头，额前垂着一绺粗黑的头发。

骂累了，肖爱枝还是双手接过三丫头怀里的孩子，这一刻，碰到了女儿的手，感觉不对劲，忙抓过女儿的手，竟不见食指和中指。肖爱枝俯下身，双手捧住这只残手问："怎么搞的？"

三丫头摇着头不说话。

三丫头的大孩子说："不许弹琴，被刀剁下了。"

肖爱枝好像明白了什么，喉咙里滚动了几下，眼泪滴落到断指处。好久，她抚摸着大孩子的头问："你叫啥？"

"我叫大琴，妹妹叫小琴。"

肖爱枝耳朵有些背，追问："小晴？大晴？"

"是弹琴的琴。"

肖爱枝抱住三丫头，哭声终于从喉咙里逃出来。

青花如意陶

◎ 徐建英

徐建英

湖北省作家协会会员。曾在《啄木鸟》《作品》《芒种》《山东文学》《故事会》《南方日报》《中国青年报》《小说选刊》《微型小说月报》《小小说选刊》《微型小说选刊》等发表作品数百篇。出版有小说集《守候一株鸢尾》。

道光年间,秦都有位陶艺师,姓陶名淳风,祖辈以制陶、售陶为生。陶淳风精于把陶、掌陶,经营的"一品陶居"生意很是红火,内堂有不少古物。

这日,一老者入店内,扬言找陶淳风掌个眼,随后小心翼翼取出一个青花如意瓶,陶淳风接过瓶,一怔——此瓶胎质细腻,胎体轻薄,釉面光润,青花色泽甚是浓郁。

老者觉察到陶淳风面有异色,一丝笑容浮上脸庞。

陶淳风沉默不语,良久才吐出三个字:"仿制品。"

老者指着瓶身绘制的青花如意回纹,傲慢地说:"人言小陶先生慧眼识陶,我看也不过如此嘛,且不提瓶底的永乐印记,单看瓶身的青白釉面,苏麻离青料烧制的艳纹,青墨斑点似水墨般的晕散,便知是郑和下西洋时外销的如意陶瓶。"

陶淳风只手持陶瓶："此乃提纯过的青料铸造，烧造得当，水墨斑点便可以假乱真，然仿制品就是仿制品。"说完将瓶摔个粉碎，捡起一片陶胎递给老者："请老丈看看内底是否有陶某的刻字？若无，我愿十倍赔偿。"

老者取出凸透镜，见到陶淳风三个发丝大小的篆体小字，立时面露寒色。陶淳风同样脸色凝重："此瓶乃陶某十五岁生辰的习作，岂料辗转你手……"

老者一言不发地转身离去。

陶淳风将碎裂的陶片一一捡起，遣散众人，进入内堂，将陶片重新一一拼接，不多时一个青花如意瓶就摆在藏柜打眼的地方。

数年后，江南鸿运钱庄、江北铸剑山庄同时来秦都提亲。

陶淳风痴陶，年逾三旬无妻室。

鸿运钱庄二小姐冯鹄，年方十六，自幼聪慧，随冯庄主进进出出，是钱庄的好帮手。

铸剑山庄已故曹庄主的女儿曹雪，人如其名，清冷美貌，芳菲十八，待字闺中。

同时面对两位小姐，陶淳风很是头痛。南北两家他都不想得罪，也得罪不得。于是诚意宴请冯、曹两家。怎奈冯、曹两家甘愿二女侍一夫，不分大小，平妻入嫁。

冯鹄直言："你擅于挣钱，我自幼起喜理账纲，我们一好得两好。"

曹雪淡淡一笑："有你，此生便安。"

岁月匆匆，冯鹄先后诞下两儿一女。春晖寸草之余，冯氏帮陶淳风打理一品陶居，不久便在陕西设立了分号。

　　曹雪多年无所出，一个人在陶家老宅里郁郁寡欢。偶尔，她也会到一品陶居，怔怔地对着那个碎裂了的青花如意陶瓶，一看就是半天。

　　又数年，曹雪重病。

　　曹雪自知时日无多，在陶淳风再三追问下，曹雪才把心中藏了多年的心事和盘托出。

　　陶淳风听完长叹。

　　一顶软轿把曹雪抬进了一品陶居的内室，关好门，陶淳风小心翼翼地搬出那个碎裂了的青花如意瓶，在曹雪诧异的目光中，在碎裂拼合后的瓶身处，用小锉轻轻开了一条切口。外层的橘皮青釉层层剥落，露出一角的瓷白，内底的瓷釉白中泛青，瓷胎质感细腻。曹雪的眼睛随着陶淳风的手指滑动而骤变——碎瓶内竟还藏一青花如意瓶！

　　曹雪一阵剧烈的咳嗽，嘴角有血在沁出，眼神从惊讶到愤怒，最后与身子一起跌落在地。

　　陶淳风躬身扶起曹雪，问："二十年前与我斗陶的，可是已故的岳父曹老庄主？"曹雪黯然点头。"终究是祖上的东西。父亲年轻时在冯家钱庄失了瓶……斗陶，方晓如意瓶在陶家。我，怎么……也得全了他所愿。"

　　陶淳风喟然长叹："陶家无意得陶，我竟因瓶得两妻。但古物有价人无价，曹家既是原主，又是姻亲，当物归原主。只是夫人啊夫人,你又何苦赔上自己半生?"

曹雪的泪水无声滑落:"青花……如意瓶……相传一瓶可抵半城……"

门外,冯鹄提儿携女,风风火火地踏月归来。

三小时局长

◎ 刘贵赓

> **刘贵赓** 内蒙古赤峰市小小说创作委员会副主任。著有长篇小说《贾二愣的经商之道》，短篇小说集《她为什么不再爱我》《还留一手》《刘贵赓短小说选集》等六部。

1986年，王家屯地区降了一场罕见的大雪，客货列车受阻。铁路局吴局长下了死命令："不惜任何代价，18点以前必须开通！"

几个去屯子找老百姓帮忙的干部无功而返。段长紧锁眉头，突然，他把目光扫向了我："小刘，你去吧。要不惜任何代价办成！"

得到段长大人的令箭，我和同事小杨一起向王家屯大队奔去。

大队只有一个会计在家。小杨瞅了我一眼，说："刘局，你说吧。"

"刘局"是我的外号，那时我虽然才二十几岁，长得却很富态，所以大家都这么叫我。

会计动作麻利地站了起来，问我："您是局长？"

我刚要否认，小杨却冲我眨眨眼，一本正经地说："这是铁路局的刘局长。"

会计一听,立刻满面憨笑地和我握手,说:"你们铁路刚才来了几个领导,说铲一天雪给一块七毛七,这么冷的天,谁干啊?刘局您得给我们涨点。"

我暗骂小杨,也只好顺坡下驴,装作局长的样子严肃地说:"路社联防,这是早有约定的。这条铁路是我国进关的第二条大干线,停车一小时就要给国家造成不可估量的损失。你敢说你没有责任?"我目光严峻地逼视着会计。

他避开我的目光,连连说:"理是这么个理儿,不过一块七毛七说啥也不行,这么冷的天,有的人连棉鞋都没有。"会计说得挺可怜。

我想了想,说:"两块。"那时两块还真算个钱。

会计没说话。望着他那还嫌少的样子,我想起出门前段长嘱咐的"不惜任何代价",一咬牙,说:"两块五!"

"当真?"会计兴奋了,伸出大拇指称赞道,"不愧是刘局,说话痛快,好,我给你喊人!"说着,他拿起麦克风:"各家各户听着,所有的青壮劳动力拿着铁锹到大队部集合,铁路的刘局长有话对大家说。"

院里很快挤满了拿铁锹的人。

我站在高处,轻轻地咳了几下,腆了腆肚子,高声说道:"乡亲们,现在铁路上遭到了百年不遇的特大雪灾,希望乡亲们在这危难时刻帮我们一把。大家想想,我们的子女,我们的父母,要是像乘客们一样也被困在一个地方不能回家,我们的心情又是如何呢?当然,不会让大家白干,报酬问题已经和你们的会计说好了。"

会计赶紧粗喉大嗓地接话:"刘局长说了,凡是去铲雪的人,每天两块五,有一个算一个,绝不嫌多!"

这下人群沸腾了:"啧啧,到底是局长,说话带劲!"

"是呀,人家开口就是干货。走啊,走啊,一天二十五大毛,不赚白不赚啊!"

于是,这支三四百人的长龙在我和小杨的率领下,挥汗如雨地干了三个多小时,中断了十三个小时的线路恢复了畅通。

晚上,我正向领导们汇报工作,会计来了,他向我笑了笑:"这是除雪名单,总共是三百九十七人,每人按两块五算,总共是九百九十元零五毛。"

段长拨拉了几下算盘,说:"每人一块七毛七,应该是七百零二元六角九分。"

会计一听怒了:"你们局长红口白牙地说一天两块五,怎么到你嘴里变成一块七毛七了?"

段长一头雾水:"局长啥时候说的?"

我挺尴尬,会计大声喊道:"刘局长,您说话得算数啊!"

"他是局长?"段长的语气有些嘲讽。

"他不是局长?"会计都快要哭了。

一个办事员笑道:"他是我们的巡道工小刘。"

段长严肃地对会计说:"你把详细经过写下来交给我们,我们一定会严肃处理。"

一个干部随声附和:"是啊,小刘这小子太损了,竟然欺骗老百姓。"

我的心猛的像针扎了似的,疼得眼泪都要流出来了。我大声说:"不惜任何代价是上级命令,也是你们告诉我的。两块五是我和老乡们公开说的,咱们不能说话不算数!如果铁路不出这钱,超出来的钱我掏,大不了我年底不结婚啦!"

"不惜任何代价,也没明确告诉你一天两块五,你还有理啦?"段长气愤地批评我,"一块七毛七是死规矩,你这次破了例,以后再发生这样的事,那得浪费国家多少钱?"

就在这时,一阵爽朗的笑声传了进来:"两块五就两块五。没有乡亲们的大力支持,现在也通不了车,国家的损失会更大。谢谢你们,你们都是大功臣啊!"

是吴局长,吴局长来了!只见他紧紧地握住会计的手,连连说着感谢的话。

我心头一热,悄悄地走出了办公室……

三爷的戏法儿

◎ 孟真

孟真 中国微型小说学会会员，作品曾刊《作家文摘》《微型小说选刊》《微型小说月报》《故事会》《作家报》《山西晚报》《小小说月刊》《民间故事选刊》《金山》《当代文学》等，有作品被收入各种选本。

早年间，走街串巷打把势卖艺的，就像硬气功和变戏法一样，鱼目混珠，有真有假，有实有虚，也有好孬之差。不过，不论祖传真功夫，还是花拳绣腿，卖艺嘛，那年月，无非就是混口饭吃。

三爷的蔡家班就属于这一种。三爷自小脾气傲，家里地没一垅，扛长活吧不服气，打短工又养不活一群儿女。仗着小时候跟庙里老僧学过半年的三脚猫功夫，边讨荒边卖艺。刀是木头的，剑也是木头的，二小子手巧，慢慢削的。

别看假，总比偷啊抢啊的挣得踏实。蔡三爷有话："咱这不叫卖艺，小戏法儿，糊口填肚子，鸡蹬狗刨，各有一道！"

既然家伙什儿是假的，花拳绣腿是假的，提蹓当啷一群破衣烂衫的班子，自然讨不到几个赏钱。白天饿肚子，黑天蹲碾棚、睡大庙,自然是常事儿。比这个更难受的,是挣不上俩钱儿再遇上地痞恶霸,那可就够受的了。

话说蔡家班来到冀城小镇,正逢大集,一家人走到集口,扎个场子叮叮当当表演起来。

大儿子两口子顶缸演完了,二小子舞了套棍法,白腊棍罩体抡圆,呼哧呼哧舞得人眼花缭乱……

虽是表演,孩子们不敢不卖气力,有一个节目演砸了,哪怕是棍子落地,或二丫的小戏法儿穿帮,三爷就会马上把举盘子收钱的老婆和孙子孙女叫回来:"今天演砸了,分文不取,一家人下顿饿肚子。"

三爷说:"这叫输艺不输人!"

今天不赖,演了三场,没什么纰漏。天黑下来,蔡家班住进了镇外的破庙里。黑灯瞎火的也弄不清供的哪路神仙,三爷领着孩子们拜了三拜,嘱咐女眷们生火烙饼。皮囊里的酒沽满了,又称了一大包猪头肉,河北这地界好啊,总算是过回子年吧!

借着火光,大小子用袄袖子擦了擦佛案上的土,二小子呼啦啦把四周的蜘蛛网扫了。三爷打开黄纸包,先让孙子孙女过来吃肉:"今儿个还成,再卖把子力气,攒点钱,让俺这俩小瞎子跟着先生识些大字去!"

酒足饭饱,大家正要各自找地方休息,忽闪忽闪的小火苗即将熄灭的时候,呼啦啦闯进来几条黑影,骂骂咧咧抬手就打人。

"娘那个魂的,上老子的地界淘金子,给爷爷进贡!快点!"

三个家伙抓住三爷的脖领子,老大挡在中间:"各位爷,有话好说，莫动手！"几个流氓哪里听这个，比划着手里的杀猪刀，几个人扭打在了一起。

狗爪子快摸到二丫的胸口了，转眼间，女人叫，孩子哭，吱哇喊天，小庙顶都要掀翻了。

昏暗里被摁在地上的三爷掏出了枪："兔崽子们，反了你们，知道蔡三爷是干嘛的不！我，我，我……"

三爷甩了三次枪，"啪"，枪终于响了，一袭红光，半庙硝味，但见挡在中间的大儿子应声倒地，脸朝地手捂胸，两腿弹蹬几下就没了声息！一双儿女更是扑过来"爹啊爹"地山嚎！

出人命啦！几个地痞一溜烟儿地窜得比兔子还快，二小子追出去，一把揪住跑得慢的后边那家伙的后袍："赔俺哥哥性命！"

那贼人倒也不傻，慌张中顺手从兜里掏出一把散钱，恨恨地说："倒霉鬼，买棺材去吧。"

老二接过钱这才松了手，等到进了庙门，见大哥两口子正给爹擦脖子上的伤口，大哥道："二子，不是哥说你，让你少喝点儿，喝酒误事，咱爹举了三回枪你那摔炮才响，不如上回配合得妥当。"

"大哥，别提啦，摔炮潮啦。我先摔了一个，没响，是个臭子，哑炮！"

瑟犄

◎ 奚同发

> **奚同发**
> 中国作家协会会员、中国文艺学会法治文艺创研部副主任、河南省作家协会理事、河南省小说研究会副会长、郑州小小说学会副会长，出版小说集《最后一颗子弹》《你敢说你没做》等多部。

楚墓，一名工作人员蹲着清理土层，小毛刷下"噌"一响，惊吓得他全身一个激灵，既怀疑自己的眼睛，更不信自己的耳朵。面前条形土方上碎屑斑块纷纷脱落，不久便露出颤动的丝弦……

电话响起时，刘正权正在银杏树下喝茶，他喜欢喝烫嘴的茶，烧水都用的多年前从日本买的老铁壶。作为知名的瑟研究专家，至今学界没有考证出古瑟演奏之法，所以，有时看着舞台上别人用弹古筝的方法奏瑟，他心底就暗笑。李商隐诗"锦瑟无端五十弦，一弦一柱思华年"，与七弦之琴相比，瑟的五十弦将演绎出怎样宽广的音域？

经过月余清理，横陈眼前的古瑟，一米五长，四十厘米宽，整木斫成，表面微隆，内体中空，下有底板。首端列一长岳山，尾端布三短岳山,岳山外侧对应弦孔。除了系弦的枘有损,最关键的定音柱也移了位。

考古人员电话里说,与以往发掘的古瑟不同,这把瑟只断了一根中弦,其他四十九弦单弦均可弹响,但整把瑟却弹不响。手握话筒的刘正权脸部发烫,还有弦存?太不可思议。七八千年前的贾湖骨笛出土后都可以吹响,如何让此瑟重新弹奏起来,将是一个多么重大的考古发现和新闻。而让古瑟的生命再现,成了他的特别使命。难道这就是他等待半生的那把瑟?

虽历经地下千载,瑟的板面髹漆依然色泽艳丽,质感丰润温厚。刘正权发现,与以往考古发现的单纯材质瑟弦有异,此瑟弦由蚕丝、牛皮筋及其他动物皮革、毛发混编而成。于是,各种动植物研究专家登场、论证,除了一种似是而非的狐尾毛外,其他并非目前人们所知的野兽类。难道是绝迹的某类?大家各执一词,又常哑口无言。而后有一天,他和几位专家看到一面挂鼓时目光突然一碰,天哪,弦丝难道是……

接下来的一段时间,他把自己与瑟单独关在一起,先是试着把那些乱了的弦柱一一归位,再依内、中、外三组弦的不同排列,一一试调音高、音阶。当然,在这个过程,他发现了一个惊天的秘密。

当一切完工,走出瑟室,他一脸兴奋。一干人急急围上来,听说可以试奏,顿时欢呼雀跃,毕竟此事早成为文物局及省领导重视的项目。多日未回家的他当晚一进门倒头便睡,夫人惊讶地发现,他身上是一道又一道紫色印痕……

试奏仪式不过十余人参加,隆重而肃穆。

记者的镜头从整个瑟体缓缓推向一根根绷得直直的弦，特写镜头下但见弦丝油光温润，体态充沛，简直像等着上战场的昂扬武士。

刘正权盘腿坐定，面前燃起一缕陈香，膝上横搭楚绸，楚绸上横置古瑟。稍许，他缓缓睁开双眼，像从一个遥远的地方醒过神来，目光找到侧前方，似有似无一点头。那边的青年手中两把鼓槌高扬，"咚"的一响，而后鼓点由轻至重，且渐加密，待到如狂风暴雨之势却骤然中断，听者才沿着音乐注意到另一侧操琴者双手或提或按，由低渐高行云流水而至的琴声。

待到琴声浪涛滚滚，刘正权右手拇指外挑一下瑟弦，再迅速用食指、中指、无名指朝怀里一拨，中间十四根弦随之一颤，虽默默无声，却根根抖动。他长舒一口气，左手无名指再一挑中弦，右手四指向外拨，然后左手四指下按，右后掌心一走十四根上弦，屋内立刻传来空灵天籁，直抵每位听者耳底。

左抹，右勾，交替的擘、托、按、摘，各弦纷纷跟着他的手指飞动，一时如行伍列队，由远及近，呼啸雄威；一时左鸣右和，美目盼兮，有凤来仪；一时清泉叮咚，涧谷回环，山花烂漫……

听众无不随瑟琴和鸣而身心俱动，恍惚其外又身陷其中。

"呀……"刘正权的叫声，与中断的琴声、鼓点，让大家似乎从梦中惊醒。再看他右手拇指鲜血滴答，面色惨白，浑身颤抖。面对大家的慌乱，他摆摆手刚说了句不碍事不碍事，那瑟便传来鞭炮似的接连炸响，弦丝一根接一根崩断……

本来计划试奏完再告诉大家，他是从一个移位的枘上发现了楚文"犄"字，才明白需要把瑟底板四角打开，还要取出内仓所存那根中弦并让其归位，整瑟五十弦才得以共鸣——这不是一把寻常的瑟，而是一位工艺高手受哪个帝王所托为后人所制的挑战之器。那弦丝中所混料质，不仅有奇珍的九尾狐毫，更残酷地兼有许多美人的牺牲——每弦不知曾用青春女性的骨肉所熬之油及年轻母亲的乳汁浸润了多少遍……

眼看瑟体亦裂，崩断之弦似一位狰狞狂者之披头乱发，他一边吟叹"庄生晓梦迷蝴蝶，望帝春心托杜鹃。沧海月明珠有泪，蓝田日暖玉生烟。此情可待成追忆？只是当时已惘然"，一边起身而去……

此后，刘正权把家中所有研究瑟的材料及实物全部捐给了大学母校，再也不理会任何与瑟相关的新闻，只闭门喝自个那烫嘴的茶了。

十五个冬笋

◎ 李学文

李学文

中国作家协会会员。作品见《解放军报》《安徽文学》《鸭绿江》《小说月刊》等。出版有《雄师铁军——宁都起义将士录》《宁都客家俗语故事》和长篇小说《青春岁月》等。

隆冬的赣南北部山区白雪皑皑，滴水成冰。红军长征后，留守在这儿牵制敌人的小股红军又被搜剿的敌人重创。四名战士满身血污地从阵地上爬下来，在茫茫雪地上留下了一条长长的血路。他们耗尽全身的力气，终于爬到了两里外的老猎户老杨的门口。

老杨独居深山，他家的四周没有住户。老杨开门一看是四位受伤的红军战士，一个战士左手骨折，三个腿部中弹，其中一个已经昏迷。老杨赶紧把他们扶进屋里。

老杨常年打猎，练就了治疗骨伤枪伤的好医术。他很快把战士的断手固定，又给三个腿部中弹的战士取出了子弹。

手折了的战士说："大爷，我们已经三天粒米未进了，你能给我们一点吃的吗？"

因为大雪封山，老杨昨天已经断炊了，家里只剩下半边兔子肉，他原本想靠这半边兔子肉挺过大雪封山期。

老杨没多想，就把半边兔子肉剁了一半炖了。肉熟了，他只为三个清醒的战士端去了肉和汤。三位战士满腹狐疑地看着老杨。一个战士说："怎么没给这位兄弟端一碗汤？"老杨说："他昏迷了，吃不了东西。"手折了的战士不相信，想掰开昏迷战士的嘴给他喂，但确实一点也灌不进。

战士们饿极了，两餐就把半边兔子肉吃完了。实在没吃的了，老杨就扒开雪，挖屋檐前草根煮汤喝，又挨过了两天。最后连屋檐前的草根也挖没了。

为了弄吃的，手折断的战士提议，由老杨带自己上山挖冬笋。

老杨不同意，说大雪封山，上山挖笋十分危险。两个腿伤的战士也不同意。

手折断的战士说："不上山挖笋，五个人都会饿死。"无奈，老杨带他冒雪上山。

他俩艰难地在齐膝深的雪中攀行，每走一段山路，就做记号，好返回时能认出路来。到了竹林地，他们大半天才挖了一竹篮冬笋。返回时，大雪已把记号覆盖，他俩凭感觉在茫茫雪海中前行。突然手折了的战士一脚踩空，掉进深涧。

看到只有老杨一人回来，两名腿伤的战士警惕地问："那位兄弟……"

老杨悲戚地说："掉进深涧牺牲了。"两位战士露出了惊愕的眼神。

看似满满一竹篮的冬笋，但实际只有十五个，剥壳后可食用的部分很少。老杨按每天一个冬笋煮汤，分成了十五天的食量。他预算十五天后大雪能停，他要让这十五个冬笋维持他们度过大雪封山期。

老杨煮好笋汤，把汤端到两位战士手中，但两人都不肯喝。老杨明白，自己不给昏迷的战士喂兔肉汤，特别是手折的战士掉进深涧牺牲，让他俩产生了戒心。老杨当着战士的面，一仰脖把冬笋汤喝了个精光，又把碗底的几小块笋片放入嘴里。俩战士看到老杨喝完了笋汤，吃着笋片，就也跟着喝汤水。

喝完笋汤后，两位腿伤的战士要老杨给昏迷的战士喂汤。老杨说："他一直昏迷，喂不进。洒了汤，可惜，这可是我们保命的汤！"

一个腿伤的战士愠怒地看了看老杨，端着汤艰难地爬到昏迷的战士跟前。

老杨走上前，把汤夺下来："别浪费，留着这碗汤，还能对付一个人的饥饿！"

另一个战士一看，愤怒地拉动了枪栓。

那个爬过去的战士又把笋汤夺回来，然后又去掰开那昏迷战士的嘴，可像前次一样怎么也喂不进。

老杨说："孩子呀，别看他现在还有心跳，他的大脑肯定死了。"

爬过去的战士歇斯底里，冲老杨吼："你这是谋杀！"

老杨缓口气说："孩子呀，我们只有十五个冬笋，按往年的天气，至少还有十五天的封山期，节约一个人的食物，我们就多一分活下去的希望！"

爬过去的战士气愤地把碗摔了个粉碎:"你还这样说,难道不怕死吗?"

"我说的是实话,他挺不过两天了!"

拉枪栓的战士怒喝:"别说了,小心我毙了你!"

老杨也来了气:"难道我真的不想给他吃的吗?他是我的亲生儿子呀。"

两个战士瞪大了眼睛,他俩奋力地爬过去:"他是你儿子?"

老杨抚摸着儿子:"你们一进来,我就认出了他。'东韶战役'他参加红军时还是个娃娃呀,四年时间长得像个汉子了。"老杨老泪纵横。

两个战士紧紧地抱住了老杨。

四天后,老杨的儿子就没了心跳,老杨把他埋在屋后面。

老杨用十五个冬笋,终于让他们仨挺过了大雪封山期。两个战士归队时,抱着老杨,同时叫了一声,"老爹……"

石头记·老沙头儿

◎ 高春阳

高春阳
中国作家协会会员，鲁迅文学院第17届高研班学员。《天池小小说》2023年和2024年专栏作家。作品散见《文艺报》《诗探索》《小说选刊》《作家文摘》等。著有诗集、散文集四部，长篇小说三部。长篇小说《明日彩虹》被改编成电视连续剧。

我以前在东北经营过一家石材厂。

刚建厂那阵子，我连挖掘机和铲车都不认识，凭一股热情赶鸭子上架。后来才知道两种"大力士"都有铲斗，挖掘机是铲斗朝下，手往下抠；铲车是铲斗朝上，手往上端。

一边建厂一边挖石头，我租了一辆挖掘机，每天在土里"刨食儿"。第一天挖了一整天也没见着几块石头。第二天也是一样，我就傻眼了。挖掘机一天的租金是3000块钱，这样下去，我赔大发了。

出租挖掘机的老板让我安排一个人值夜班，挖掘机价值上百万，晚上必须有人照看。没办法，我委托村主任请来附近一位村民，老沙头儿，70多岁，身子骨硬朗，每天晚上打更要50块钱工资，明知有点高，我咬咬牙还是同意了。

老沙头儿在这待了两个晚上，第三天找我了，一脸忧虑，说，高老板，你在这儿挖不出石头，每天浪费那么多钱，我看着都心疼！我无奈，说，大爷我也没办法，虽说这里是矿区，可石头在土里，我看不见摸不着呀！老沙头儿幽幽地说，俺知道啊。我感到很诧异。老沙头儿问我，高老板哪年生人呀？我答，1971年。老沙头儿说，俺1971年20多岁，从那时起就在这儿打石头啦。哪里有石头哪里没石头，都搁心里装着哩。我惊奇，您老长了透视眼呢？老沙头儿眯起透视眼，说，石头是火山岩浆经过亿万年才长成的，不像庄稼一年一收，就像人有血脉，在土里也是有经络的呀。我不禁肃然起敬，赶紧问，那您来指挥好不好？老沙头儿用手一指百米开外的山坳处，明天在那儿挖！

果然，老沙头儿手指所向就成了我的希望所在。第二天，看着一块块石头像春天枝头的花朵一样次第开放，我心里繁花似锦，立马跟老沙头儿说，从今天开始大爷你不用值宿了，每月给你3000块钱工资，做管理吧，管矿，不用干活儿，支嘴儿就行。

老沙头儿眼里掠过一丝惊慌，唉呀妈呀，3000太多了，2000就行。在村里俺是闲人一个，跟老伴儿混吃等死，2000其实俺都多要你的了。我乐了，大爷，一天挖不到石头，我3000就没啦。

老沙头儿眼里放出光芒，这束光芒，照亮了他的余生，也照亮了我的生意。这一干，就是六年。

时间相处久了，我俩感情深厚起来。他每天按时上下班，工作兢兢业业。慢慢地，我把矿上活计全部交给他，管几个工人，有权有闲，每天除了指点江山，闲暇时喜山乐水，看日出日落，霞光里惬意十足。

有时我到矿上看他，除了交流工作，他就给我讲当地农村的历史文化典故，这让我开心不已。我对人文的兴趣超过了生意。老沙头儿不单是一幅活地图，还是一部活历史。尤其刷新了我对石头的认知。东北农民朴素的哲学观就是万物有灵。亿万年间火山岩浆能长成石头，乃是"吸收天地精华，萃取日月光辉"而成，是时间的凝聚，是历史的浓缩。

在这片地脚混久了，认识了很多当地的农民。村里就有人跟我吹风了，说老沙头儿脾气操蛋，恶煞一般又倔又犟，村民们都不待见他。谁家孩子吵闹，大人就吓唬说老沙头儿来了！孩子立马噤声。偏偏遇上高老板你这样的好人，重金相聘，硬是把一块豆腐捧成金砖。有啥牛的呀？村里是个爷们都在矿上打过石头，谁不熟悉矿呀！

我就笑了，你说的没错，我用谁都行，不过老天指派他来，先认识我，就是我和他的缘分！

对方说，哎呀呀，万事开头难，矿上起个头，矿脉就出来了，以后没必要再用他了呀，再用就是白白养活他了！

我就严肃起来，你说的没错，虽说找到矿脉，老沙头儿对我而言已经失去了价值，但我不能卸磨杀驴。

对方说道，啧，您是缺爹养活吧？

我一想这话也没毛病。老沙头儿蹬一辆破自行车，我就给他买了一辆崭新的；矿上他看不住工具，每年都丢这丢那，我从不责怪他。是惯着了。

后来有一天他找我,说上个星期老伴儿去世了。我吃了一惊,咋不告诉我?老沙头儿不好意思了,这些年你对我这么好,不好再麻烦你,不过有个事儿还真得麻烦你,能不能在厂里给我做一副石头棺材,老伴儿先葬我后葬,石棺毕竟万年牢。俺和石头打了一辈子交道,也算有个善终。这个我得给钱。我一听,这哪里能收你钱?他说,孩子你不懂,打棺材这种事一定是要自己付钱的。我怔了怔,那好吧,收你10块钱。

直到六年后的一个冬天,厂里季节性放假。老沙头儿大儿子突然给我打电话,说老爷子急发心梗去世了!闻言我大吃一惊,连忙赶到他家里。

他大儿子拉着我的手在灵堂前悲戚,满脸感恩戴德,说,高老板给足了俺家老头儿面子,这六年,家里三个儿女谁也不用操心老爷子,俺们仨原本每月支付的养老钱,爹都不要了,临终前还攒下十多万分给了俺们。您是大好人,俺爹的余生,您比俺们都孝敬。

听到孝敬二字,感觉有点别扭,刚想纠正,摸摸兜里的1000块份子钱,还是止住了。趁对方招呼其他客人的工夫,头一次来老沙头儿家,我随意在院子里转了转。结果愕然发现仓房里,这些年我丢失的梯子、电钻、水泵等大小工具,都规规矩矩躺在那儿,堆满了整个仓房。

我想了想,把原计划随丧的1000块钱,改为2000块,找到老大郑重交给他。这份厚重显然超出了老大的预想,他眼里闪着泪花，愧然道，俺当儿子的都不如你呀！

我看着老沙头儿灵堂上的黑白照片，那张老脸沟壑纵横，沧桑里不知埋藏着多少故事。

鞠个躬，我转身离去。心里明白，谁的照片都有变成黑白的那一天。

汤 斌 原名汤庆华,安徽省作家协会会员,1982年开始发表作品《血染的信》,先后在《安徽文学》《小小说选刊》《芳草》《微型小说选刊》《黄河》《新安晚报》等发表作品数百篇,多篇作品入选微型小说年度选本,出版有微型小说集《小亭风轻轻》。

守望者

◎ 汤 斌

炮声停了好一会,大伯才从泥土里钻了出来,用力抖去身上的土,探头朝山下看去,山下一片死寂。奇怪,敌人怎么突然就没了?他又朝侧面的山上看去,那里也悄无声息。蜿蜒的牛头山经过激烈炮火的轰炸,还弥漫着浓浓的硝烟,被炸断的树木仍在燃烧。

太阳已经落山了,晚霞如血,静静地凝固在西天边。大伯看着那片晚霞,心想:该撤退了。按计划,他们的阻击任务早已完成,可在震耳欲聋的枪炮声中,他没有听见撤退的号声。

大伯用手中的机枪支撑起身子,大声喊着排里战士的名字,可叫了半天,没有一个人应答。大伯的心一下提到了嗓子眼,一瘸一拐地在阵地上寻找,他寻到的却是十五具残缺的尸体,大伯扑通跪在地上,失声痛哭起来。

不知哭了多久，哭得天上的星星也眨巴眼睛露出了悲伤。

大伯就着弹坑把战友的尸体埋了，然后坐在石头上静静地看着那十五座坟，脑海里不断闪现着战友的面容，心里一阵阵地悲伤。夜深了，夜虫躲过了炮火，在石缝里吱吱地叫着，像在为死去的英雄哭泣。

大伯抹了把脸上的泪水，起身，庄重地向战友行了个军礼，说："我走了，等胜利后我再来陪你们。"

大伯离开了牛头山，当他艰难地赶到预定集合点时，已是第二天的中午，集合点空无一人，只有一棵树干上刻了两个字：向北。大伯知道，这是部队撤离时留下的。

于是大伯向北追着部队，跋山涉水，身上的伤口流出了浓血，他采来野草嚼碎敷在伤口上。一连走了三天，终于听到了枪声，有枪声就有我们的部队。大伯兴奋地朝枪响的地方奔去，可看到的是一群日伪军正围攻山上的新四军，枪声稀疏，战士们用石头砸向冲上来的敌人。大伯没多想，端起机枪朝敌人扫射，突如其来的打击让进攻的敌人死伤一片，随后调转头向大伯扑来。大伯边打边退，密集的子弹追逐着他，就在他跨越一条壕沟时，子弹击中了他，他跌进深沟，蒿草杂树救了他一命。

一个放牛的老汉把大伯背回家。大伯昏睡了三天，醒来就要去找部队。老汉说，你伤成这样怎么走？大伯倔强地走了几步，剧烈的疼痛又让他昏了过去。老汉用草药给大伯治伤，一晃就是两个月，大伯能走了，心也就飞了，老汉看留不住大伯，备了些草药和干粮让他带着。

大伯四处寻找着部队，冬去春来，大伯没有找到部队，只好回到牛头山，陪伴那些死去的战友，守望着部队的归来。一年又一年，全国解放了。

大伯在解放的那一年找到县委，这里的人都是陌生面孔。大伯说："我是临江游击队的排长，在牛头山阻击战中与部队失去联系。"接待他的是一个年轻的县委书记，问他，谁能证明？"老书记王勇。"大伯说。新书记告诉他，王勇在牛头山阻击战中负伤，不久后就牺牲了。大伯听了失声哭了起来，他为又失去一个好战友悲伤。

后来，大伯掏出一张皱巴巴的纸交给县委书记，说，这是我排在牛头山主峰阻击战中牺牲的十五名战士的姓名和家庭住址，希望县委给他们一个烈士的身份，并且希望能恢复他的党员身份。

县委书记答应大伯的第一个要求，但对大伯的身份说要进行调查。

大伯以前一直做地下工作，在芜湖段的长江上划木船摆渡作掩护，接送南来北往的领导和情报，身份秘密，和党组织都是单线联系，皖南事变后，新四军七师成立，县里便把他调回游击大队任排长。不久，就是那场惨烈的阻击战。

大伯在等待中成了农民，他侍弄着土地，也侍弄着战友的坟。他在每座坟前栽了棵青松，并在上面刻着战友的名字，他还在坟的四周种上了野菊花，每到秋季，坟的四周一片金黄、一片洁白，像是季节对英雄的祭拜。

大伯不在乎他是农民，可他不能脱离了党，他又去找县委，县委的人说查不到他的档案，最好能找到原部队的人给他证明。大伯摇着头，说："那场阻击战还能剩下几个人？再说，转战这么多年我去哪里找他们？"

县委的人挺为难，说，我们也没办法确定你的身份，党是纯洁的，不能让一个不明身份的人随便进入。大伯点点头，想了会，叹了声，说："既然这样就算了，我拼命打天下，是为今天的好日子，我过上了，也满足了，比那些牺牲的战友强百倍。现在我能陪在他们身边就挺高兴，不图什么了，只是……我不是党员了，这让我特别痛苦。"大伯说着，眼睛湿漉漉的。

大伯以后就什么也不想了，更加精心侍弄那十五座坟，他不让坟上长一棵杂草。他常在晚上坐在坟旁，看着天上的月，给战友们讲祖国的变化和大好形势。星期天，他又会像在部队时那样，洪亮地喊着：立正，稍息，点名。接着喊着战友的名字。有时，他会自言自语和战友们拉着家常，说到开心时，放开嗓门哈哈大笑。这时，坟前的松树也跟着他笑，就像是战友们的笑。

岁月在悄悄流逝，大伯老了，腰也弯了，脸上的皱纹像山上的沟壑纵横交错。这时，牛头山已成为烈士公园，高高的纪念塔四周栽满了青松和鲜花，十五座坟掩映在花海中，洋溢着青春的朝气。

一个月圆的夜，大伯坐在坟旁静静地死去，脸上挂着笑，是那么的安详。这年，他八十岁。他留下一个木箱，上面用铅笔歪歪扭扭写着：党费，请转交给党组织。

这是大伯的故事，他平淡的一生，守望着心中的愿望，虽然没能如愿以偿，可他依然快乐，因为他一直和他的战友在一起！

抗战胜利八十周年，省报刊登了一位老人的回忆录，回忆他在皖南事变突围到长江边，多亏一名地下交通员舍身救了他，并把他安全护送到当地的游击队，他说了大伯的名字；还有一位老人写了篇纪念牛头山阻击战的文章，他着重写了大伯，写了牛头山主峰那场惨烈的战斗，这时，人们才知道大伯——一个无名英雄。

后来，人们将大伯的骨灰葬在了牛头山十五位烈士当中，大伯又当排长了，在地下，他又能对着十五位战友大声喊着——立正！

碗油灯

◎ 侯发山

侯发山

河南省小小说学会秘书长，郑州商学院客座教授，郑州市作家协会副主席，巩义市作家协会主席。著有小说集 25 部。有 7 部作品被搬上荧屏，多篇作品被收入中学试卷。部分作品被译介到海外。

民国初年，有个叫松年的工头，带着一帮匠人在康百万家帮着扩建庄园。他们都是当地的，干了一天活儿，每天晚上回家，次日再来，因为那年月，兵荒马乱的，老婆孩子在家不放心啊。

看到大家如此辛苦，除了让厨房三天两头改善伙食之外，康百万变相给大家发一些福利。在那个年代，人们晚上照明用的主要还是煤油灯，尽管是煤油灯，还是有相当一部分人家因为生活艰难，买不起煤油。康百万便让人在院门口的大水缸里装满油，白天捂上盖子。每天晚上工匠们走时，康家给所有人分一个崭新的瓷碗，然后给每个碗里盛满灯油，再发个灯芯，美其名曰"碗油灯"，让大伙儿回家时照路。

有的舍不得用，走出康家大门就给吹灭了，熟门熟路，摸黑都能走到家。即便不吹灭，一路上用得也很少。"碗油灯"拿回家后，将没用完的油倒出来。大伙儿也深知康百万的好意，却不好意思将碗拿回康家，怕康百万再给灌油。再说，那碗也太好看了，光滑、洁白、耀人的眼，他们洗刷干净后，舍不得挪作他用，宝贝一样藏起来。但是，第二天晚上，康百万照例再给每人分个碗，灌满油，分根灯芯，让他们照着路走。

一天一碗油，时间长了，大伙儿都不好意思了，总是百般推辞。松年说："康掌柜，康家有钱，也不是大风刮来的，千万不要这样。"

康百万呵呵一下，捋着胡子说："大伙儿忙碌了一天，黑灯瞎火的，点灯照路，安全要紧。"

"康掌柜……"松年呃呃嘴，其实他还想说，你管吃管喝，将来还要给我们发工钱，已经待大伙儿不薄了。

康百万摆摆手打断松年的话，说："这点油对康家来说，那是九牛一毛。"

松年知道康百万认准的事，十头牛也拉不回，不再吭声。

就这样，一天一人一盏碗油灯，一转眼就到了腊月二十三。这天是当地的小年，依照惯例，是结算账目的日子，毕竟新年不欠旧年账。吃罢午饭，康家工地也放假了。康百万破例没有给清算工钱，说过几天给大伙儿带话。康百万的为人在本地有口皆碑，松年和大伙儿也没有想那么多，就放心地背着斧子、瓦刀之类的工具往家赶。

松年走到青龙山脚下时，被四五个蒙面的土匪给截住了。为首的是一个瘦高个，他举着明晃晃的大刀，恶声恶气地说："老老实实交出工钱，可免你遭受皮肉之苦。"

松年双腿打战，结巴道："好汉，康家没给结算工钱啊。"

瘦高个冷笑一声，说："瘦死的骆驼比马大，何况康家这匹骆驼越来越壮实，会欠你们的工钱？坟上烧纸，蒙鬼去吧。"

"真的，好汉可以去打听一下。不，不，不，可以搜身。"松年此时不再害怕，因为他身上除了工具，确实没有银钱。

瘦高个举着大砍刀上前搜身，果然啥也没搜到。狗咬尿泡空欢喜，他沮丧地踢了松年一脚："倒霉！滚！"

闻听此话，松年便跟撵兔子似的跑走了。

后来，松年听说，他们这伙匠人在回家的路上都有相似的遭遇。都说，幸亏康家没结算工钱，要不然，全都落到歹人手里了，这个年就没法过了。

腊月二十六，康百万给松年捎信说，那些装油的碗都是中上等的巩县白瓷，可以到集市上变现，算是康家支付的工钱。

对于巩县白瓷，松年略知一二，他抱着试试看的态度，揣了两个赶到集市。没想到，一个碗卖了10个铜圆，而当时巩县县长的俸禄为200个铜圆。至此，松年才明白了康百万的良苦用心。

申 平

中国作家协会会员,广东省小小说学会会长。迄今已发表各类作品400余万字,出版小说集23部,作品入选各种权威选本,有作品被译介到国外,被改编成电视剧。

我是头羊

◎ 申 平

我是头羊,是这群羊的首领。

在别人看来,当个头羊威风凛凛。其实,高处不胜寒。

首先,我每天必须妥善处理羊群的内部事务。母羊之间争风吃醋的,羯羊互相打架的,这些我都要管。还有那些连牙都没有长全的小公羊,不知天高地厚就觊觎我的位置,偷偷摸摸调戏母羊,对这样的家伙我必须要严惩不贷。

自己羊群的事务处理好了,还要随时准备迎接来自外部势力的挑战。在这片草原上,有许多的羊群,还有马群、牛群。大家都有不同的生活圈子,本可以相安无事。但是偏偏有一些家伙不守规矩,总想称王称霸。遇到这种情况,作为头羊,我必须要勇敢面对,奋起反击,不惜一切保护自己的羊群。

我还有一个最重要的任务，那就是要对付人类。

人类是我们的主人，是我们的守护者。因为有了他们，我们才能避免野狼等猛兽的袭击。但是，人类也有极其凶残的一面，那就是他们每年都会大量宰杀我的同胞，食肉寝皮。他们保护饲养我们的目的，就是要为自己提供肉食和皮革。

起初，我和我的许许多多同胞一样，根本没有认清这一点。我还对人类感恩戴德呢！可是渐渐地，我觉醒了。我多次想带领羊群一起逃亡，但却应者寥寥。很多羊倒来劝我：头儿啊，这就是咱们的命呀！天下到处是人类的地盘，我们这么弱小，能逃到哪里去啊，咱就认命吧！

但是我不想认命，我要反抗！我的反抗是从撞人开始的。只要有人类经过，只要看着不顺眼，我就会毫不犹豫地一头撞去。看见人类在地上连滚带爬、狼狈逃窜的样子，我的心中充满快意。

渐渐地，我撞人撞出了名气，那些人给我起了一个名字叫做"厉害"。厉害就厉害，我就是要让你们知道，我们羊族也不是好惹的。

只有一个人，我从来没有撞过，那就是我的羊倌儿李友。我不撞他，是因为他对我真是太好了。他每天都会拿一些人类享用的美食来给我吃，他还为我洗澡、梳毛，我撞坏了人，他也从来没有责罚过我。我是一只知好歹、懂感恩的羊，我必须用管理好羊群的实际行动来报答他。

但是最近，我却开始不喜欢他了。不喜欢他的原因，是他拉我去摆擂台，与其他羊群的首领决斗，然后他坐收渔利。

擂台就设在山脚下的那片空场上，李友敲着一面破锣，对围过来的人喊叫：谁家的羊要是能打败我家厉害，我赔他10只羊；如果打不败，就赔我10只羊。

起初，我没搞明白怎么回事，看见有人牵着羊来了，我就奋力发起攻击。我英勇善战，力大无穷，一连打败好只公羊。李友的羊群，也是我的羊群，一下子就多出来几十只羊，把他乐得抱着我的头直亲，夸我太棒了，真是太厉害了。

接着他又开始给我好吃的，好喝的，然后拍着我的头说：厉害啊，你要继续努力，把天下所有头羊都给我打败，不，把它们都给我撞死、撞残。哈哈，那样老子就真的发羊财了，就可以随便卖羊宰羊了！

他最后这句话让我打了一个激灵，我的天，原来他一样也是个坏家伙啊！

这天，他又带我去摆擂。这次我的对手，是一只来自远方的高大种公羊。它的头是黑色的，所以我就叫它黑头。

来现场看热闹的人山人海，这时候忽然下起了小雨，雨雾把现场的气氛搞得很神秘。所有的人类都在对我们指指点点，期望看到我们殊死搏斗的场面。

这时我主动开口对黑头说：喂，黑头，你好。

你好。它说，然后惊奇地看着我。

我继续说：黑头，我们往日无怨，近日无仇，为什么要打架给这些人类看呢？他们得到的是快乐，我们得到的是两败俱伤。我们羊族不应该继续傻下去了。

哦，是啊是啊，你说的一点没错。我们为什么要自相残杀呢……

锣响了，人群喊起来了：打啊，撞啊！又一起有节奏地喊：厉害，厉害！

我冷冷地看着这些无聊的人类，就在他们万千目光的注视之下、在他们的呐喊声中，我慢慢地走向黑头，黑头也慢慢地走向我。我们走到一起，互相蹭头，舔毛，表示亲昵和友好。

我听见人类立刻发出气球撒气一般的叹息声，我看见李友气急败坏地朝我跑来，大声地喊：厉害，你这是怎么了，你要撞它，撞死它啊！

我根本不理睬它，继续和黑头交谈。这时李友竟然踢了我一脚。

该死的，你终于露出本来面目了！我毫不客气地一头朝他撞去，足足把他撞出去十丈开外。我听见周围响起一片哄笑之声，我的心中充满快意。随后，我看见黑头也把它的主人撞翻在地。

这天晚上，李友没有回家。早上，他脚步踉跄地回来了，后面还跟着一个人。这个人目光凶狠，腰里斜插着一把刀，浑身上下都散发着我们羊族的血腥气。他们隔着羊栏看我，低声说着什么，然后，我看见那个人给了李友一叠纸币。

我什么都明白了。我对我的羊群说：亲爱的朋友们，再见了，永别了。你们一定要记住，我是为什么而死的……

说着，我一头撞开了羊栏的门，并以泰山压顶之势向两个人冲去。我全身的每一根毛孔都充满战斗豪情，我感觉到所有的生灵都在为我呐喊助威。今天，我就是要当着我羊群的面，和这两个丑恶的人决一死战。

搏斗开始了……

许宗耀

河南省作家协会会员。作品见于《河南日报》《羊城晚报》《小小说月刊》《金山》等报刊，有作品入选各类文学选本，并被设计成高中现代文考试模拟试题。

响铃面

◎ 许宗耀

旧时的黄河滩，沙岗起伏，草木葳蕤，红荆棵野柳行肆意生长。

以黄河大堤为界，堤南堤北两种世界。堤南是黄河滩，黄河年年滚动翻身，水来房倾屋塌草木尽没，水退十里嫩滩肥壮异常。滩里人不盖好房不置余产，有粮就吃有衣就穿，茅屋地窑草庵低厂照样容身，滩地打的粮食囤满芙圆，也要当年吃干抹净。堤北人不这样，有大堤天险无水灾之患，种地卖粮起大屋修好宅，手有余粮，精打细算。堤北人高兴了说堤南黄河滩人乐观豪爽，其实说白了就是笑话他们穷大方，不是过家搂家，是挑家败家，哪里见遇见朋友就倾囊相待，为显大方妻子宁肯剪发换酒！

所以堤南堤北两种生活态度，一"挑"一"搂"，就像站在家门口，堤南人掂着木叉把家里的金钱元宝往外挑，堤北人抓着搂耙把街上的金钱元宝往家搂。

这样堤南多豪客，堤北多大户。堤南人无粮时刻，多啸聚荆棵柳行，窜至堤北吃大户。

黄河滩有位豪客，叫刘永汉，幼年时，他爹借了邻居家的马抱着他去堤北走亲戚，名为走亲戚实为借粮，一路上马蹄哒哒，马脖子上鹅蛋銮铃爽爽作响，刘永汉在清脆悦耳的响铃中酣然入梦，朦胧中爹递来一碗蒜汁鸡蛋卤捞面条，三下五除二吃了个肚圆，多年后刘永汉咂咂嘴还惦记着那碗面，逢人便讲他叫做的响铃面。

细柳跟刘永汉一般大，一个村隔个四五家，一块玩耍时，刘永汉不时絮絮叨叨讲起响铃面。十八岁那年，细柳来叫刘永汉，非得叫刘永汉到她家吃稀罕。来到细柳家，细柳在地锅里续上水，让刘永汉烧锅，刘永汉点着火，一把一把往锅底扔柴火，突然听见一阵清脆悦耳的銮铃响，扭头一看，细柳系着蓝布围裙，脖挂銮铃，正在擀面。上午清亮的阳光透过小窗打进厨房，阳光中上上下下骚动的浮尘也晶莹透亮。细柳腰一拧，双手微压一推擀杖，圆润的臀部一抬，脑后的马尾辫一甩，霎时打碎的阳光像耀眼的玻璃片片支离；擀杖往怀里一收，挺腰，仰头，辫子回甩，銮铃爽朗朗脆响。细柳越擀越快，纤细的腰身，微翘的臀部，飞扬的头发，细长的脖颈，昂扬的头颅，太像一匹欢跃的小骏马。

"刘永汉，吃面吃到我头上了，不知道细柳和我是娃娃亲！"厨房的门被撞开，邻居赵大勇的悫炮顶在刘永汉的脑袋上，"早就觉得不对劲儿了，盯你好长时候了。"銮铃响声瞬间繁杂急乱，细柳一把抓住赵大勇的胳膊。刘永汉夺门而出，赵大勇甩掉细柳就追，细柳连滚带爬抓紧赵大勇持憃炮的手。赵大勇的三叔二弟四族爷提着鸟铳吆喝着奔来。"站住！"细柳厉声喝道，拽下脖子上的銮铃"咣啷"摔碎在地上，"放了刘永汉，不放，我就是这銮铃！"刘永汉呆了片刻，突然抽出憃炮，向赵大勇开了一枪，打在赵大勇身旁的柳树上。"赵大勇，细柳有啥好歹，你如同这柳树！"说罢闪身进了红荆棵。

刘永汉多年没回过家。有人说，刘永汉在堤北入了匪，抢了大户的米面，让大户的媳妇儿闺女挂上铃铛给他擀响铃面，大户的媳妇儿闺女跑了，就叫老百姓的媳妇儿闺女擀。自己吃得尽兴，老百姓也要吃得尽兴，一气儿吃干抹净，然后摔盆打碗，痛哭一场。

解放军南下太行打新乡过黄河解放郑州，势如破竹。刘永汉单枪匹马摸黑趐回了家中，他娘格外惊喜，急忙烧水和面打卤。"儿啊，饿不饿，娘给你做面吃！"刘永汉又累又饿，等吃饭间隙不住地栽嘴打瞌睡，突然听见銮铃响，只见娘系着蓝布围裙，脖挂銮铃，正在擀面，銮铃爽朗朗脆响！刘永汉惊起，娘你干啥？"儿啊，这些年不见你，娘知道你好吃响铃面，娘给你擀一次响铃面。"不要啊娘！刘永汉喊。

刘永汉，缴枪不杀！门外，杂乱的脚步声纷至沓来。刘永汉，听你娘的话，放下武器，乖乖投降！赵大勇的声音。

儿啊，把枪给我，咱好好吃面。娘系着蓝布围裙，脖挂銮铃，銮铃依旧爽朗朗脆响！

门外，繁杂急乱的銮铃响声似呼应着响起，片刻一片沉寂，之后"咣啷"一声脆响，是銮铃摔碎在地上的声音！

娘！别做了，我投降。

刘永汉因为没有命案，判了几年刑，就出狱了。出狱后，同村里人一块到堤北做工。一次来到延州，做工歇息时，同村的一个好事人就问主家，听说过刘永汉没有？主家说，土匪吧，一来延州就抢粮，最可恶的就是让小媳妇儿大闺女挂铃铛给他擀面！

擀个面有啥可恶的，他不是也没杀人？

女人也是人啊，他让女人脖挂銮铃，他还当人是人吗！他是把人当牲口，当畜生啊！

刘永汉的脸霎时一片青白。

同村的人嬉笑指着他，对主家说，他就是刘永汉！

主家惊慌地禁了嘴。

刘永汉说，我不是，我是畜生！

冯 晴

笔名灵天。文字里的流浪者,深度沉迷写作患者。全国首届通俗文学大赛网络文学组银奖得主;作品散见于《小小说月刊》《小说月报》等。

小丑

◎ 冯晴

夜是深邃的黛蓝色,沉甸甸地坠下。而人群是灰色的,匆匆错身而过。

只有他是有亮色的,脸上厚厚的油彩,滑稽的红色圆鼻,嘴角以夸张的弧度上扬,无论何时都仿佛在笑的样子。这样挺好,没有人认出他,更没人看见他日渐荒芜的心。

他被原单位裁员后,到这家西餐厅门口扮小丑招揽生意已有半年。

半年前,那是六月的尾声,他的前妻拖着囡囡离开。那日天空仿佛失了火,连云都化得一丝不剩。他记得囡囡回头望了他三次,说:"爸爸,再见。"

他感觉浑身冰凉,如今夜的温度,时间静默,从没有过去。

他做过无数次回头的姿势，总是不舍，但离别也总是如期而至，并不会犹疑和缺席。半月，在釉蓝夜空里沉没或浮现，成为他心底角落那一点轻微光亮。

"发什么呆嘛？快迎客啊！"餐厅老板冲他不满地喊。

他收起回忆，重新振作，让嘴角上扬，让眼睛发光，手脚也要活动起来，卖力取悦。

今天可不能惹老板生气，一会儿还要提前收工，去取给囡囡订的生日蛋糕，蓝色星空的图案，她盼了很久的。他也盼了很久，与前妻沟通几个来回，终于同意在囡囡生日当晚见她一面。

一对情侣携手而来。

"冬夜愉快，欢迎光临！"他迎上去，配上小丑特有的滑稽笑容。

女孩欣喜地对男友说："我要来这家吃！"

"不是吃火锅么？"

"不要，就在这家吃。"

"这家多贵啊，不实惠，不就是有个小丑搞噱头嘛。"

"说到底你就是舍不得为我花钱，不吃了！"女孩挣脱男孩的手，一跺脚跑远了。

他望着二人离开的方向叹了口气，热气遇冷凝结，幻化成雾，在夜色里迅速散落隐遁。

一个小男孩脆生生的声音响起来："小丑！"

他将气球递过去："冬夜愉快。"

男孩歪着头看他："你会变戏法么？"

他从背后摸出一枝玫瑰花来："变！"

男孩拍手大笑："真厉害！你还会做什么？"

他又取出几只彩球交替地抛起接住，他练过好久，终于不再失误。彩球起起落落，是无常的绚烂。

男孩的父母追上来，一把扯掉气球："又乱跑！不知道外面坏人多吗？"

男孩望着飘远的气球大哭："他不是坏人！他是可爱的小丑！"

母亲拉着男孩快步走开："别闹，看小丑能当饭吃啊？！回家还要写作业，不好好学习将来就只能去当小丑……"

男孩匆匆而去，只来及朝他挥手说再见。他不要听"再见"，囡囡当初的那声"再见"已成为他一生中所有离别的集合，话语被风吹散，月光也碎了一地。

终于等到下班，他马不停蹄地去取蛋糕。

"还以为您不来了呢。"店员递过蛋糕，"替我跟小朋友说生日快乐哦。"

他笑着说谢谢，被冷风吹得麻木的脸开始有了点儿温度。

距离约定时间尚早，他摸了摸瘪瘪的肚子，走到一处排档前。

排档里一个中年女人，一组灶具，几张桌椅间用灰色塑料布隔开，挡风。

他点了盘蛋炒饭，抵饱又便宜。寻个角落坐下，将疲劳和惆怅暂且搁下，沉甸甸的，让灰幕下的空间又黯了一黯。

刚准备开动，却发现没有勺，他重新撑起身取了餐具后返回，竟发现座位上坐了个陌生男人。

男人此时正旁若无人地取用着他的蛋炒饭，他生气地在男人面前站定，男人莫名望了一眼，又重新低头吃饭。

他气血上涌，压制已久的委屈一齐浮起。承受是多么艰难，他心中的一根弦突然断了，发出暗哑萎顿的声响。他置气一般的坐在男人对面，用取来的勺贴着盘底狠狠一挖，然后迅疾地放入口中，挑衅般的大口咀嚼。

男人吃惊地抬起头，将食盘往面前拉了拉，他也毫不示弱地将食盘拉回。男人愣了下，就近取了小碗拨了些炒饭给他。

他气极，什么时候小丑连吃顿自己买的饭都要让人施舍？他没接那只碗，而是将食盘整个端至面前，大勺大勺地舀，大口大口地吃。

男人沉默半晌，终于起身离了座。

他心里松了松，就算是小丑，亦不可被人随意欺负。他争不了什么，争一顿自己花钱买的饭总是可以的。

片刻之后，男人重新走了进来，将手中的一袋包子递给他后再次离开。这回轮到他愣住了，包子是刚出炉的，在灰蒙蒙的背景中升起淡白温暖的热气。他的心念转了几个来回，仍不能确定男人举动的原因。愧疚？补偿？罢了，他本不该如此计较，都是为生计奔波的人，生活已是不易，何必心生龃龉。

他将包子揣在怀里离了座，走出数十米便惊觉自己忘了拿蛋糕，于是又急忙跑回。

还好，蛋糕好端端地放在座位边上。

然而桌上，他点的那盘炒饭也原封不动地放着。

他怔了怔，半晌才狐疑地探出身子往旁边瞧过去，刚刚争抢的炒饭竟出现在隔壁桌上。

夜，光光凉凉。

原来是他错了。

浑浑噩噩中，是他坐错了座位，搞错了全部。日常遭遇过的那些恶意，让他竟已习惯以恶意揣测他人。从何时起，他觉得什么都是暗暗灰灰的，四周俱是悬崖，浮桥被岁月腐蚀断裂，挂在遥遥的、目之所及的云端，颓然苍凉。

他怅然若失，又觉失而复返，心中五味，竟一时不知是甜是苦。

手机在这时响了起来，是囡囡打来的视频电话。

"爸爸！"她露出欢欣的脸，"你怎么还不来？是忘记给囡囡买蛋糕了？"

他举起蛋糕，声音温柔："怎么会？这不就是囡囡最喜欢的星空蛋糕？"

"那你还不快来陪我吃？"她的笑如金色暖光，一下照进夜的深处。

他一边应着，一边快步前行，在这黯蓝沉落的世界里，他突然看见，十里长街，华灯延绵。

信封里的儿子

◎ 司玉笙

司玉笙

河南省小小说学会副会长。1956年生,在新疆长大。当过农场"知青"、小学教师,服过兵役,当过机关职员。已出版个人专集9部。作品多次被《读者》《小说月报》《作家文摘》《微型小说选刊》《小小说选刊》等选载,有作品被改编为电视短剧,并被译介至海外。

那时候他不识字,班长就一笔一画地教他。时间长了,他就离不开班长了。班长问他是哪里人,他就哭了,说,俺也不知道俺是哪里人,就知道家离老黄河不远,爹娘走得早……

班长说,我家离老黄河几十里,爹去世得早,我娘辛辛苦苦拉扯我兄妹仨……兄弟,这队伍就是咱的家……

1950年秋,部队来到东北整训。入朝作战前的誓师动员大会上,阵阵口号声中,人人热血沸腾,会后纷纷写了请战书或决心书。他比葫芦画瓢地将班长的照抄下来,就是名字不一样。班长一看笑了,说,刘兴根、刘敬根,念不好就念成一个人了。

他也笑了,说,咱俩就是一个人。

趁着一个休息日,班长说,趁出国前咱也去街上照个相、留个念。

于是就去了。过了几天，照片取出来了，是黑白的。单身的一人一张，一寸；两个人的合影也是一人一张，两寸。他第一次见这照片不禁叫了起来，咋跟活的一样！

班长说，这相片可金贵哩，花去我半个月的津贴，得放好。

在他的注视下，班长将自己那三张照片塞进一个早已写好地址的信封里。这信封纸质韧硬，正面有红框，竖写形制。

揣着这照片，两个人跨过鸭绿江。随部队急行军到了指定区域，放眼一望，满目冰山雪岭，林木间寒气重重。战斗一打响，阵地上一片火海硝烟，残枝碎石乱蹦。激战中，班长被一颗炮弹炸成重伤，融化的冰雪和冒着热气的鲜血糊满了一身。奄奄一息的班长看看他，说，兄弟，这信封你拿着，里面还有攒给咱娘的钱……

班长牺牲后他被临阵任命为班长，一喊刘兴根他就答应，好像有两个人在他身子骨里发力，打起仗来十分英勇。两年后，后方战地医院又多了一名伤员。这伤员头部被弹片击中，昏迷了一星期方苏醒。医护人员高兴地相互传语，刘兴根醒来了，英雄醒来了……

后来，他被转到国内疗养。能下地活动时，他将那信封找出，小心翼翼地抚平，再添上回信的地址，托人寄出。过了月把，回信来了，是人代写的：你母亲接到你寄来的信和照片喜出望外，捂住哭了大半天。自你参军走后，这些年来你母亲天天去庄东头的大路口盼你。你两个妹妹已出嫁。四亩庄稼地有互助组帮种帮收。家中一切安好，勿念……

读完信，他忽地捶了自己一下，我本来就是娘的儿子呀！

往后再写信，他就用班长的口吻。那边回信问，合影照上的另一个是谁？他答，是我最亲密的战友，也是娘的儿子。那边回信说，你母亲现在逢人就说，俺儿回来了，还多了一个，就在俺怀里。说着还掏出照片让人家看……

这一提，他心里便拱出一句，我就是我就是，永远是！

为尽量使自己像娘的儿子，他每天对着班长的照片进行"整容"。班长的颧骨好像高，他就反复夹捏自己的腮帮子，好让颧骨突出。时间长了，腮帮子还真凹陷下去了一点。护理人员奇怪，问，刘班长，脸上怎么不舒服？

都好着哩。他说，只是想娘了。

复员前，组织上派人征求他的意见，问安排你到本地一个大厂工会工作咋样？他说，我还是想回庄里给娘端端碗、洗洗脚。

肩着背包，提着网兜，他按着信封上的地址一路打听找到了这个小刘庄。还未进庄，头前身后呼呼啦啦簇拥了一群人，争相替他拿行李。被人引着，一进这农家小院，他愣了：一位衣衫打有补丁的中年妇女端坐在简易的板凳上，双手捏的竟是班长写的那个信封！

丢下行李，他紧跑几步，跪伏在这位母亲的双膝上，一声憋了许久的话语自胸腔喷薄而出：娘啊——

是根儿么？眼泪扑簌簌地滴落下来，是热的。

是我，是我，娘！

粗糙温暖的手在他头上脸上抖抖索索触摸着。俺的儿，你这脖子上的那颗痣咋没了？

娘，扛枪磨去了。抬头一看，娘泪湿的眼皮是合着的，眼窝里分明有什么在拱动。

旁边一个妹妹插话道,娘怕你忧心,信里不让告诉你她的眼几年前就瞎了。

娘,明天我就带你看眼去!

背着娘上车下车跑了几个医院诊治,娘的眼还是没有起色。娘说,甭花那钱了,有恁在跟前,俺啥都看得明白。

此时,县里给他安排好一个相对比较轻松的工作,他坚决不去,说,我回来就是照护娘的。并对两个妹妹说,有哥在恁放心,恁该忙啥忙啥。

于是就在生产队当了保管员,离家近。给他说媳妇,他就要求一条:必须对我娘一百个孝顺!

婚后,两口子轻声问暖、俯身侍奉,娘的脸上就断不了笑容,直至八十六岁寿终。在操办老人家的后事时,有人好像知晓了他的经历,想写一篇报告宣传宣传。面对这些好奇者,他说,我没啥可写的,与那些埋在雪地里的无名战友比,我还活在母亲身边……

那日晚间,他在电视新闻上看到部分战友的遗骸被军用飞机运回祖国时,泪珠止不住地滚淌。让家人打开那小盒子,指指那张合影叮嘱道,放大,放大……

放大的合影拿回来后,他看着看着突然说了一句什么,牙关一紧竟昏迷过去。紧急送进医院抢救无效,于当天夜里去世。

灵棚内,高挂的遗像就是那张放大的合影。问清原由,吊唁者无不动容,噙泪再三鞠躬。整理他的遗物时,发现了十几枚压在箱底的军功章,还有那个老式信封。

雪里红

◎ 杨启彦

杨启彦

教师，研究生学历，云南楚雄人。业余学习写作，文字散见《人民日报》《中国校园文学》《故事会》《鸭绿江》《散文选刊》《金山》《微型小说月报》等。

我到生产队养马场报到的第一天，就遇见桩吊诡的事。他们围着一匹马。我一问，原来这马准备宰杀了。队里把一些干不动活计的老马杀了，这倒是惯例。快到冬季了，水冷草枯，没有富余的饲料。可这匹马，正是壮年，还瘦。它浑身粘满杂草、粪土，肮脏得分不清毛色。马被拴在木桩上，狂躁不安地战栗着，发出啾啾哀嘶，眼眶里含着一汪深深的泪水。它见了我，浑浊的眼里竟闪过一道若有若无的光。我顿时心头一颤，没想到马儿也会哭。我再问，原来，是一匹驯服不了的倔马，不杀它杀谁？我向队长恳求："能不能让我来试试？"队长不屑地看了我一眼："你可以试，但吃了亏，那就是自找的了。"我走上前解开了缰绳。初来乍到，我正缺一匹坐骑。

我牵着马往小河边走，它那一身脏，不洗可不行。走着走着，马停下了。我回头瞪了它一眼："你得听话，要不是我，你只能下锅煮了。"那马桀骜不驯地抬着头，似乎没有听见。我有些生气，但一转念又压下了火。温和地说："伙计，走吧。"马还是不动，四蹄像钉子一样钉在草地上。我靠过去，想在它脊梁上拍一下。可手刚伸出去，又缩了回来——它的脊背太脏了。我抬起脚，在马肚子上轻轻踢了一下。就是这轻轻一下，马呼的一声蹿了出去。我猝不及防，被马拖了出去。我哇哇大叫，它却没有停下。耳边风声呼呼，我的屁股、肚子、膝盖在草地上擦着，但我死死地拽着缰绳，不敢松手。马终于停了，我被拖出去好远。我骨架散了，处处生疼。我艰难地睁开眼睛。马也正侧头看我，眼里饱含怒火。我挣扎着往回走，马却规矩了。马厩里，别的马见了它，都畏惧地往一边闪。我只好把它拴了起来。不能让它坑害大家。

一连几天，跑卫生所。我忘了马的伤害，反而把脏马伺候得好好的，有草有料。同事们的讥笑和嘲弄，也不管不顾。十多天后，我把马往河边牵，这回它乖巧得跟猫似的。洗刷一番，才发现它是如此俊美，齐刷刷暗红的鬃毛，健硕的肌肉，粗野的线条，就像隆冬过后满目萧瑟的草原突逢一夜春雨，瞬间焕发了青春。我策马扬鞭，它一声长嘶。风，在我的耳边如潮水般涌动。乏了，我躺在草甸上睡觉，它则静静地待在我的身边，低头啃着地上的草。我睁开眼，却发现它正默默地凝视着我，黝黑的瞳孔里是一个清濯深邃的世界。

转眼已是隆冬，白茫茫一个冰雪世界。我想，这马膘气增了不少，也该学学驮人了。走出马厩，我摸了摸它暗红而发亮的鬃毛，说："今天你要学驮人了。"它一甩头，目光炯炯地望着我，随即一声长啸。那声音，缠绕在雪地里，缠绕在蓝天白云之上。我谨慎地扣好马缰，准备踩蹬上马。它一双前蹄却一曲，跪到了地上。我吓了一跳，怕重蹈覆辙。我跪下来，轻抚着马头，慢慢地抚过马鬃、马背，轻声说："听话，我上了。"我刚坐稳，它前蹄一弹，稳稳地站了起来。我在马屁股上轻轻一拍，它就轻快地跑了起来，仿佛背上的，只是一缕轻烟、一片雪花。原来，它会驮人的。是它生命里的本能吧？我双脚在它肚子上一点，马像得到了冲锋陷阵的号令，呼一声蹿了出去。身旁的树，天空的云，风驰电掣般向后去了。耳旁风声呼呼，飞沙走石。马蹄弹起的积雪，和着空中飘落的雪花，翩翩起舞。不知跑了多久，跑了多远。我已疲惫不堪，可马没有一点停下的意思。我大声呼道："好了好了。"话音未落，我被马掀了下来，滚到了雪地里。马停了下来，回头看着不远处的我。它大气不喘，好像还没有尽兴。我坐起来，看着茫茫雪地里的枣红马。那场景让我好震撼啊。我大声喊道："雪里红，你是雪里红——"那马又是一声长啸，双蹄腾空，然后，慢慢向我走来。

转眼过了三年，雪里红却没有学会耕地。

一天，妹妹把电话打到了厂里。她说了父亲生病的事，我必须马上回家。我推着自行车，着急地往外走。经过马厩时，雪里红一声长啸，仿佛要挣断马缰，拔起拴马桩。我停好自行车，牵出雪里红。一阵风，我就回了家。从那以后，雪里红和我形影不离。

原以为我和雪里红会成为永久的朋友，可世事难预料。几年后的一天，乡里领导来马场视察。场长吩咐，将雪里红杀了，让领导们吃顿好的。

众人出屋，直奔马场。远远看见雪里红静静待在一棵墨绿的柳树下休憩，枣红的鬃毛和柔柔的柳丝在风中如水般流动，美得让人窒息。

我一声尖锐的口哨，它警觉地朝我这边转过头来。

他们用尽了绳索和套马杆，但还是被冲撞得七仰八翻，狼狈不堪。我在一旁幸灾乐祸，拍着大腿哈哈大笑。

嘭的一声枪响，他们竟用上了猎枪，却没打中。雪里红凄厉地一声长嘶，看我一眼，朝大门方向跑去，门外是苍茫无际的草原。

"二狗子！"队长大喊了一嗓子，"你不是成天嚷嚷着要借钱吗？你今天要是能把这匹该死的马给我杀了，我就答应把钱借给你。"

我心头一震，想起了医院里的父亲。前些天我几次三番向队里借钱，可队长却冷冰冰地说："你前年借的钱还没还上呢。"

"你瞪着眼看我干什么！你去，还是不去？"

"好！我去！"我的话才从牙缝里挤出来，眼泪就夺眶而出。

众人都停下看着我。我一声口哨，正往大门口夺命狂逃的雪里红，突然间安静下来。

我搂紧它的脖子，脸深深地埋在它长长的鬃毛里。它欢快地喷着响鼻，丝毫没感受到我的哀伤，更没有察觉到我藏在身后的那杆长柄铁锤。

当铁锤猛地砸向它宽阔脑门的时候，它只是微微愣了一下，头一偏，嗵一声，我砸到了地上。我夺过猎枪，顶住它的脑门。它用黝黑的眼睛看了我一眼,就合上了眼睑,一滴硕大的泪珠又从它的眼眶里滚了出来。

我闭上眼,手像发了摆子,疯狂地抖了起来。

父亲去了。我在茫茫无边的雪地里,寻找雪里红。

王植

东北大学教师，写作者，在各报刊和网络发表过文学作品，曾获"光年奖""未来科幻战争"等多项征文大赛奖项。

雪夜来客

◎ 王植

门铃声响起，可视对讲里是一个中年男人，他看上去不到30岁的年纪，衣着勉强算整齐，胡子没花心思打理，显得有些邋遢，漫天飞雪的寒夜中，他不断试图掸去衣服上的雪花，这让他看上去有些焦躁不安。

"请问李先生在家吗？"中年男人说，"我是刘鹏，约好今晚8点见面的。"

说起这次会面，简直有些匪夷所思，刘鹏一开始只是在豆瓣推理小组里给我发私信，说他看了我发布的推理文章，希望我能帮他解决心里的谜团。在他不断地恭维之下，我禁不住糖衣炮弹的攻击，竟然同意他到家里来聊聊。

就这样，两个大男人现在尴尬地坐在餐桌两头，我给他倒了一杯热茶，他礼节性地喝了一小口，就把头转向窗外，开始倾诉藏在回忆中的疑惑。

"那天晚上也下着雪，嗯，比今晚要大得多，我带着妹妹小婷，还有发小赵欢一起到了郊外民宿，准备住上一夜，第二天一早就上山去滑雪。"

"那是一楼的两室两厅民宅，卫生间在客厅里，地处偏僻，夜里无处可去，我们三人就一直在客厅聊天喝酒，大概喝到夜里九点多，酒还有，但是大家喝不下去了，加上白天旅途的疲劳，就准备休息了。"

"两间卧室各有一张双人床，我和赵欢一间，小婷住在对面屋，我当时还提醒她一定反锁好房门，有事就招呼我们，然后就回屋睡觉了。"

"半夜时分，我被赵欢推醒，问我几点了，我看了下手机，已经夜里11点了。赵欢说外面有动静，我听了半天，除了风雪声，啥也没听到，就骂他疑神疑鬼。既然已经醒了，我索性就出门到客厅上了厕所，对面小婷的房间很安静。赵欢说他还是有点害怕，非要把床从靠墙，推到门的位置，这样就完全把门堵死，外边的人进不来，里边的人也出不去。我懒得动弹，可实在拗不过他，就跟他一起推了床，然后关灯睡觉。直到第二天早上7点多，我醒来时，门都是被床从里面顶死的状态。"

"我迟迟等不到小婷起床，结果发现她房间没人，屋里各处都找不见她，等到我们去楼门外寻找时，"刘鹏顿了顿，"才发现小婷穿着睡衣，已经冻死了。"

"警察勘测了现场，因为一直在下雪，没找到可疑的痕迹。尸检确定的死亡时间是凌晨 2 点到 4 点之间，警方认为小婷自己走出房间，回到客厅又喝了不少酒，然后走出楼道，冻死在楼门外，是自杀或者是在醉酒状态下发生意外。"

"我没有照顾好小婷，非常自责，接下来的一个月，每天用酒精麻醉自己，直到现在才鼓起勇气收拾小婷的遗物，结果发现了赵欢送给小婷的礼物，我真笨，一直没发现他们之间有感情纠葛，也许他是凶手。可无论如何也想不通，赵欢是怎么杀人的。"

"有意思，"我赶紧解释，"我是指不在场证据有趣，我很同情小婷的遭遇。"

"那天晚上我虽然喝了酒，但没有喝醉，所以赵欢能轻易把我叫醒，从夜里 11 点到第二天早上 7 点这段时间，我俩谁都不可能，在对方不知道的情况下，离开房间。"

"准确地说，是你认为的夜里 11 点到第二天早上 7 点这段时间。"

"啊？"

"你现在用的是当时的手机吗？"

"嗯。"

"能给我看看吗？"

刘鹏把苹果手机通过面容解锁，递给了我。

我简单操作了几下，又把手机还给了他。

刘鹏接过手机，大惊失色。

"赵欢完全有可能在你睡着之后，溜出房间，他骗小婷出来继续喝酒,直到把小婷灌醉,再把人挪到门外冻死,然后他悄悄回到屋里,时间已经过了凌晨2点,他拿着你的手机,对着你的脸解锁,在手机通用设置里,把手机时间回调到前一天晚上11点,然后把你叫醒,故意提醒你看时间,再用床从里面怼住门,等你再次入睡,他用同样办法,把时间改回自动设置时间,这样你就成为了他案发时间不在场的证人。"

看着目瞪口呆的刘鹏,我冷静地建议他立即报警。

刘鹏魂不守舍地离开了,我如释重负,站起身抻了个懒腰,然后踱着步绕着房间走了两圈,回想起自己刚才的推理,我感到颇为自信。

我回到餐桌,准备收拾茶杯,突然发现桌上有个手机,刚才有茶杯挡着,我没有注意到,一定是刘鹏忘记带走了。我计算了一下他离开的时间,估计已经出了小区,追不上了。

手机突然响起铃声,我看了一眼,显示是陌生号码来电。我没有接听,把手机放回桌上,它响了足足一分钟才停止。

没过几秒钟,电话又响了起来。

我犹豫了一下,心想也许是刘鹏借别人电话打过来寻找手机的,于是按下了接听键:"喂?"

"嗯?"

听对方声音,不是刘鹏,他也听出声音不对,稍显迟疑。

我赶紧主动解释:"你是要找刘鹏吧,他把手机落在我家里了,你如果有其他方式能联系到他,可以提醒他回来取手机。"

这时门铃声响起。"等等,先不要挂断电话,也许是他回来了"。

我把手机放回到桌面，转身走到门口。可视对讲屏幕里出现的果然是刘鹏，他站在门口表情尴尬："对不起，我把手机忘在桌上了。"

"是的，我也刚发现，"我按了开门按钮，顺手把家里的门也打开，"门开了，你进屋来取吧。"

我转过身，回到桌前，拿起电话说："刘鹏回来取手机了，你马上就能和他通话了。"

"什么？"电话那头的声音，带着非常困惑的语气，"我拨的是赵欢的号码，我才是刘鹏呀！"

我听见，身后传来门被推开的声音。

砚痴

◎ 阿英

阿英

中国微型小说学会会员、河北省作家协会会员、保定市莲池区作家协会副主席。小说、诗歌作品见《十月》《莽原》《安徽文学》《当代人》《故事会》等,部分被《微型小说月报》《微型小说选刊》《青年文摘》等转载,微型小说入选多类年选与多地中学试卷。曾获中国微型小说年度奖、梁斌小说奖。

易水自古出壮士,也出名砚。

制绝品砚台,须有绝品好石。易州之石,质坚而润,色柔而纯,声清而冷,为砚颇佳。制砚匠人众多,不乏高手。少了四颗门牙的"奚豁子",便是其中之一。

奚豁子爱砚如痴,每觅得一块好石,都像新抱了个胖孙子,摩挲呵护,翻覆端详,灵感不来,绝不下刀。有的石头,竟已搁置多年。早年间,他将一方奇石以细绳缚之,悬于梁,日夜冥思。鼠啮绳断,石落齿碎,嘴"豁"了。这便是奚豁子诨名的由来。

奚豁子缺牙,也缺媳妇,但刻砚的家伙什儿却齐全得很,各式刀、钻、铲、锯……长长短短一溜儿排开。大锤如拳,小錾如针,探手便可取到。奚豁子干起活来,击顽石似山崩,琢细处似刺绣,仿若手底有一出跌宕大戏，正在紧锣密鼓上演。看客禁不住叹一声"妙啊"。可抬眼一瞅奚豁子的脸，又把那"妙啊"吞回肚里——他半咧开嘴，断牙瘆人，下唇吊一丝涎，抬头纹一挤一挤，眼皮一翻一翻，委实煞风景。

看客离去，奚豁子不送，也不吭声。

那年，嘉庆帝到清西陵祭奠，把玩易砚，喜爱非常，遂命当地召集巧匠，制砚50方，进献宫中。

于是全州出动，攀壁探洞，下河潜潭，遍寻好石。不仅新近的采石点刨了个底朝天，连前朝的老坑也刮了好几层。

终于，在易水激流底部岩隙，开出一大块百年一遇的极品砚石。敲除杂皮，顺裂痕剖开，不多不少恰好五十块。大者如鼎，小者如履，细观之，花纹、石眼、石胆、石晕皆可因势雕出小品。众匠人领石而去。轮到奚豁子，不禁傻了眼。分给他的那一块，尺寸如线装书，确是好料，但中间鼓起一个褐色疙瘩，丑极俗极，如一枚烂土豆。凿掉它，则石料洞穿；刻成祥云，则混沌如烧湿柴；雕为瑞兽，则皮毛脏似野狗。

奚豁子求别人分一点石料给他，哪个肯应。

人们等着看奚豁子的笑话。

期限到，奚豁子捧一木匣来，小心抽去棉絮，但见那大丑疙瘩，已被细雕为荷之败叶，筋脉凸浮，呈细网状，叶肉枯槁，疲疲沓沓，耷拉在干朽的锈色叶梗上，似乎一阵风便可摧折，却坦然而立，自带风骨。一块废石，摇身变为宝贝。

砚装船，擂鼓放炮。奚豁子两臂乍开，追着船跑，说那砚再补两刀更佳,路人笑而讥之。奚豁子自此扬名。

数月后,砚界有传言曰,易州毕竟僻远,真正的琢砚大师深居于京城,其技已臻化境,远胜奚豁子。大师近日新出一砚,被藏家巨资买走。其雕工尤绝:一老顽童,将拐杖插入岸边软泥,蹲身捧鱼放生,既有凡尘实景,亦有仙佛虚境,非俗匠所能为也。

奚豁子闻听,坐不住了,踯躅三天,未进水米,一跺脚,只身赴京,但求一睹。辗转多日,总算寻到藏家。藏家一见奚豁子,疑惑道,你这人忒面熟。但提及宝砚,却不愿展示,说怕看坏。奚豁子日日登门,有天忽然扑地咳血,面色蜡黄。

藏家心生恻隐,扶他坐定,说好只在五步外观看,不可趋近碰触,不可超过半炷香工夫。待藏家净手取砚出来,奚豁子长长抻着颈子,使劲眯眼,突然噗呲乐了,说,我的。

原来,这正是奚豁子刻的那方砚。荷叶磕碰碎落,叶柄被误识为手杖。谁也没想到,他以奇技,将自己藏于叶下,豁牙傻笑,眉眼仿佛因叶片移去、阳光太炽而微皱。

藏家惊喜感慨,与奚豁子彻夜畅谈,并将砚台还给他。京城人都知道,嘉庆帝有个大舅子,贪而蠢,常偷宫中珍宝出去换钱。这回,他瞄上的是易水砚。

此事传出,砚台沾过皇气,不断有人天价求购,奚豁子均闭眼摆手。

之后,这石砚再没出现过。时人揣测,其或被供奉于某处,或坐等更高出价,或将陪主人入坟。奚豁子的身份也渐渐查清,他是易砚鼻祖——唐代奚超的后人。

隔年大涝，易水桥塌，奚豁子以此砚募资修桥。愿出重金者随他到家，奚豁子弯腰，从破木桌腿下抠出一物，豁嘴洞呼气，吹落浮灰，说，拿去。

一根牛绳

◎ 阿木

阿 木

原名王运木,系中国作家协会会员、中国小说学会会员、中国微型小说学会会员,咸宁市小说学会名誉会长。在《小小说选刊》《微型小说选刊》《长江文艺》《小说界》《青年作家》《百花园》《金山》《小说月刊》《小说月刊》《天池小小说》等发表小说,已出版个人作品集八部。

纪念建国七十周年展览会上展出一个特别物件———一根牛绳。

这根牛绳是农村极其普通的牵牛绳,是谷箩上的细麻绳,小指头般粗,中间有结,是两根结成一根,呈煤黑色,没有什么特别的地方。牛绳长不过三米,盘成好几圈挂在雪白的墙上,在一束强烈的"追光灯"灯光的照射下,远远望去,那根墙上的牛绳有点像盘着的蛇,仿佛还在动。牛绳泛着光亮,油腻腻的,看得出有些年头了。

身材高挑漂亮的女讲解员站在玻璃窗前,拿着半人长的细木棍指着牛绳说着,声音很甜。她说:"这是一根普通的牛绳,又是一根很不普通的牛绳。你们不要小看了这根牛绳,它是我县著名将军阮贤山的牛绳。阮将军这根牛绳伴随着将军戎马一生,走遍祖国大江南北。阮贤山将军历经土地革命战争,抗日战争,解放战争,枪林弹雨，身经百战，战功赫赫。可以说，将军的荣誉也有这根牛绳的功劳。

阮贤山将军小时候家里很穷，一家五口，两间破草房，四壁皆空，吃了上顿愁下顿，唯一值钱的就是一头水牛，这是他家养家糊口的宝贝。将军小时候天天牵着自家的牛去吃草，去给大户人家耕田换钱，与牛为伴，爱牛胜过自己的生命。1934年10月中央红军长征前，也就是阮将军参加红军之前，他家接二连三突发了重大变故，彻底改变了将军的命运。

九月的一天，国民党围剿红军的部队在山路上抓住了他下山去借粮的爹，硬说他爹是红军探子，不由分说把他爹杀害了，他娘悲痛欲绝也去世了。当时只有十六岁的阮贤山将军含泪埋葬双亲，靠着那头水牛带着年幼弟妹过着更加艰难的日子。但是，没想到雪上加霜，灾难又降临在他的头上。没过多久，又一拨国民党围剿部队的士兵把他家的牛强行拉去杀着吃了。等到阮将军赶到军营外，他的牛只剩下牛头和牛鼻孔上的牛绳。将军怒火中烧，欲哭无泪，然而他人小力薄，斗不过强悍凶恶的国民党士兵。见到牛绳，他想起他爹经常说的一句话：ّ卖房不卖门，卖牛不卖绳。'于是，他把牛绳带回了家。拿回牛绳的当天夜晚，他把弟妹寄托给族人，毅然决然地参加了红军，跟着共产党走，打白匪子，报仇雪恨。

阮将军参加红军时什么都没带，就带了他的这根牛绳。他把牛绳折成几道，当成裤带系在腰上，从此走上了革命的道路。

这根牛绳跟随将军一辈子，有着许多可歌可泣动人的故事。

当年中央红军冲破国民党层层封锁渡过湘江时，刚刚参军的阮贤山将军作战勇敢，第一次战斗就打死国军一个连长。当天夜里，他的班长把他的牛绳裤带丢到门口，奖给他国军连长的牛皮带。将军见了生大气，跑到门外捡回牛绳又系在腰上。他对班长说：'卖房不卖门，卖牛不卖绳，你不知道？亏你也是从农村出来的，我以后回去还要买牛的！'

阮将军跟我们说，别小看了这根不起眼的牛绳，它在过草地时还救过班长的命哪。

长征时，阮将军的部队是中央红军的殿后军团，阻击国民党军队的追杀。中央红军大部过了草地，能吃的野菜被前军全扯光了，他们一路上找不到什么东西可吃，他和他的班长都饿昏了。一次，班长一不小心陷入了沼泽地，眼看着泥水淹没头顶，阮将军急忙解开牛绳裤带把一头扔给班长，硬是把班长从泥团中拉了出来。后来，阮将军煮着国军连长的牛皮带给班长吃，他扶着班长说：'王班长，我的牛绳有用吧？'

他的牛绳裤带还有一次起了大作用。

在延安，在与胡宗南大军进攻延安的保卫战前，已经是侦察连长的阮将军带人去敌营摸情况，抓舌头。抓到舌头后，他们没有东西绑住敌人，阮将军想起了自己的牛绳裤带，解下来捆住敌人，顺利地把舌头带回了驻地，掌握了胡宗南要进攻延安的许多重要军事情报。阮将军笑着说：'那次是顺利地回来了，可我一只手拿着枪，一只手提着裤子走了几十里地，难受死了。'

阮贤山将军追随毛主席，紧跟共产党，一路叱咤风云，战功卓著。解放后，成为中国人民解放军第一批授衔的少将。

天上星星数不清，林中鸟儿叫呜呜，阮将军牛绳故事讲不完。

阮贤山成了将军不忘初心，没有忘记'卖屋不卖门，卖牛不卖绳'的俗语，改革开放后多次回老家省亲，想把他的牛绳传给他的侄孙们，了却他多年想买牛的心愿，可他的老家是山区村，发生了翻天覆地的巨大变化，田地早已退耕还林，不用水牛耕地了，要耕地也使用小型农机具。"

解讲员喝了一口水接着说："同志们，为了办好这次展览，我们专门去阮将军家征集物件，九十多岁高龄的阮将军笑着说：'我没有什么东西可展览的，勋章有几枚，立功证书有几本，但都在行军作战途中遗失了。再说，那都是过去的事了，不值得一提。现在自己享共产党的福，天天过天子的命，感谢共产党。'在我们执着要求下，阮将军想了半天，就指着一直挂在他家墙上的牛绳说：'你们想要，就把它拿去吧，这可是我的宝贝，传家宝。'

同志们，你们现在还认为这是一根普普通通的牛绳吗？"

……

走出展览馆，阳光很灿烂，景致很美，身后的展览厅传来优美的歌曲《我爱我的祖国》："我爱我的祖国，我亲我的祖国，爱你是我一生的寄托……"

一头走入磨道的驴

◎ 寇建斌

寇建斌

中国作家协会会员，中国微型小说学会会员。作品散见于《青年文学》《上海文学》《长城》《莽原》等，微型小说入选《小说选刊》《小小说选刊》《微型小说选刊》《微型小说月报》《故事会》及多种选本，有作品入选多省市中考试卷。

莫财主正低头走路，差点儿撞上一头驴。

莫财主刚要发火，却见这驴生得清奇，就跟牵驴人闲聊了两句。得知这是头走散迷路的野驴，那人觉得难驯养，打算卖给驴肉店，莫财主便出了比驴肉店还高的价钱牵回了这头驴。

莫财主家开着磨坊，想套上驴拉磨。驴野惯了，哪里肯，一窜一窜尥蹶子，让人近前不得，更别说拴套绳了。莫财主很生气，骂它：不是我把你买下，你早进了人肚子化成屎了，不知好歹的畜生！

莫财主不打它，饿着它。饿了三天，驴老实了，老远看见莫财主抓着把草过来，赶紧低头奔脑去迎。

莫财主举着草，不给它，在它嘴边晃。青草的气息勾得它五脏六腹挪了位，它腆着驴脸不停地冲财主喷鼻子点头示好。

莫财主一手举着草，一手扬着套枷，示意它往里钻。它没再尥蹶子，掉屁股钻了进去。

它吃到了美味的嫩草。

莫财主把它牵进磨坊，系好套绳，牵着它走了几圈。它烦了，四蹄钉住，不再走。莫财主这回没客气，扬手就是一鞭子。身上像被豹子挠了一爪子，生疼。它忍住，不走。莫财主又是一鞭子，它还是不走。莫财主的鞭子暴雨般抽下来，它浑身火烧火燎，猛地一窜，拉起磨就跑。汗水浸出，顺着鞭痕淌，腿止不住抖动，它恨不得一蹄子踢死莫财主。

活儿干完了，莫财主给它卸下套枷。它浑身酸软，腿都抬不起来了，哪儿还有力气踢莫财主。

莫财主提来一桶水，水刚从井里打上来，清凉甘甜。莫财主背来一篓子青草，掺上炒熟的黑豆，真香。它有滋有味地吃着草料，感觉力气滋滋地长。莫财主拿把毛刷给它梳理皮毛，从头顶刷到尾巴根，舒服得它骨头都酥了。它不再想踢莫财主，觉得这人也不错。

之后，它便每天围着磨道拉磨，转了一圈又一圈。

莫财主怕它心烦，给它蒙上眼罩。大白天变成黑夜，起初它感觉很别扭，用蹄子刨地，打响鼻抗议。莫财主掏出一把黑豆送到它嘴边，哄它：眼不见，心不烦，慢慢就好啦。它咀嚼着黑豆，委屈地呢喃了几声，尝试着摸瞎拉磨。几圈下来，渐渐习惯了。

它啥也看不见，就一边转圈，一边乱想，想从前的生活。

它们是一个大家族，有长辈，有兄弟姊妹。每天除了吃喝，就是追逐嬉戏。有个脖颈雪白的小妹跟它最亲,总粘着它。它也喜欢小妹,叫小妹小雪,想把小妹融化。当然也有苦恼,有时跑老远找不到草吃,找不到水喝。日头毒,烤得冒油。来场雨,淋得精湿。冬天尤其难熬,草被雪盖住,时常吃不饱。更糟糕的是要时刻防备狼和豹子,夜里睡觉也要竖起一只耳朵,一有动静,拔腿就得跑,稍慢一步,就会被活活吃掉。它忽然觉得很幸运。拉磨虽然枯燥乏味,毕竟不用担惊受怕,还有很好的草料。干活,吃饭,睡觉,多好。

　　一天深夜,它吃饱喝足刚入梦乡,忽然发现一群熟悉的身影,都是它的亲人。它们找到它显然很不容易,围着它兴奋地嘶嘶乱叫。尤其那个小雪,高兴死了,贴颈靠臀,又蹭又啃,弄得它浑身燥热。它要挣脱绳子,伙伴们也使劲帮它。拴绳子的木桩被拽得咯吱响,木棚子也跟着摇动。它忽然停下来想,真要离开这里,回到从前吗?

　　它冷静下来,不再动。

　　伙伴们很诧异,着急地催它,它无动于衷。伙伴们急了,乱冲乱撞,柱子歪了,木棚子眼看要倒塌。

　　它忽然大声嘶叫起来,声音凄厉刺耳。

　　莫财主拎着一把长刀匆匆赶来。

　　伙伴们恼怒地瞪它,慌忙跑开。小雪不甘心,顶着它的头冲它喷气。莫财主快到跟前了,它调转身尥了小雪一蹶子,小雪才走。

　　莫财主放下长刀,用手轻轻地捋它的鬃毛。

　　它安静下来,卧下,伸出舌头一下一下舔莫财主的手。

　　之后,它仍然每天戴着眼罩围着磨道转圈,蹄子敲击着坚硬的地面，发出咯嗒咯嗒的脆响，生生把磨道踩出一条沟。莫财主懒得再给它戴眼罩，它依然走得很安稳。它不再想从前的事，什么都不想，顺着自己的脚印走，看不看都不会走错。饿了有草料吃，吃饱就干活，它觉得很好。

后来，村里开了家水磨坊，来莫财主家磨面的渐渐少了，驴整天闲着没事做，莫财主瞅见它就叹气，再不给它黑豆吃。

有一天，驴肉店掌柜上门来，伏下身瞅了瞅驴下腹隆起的部位，拍拍手上的土，对莫财主说，活该你发财，有个贵客馋这口啦。驴肉店掌柜出价比当初买它还高，莫财主笑了。

驴闻到来人身上的味道，浑身的肉止不住发颤，后蹬着腿不肯跟他走。莫财主冲来人摆摆手，给驴戴上眼罩，说，咱拉磨去。驴乖乖地跟在莫财主身后，发觉走的不是磨道，也没在意。

等到再闻到那股味道时，头上突然挨了重重一锤，四蹄一软就趴下了……

永远的战士

◎ 赵国洲

赵国洲

江苏灌南人,江苏省作家协会会员。曾在《雨花》《北京文学》《飞天》《小说月刊》《当代人》等发表作品,小说被《小说选刊》《微型小说月报》等转载。

父亲遗体火化之后,终于在他的骨灰里找出了那块弹片。

那块弹片在父亲的颅骨里潜伏了七十五年,一生从不服输的父亲最后还是输给了那块小小的钢铁。父亲临终时说:"胜败乃兵家常事,只是一生没能看到过这个对手……"

当年,父亲正站在掩体前吹冲锋号,阵地上喊杀声海潮般淹没了枪炮声,就在这时,那块弹片揳入了父亲的头颅……

父亲醒来后,得知他的号声骤停导致战士们的冲锋迟疑而没能彻底取胜时,父亲请求医生把那块弹片挖出来,砸成齑粉!医生说:"弹片已经扎进颅骨,野战医院没有这个条件。"从此,那块弹片就在父亲生命的隘口隐藏了下来。

新中国成立,父亲退伍回到了杨家桥,在小乡当武装干士。

那年全国上下都在为援朝的将士们筹集粮食。乡长忙于土改,财粮是一个年轻姑娘,叫左璞,海州人,是一个从旧家庭叛逆出来的小知识分子,人很漂亮,还写得一手很好看的字,除了"攵"之类字的捺画流露出女性的绵柔外,笔锋特别洒脱而俊秀,更可贵的是她还会一手好珠算。筹集的粮食都经左璞的手入册存放在杨家桥原杨大鼻子的库房里,最怕的就是在粮食起运前遭到杨大鼻子袭击。

那天夜里,父亲听到值班民兵的枪声,提上王八盒子,骑上那匹红章白玉兔马赶过来,正撞上抢粮逃走的杨大鼻子的马队。父亲朝着领头的杨大鼻子开了一枪,子弹击中杨大鼻子的左肩,把他推倒在马背上。父亲追到马跳渡时天光大亮,父亲已看清杨大鼻子飘飘大氅背后那十字貂皮毛的条形斑纹了,举起王八盒子开了第二枪。由于这个"王八"的子弹没有完全上膛,枪没有响,父亲照着自己的脑门拍了一掌,却把那块潜伏的弹片给唤醒了!

这次父亲又昏迷了三天,醒来时躺在县城医院里,守在父亲身边的是女财粮左璞。左璞说:"赵八一呀,有你这驴脾气的人吗?追不上敌人却要打自己。这下好,一睡就是五十五个钟头,县长都来看过三回了!"我父亲说:"要不是这块弹片帮了杨大鼻子,我会活生生地把他给掐死!"

这次父亲坚决要医生把他颅骨里的弹片取出来,他说:"这块弹片误了我两回大事!"医生说,由于弹片留在颅内时间较长,肌肉已经包裹了钢铁凹凸的边缘,手术风险太大。医生走后,父亲说:

"左财粮,你找一把刀、一把钳子,让我自己来!"左璞看到父亲眼里的血丝布满了瞳仁,像要发疯,她突然扑倒在父亲的身上,说:"好你个赵八一,你要是死了,我一个外地女孩子留在杨家桥靠谁,靠谁,你说!"父亲愣住了。

左璞成了我的母亲。

那年初夏,连天暴雨,为解除苏北鲁南地区的水患,政府顾全大局通知提前泄洪。时任杨家桥大队支书的父亲正带领社员在沂河里抢收麦子,看到第一波洪水淹没金黄的麦田时,他揪下头上的旧军帽掼在地上,喊了一声"我的麦子——",就昏了过去。

父亲在医院里又躺了七天,醒来时说:"事不过三,这已经是第三次了!"父亲一定要医生把那块弹片给挖出来。医生摇摇头说:"这块弹片很可能要留在你颅骨里一辈子,还会常常发炎。"父亲说:"我不是成了一个废人吗,那还算什么战士!"父亲这次一定要自己动手挖出那块弹片看看是个什么样的家伙!母亲瞥了父亲一眼说:"这次我不拦你,赵八一你想好了,你看过这块弹片,就再也看不到新中国的未来了……"

从此父亲换了一种思维:胜败乃兵家常事——一个战士没有了对手,还算战士吗?

那块弹片成了父亲一生的敌手,在父亲身体里蓄谋了十多年后终于主动向父亲挑战了。父亲永远是一个战士,一直在同那块弹片进行顽强斗争,活到了他人生的第九十五个年头,看着中华人民共和国从一穷二白走向繁荣富强……

父亲骨灰安葬的时候,母亲小心翼翼地把那块小小的钢铁捏在手中,在父亲的遗像前晃了晃说:"看到了吧,帮你把它找出来了。"而后又放回骨灰中。

母亲说:"他喜欢永远是一个战士……"

岳　峰

◎ 范子平

范子平

中国作家协会会员，河南省小小说学会副会长，作品散见于《芒种》《山东文学》《山西文学》《北京文学》《安徽文学》《北方文学》《当代人》《百花园》《故事会》《金山》等，有作品被多家选刊转载。

　　岳峰越过卧龙盘，经过白马河小桥来到孤岗下。孤岗不大，但很高，像一道石柱拔地而起。岳峰先是蹑手蹑脚地绕孤岗脚下走半遭，也不过两千来步。每走几步，他都警惕地四顾。确定四周无人的踪迹，他才抓住灌木向上攀登，像一只夜猫子。到山半腰还有斜出的灌木，再往上一二十米只有凸起的石头棱角可抓。他也因此碰落了小石子，簌簌地往下掉落，甚至惊起了几只飞鸟。他知道这是大忌，身子贴住岩石，屏住呼吸观察好大一会儿，见依然没有动静，才继续上到岗顶。正是黎明前的黑暗，阴云又压在头顶，四周是一片漆黑。他睁大眼睛，想选择一个隐身地方，然而竟没有找到。岗顶不过三四间房大小，鳖盖状光秃秃的岩石，根本无隐身之处。他将子弹压进狙击步枪的弹匣，枪口瞄向东南。岗脚下弯弯的白马河奔向百步外的卧龙盘。横着的卧龙盘像一道河堤，进城的路就贴在盘南边。他喃喃地向苍天祈祷，但愿这次能成功击杀戴烨。

岳峰知晓父亲被枪杀的消息，已是父亲下葬两个月之后了。二叔说，是保安团长戴烨拔枪将父亲枪杀，而父亲是保安团副参谋长。他们是同僚，是战友，为什么内讧，二叔说不清。两年多来，父亲血淋淋的死难模样总在他面前闪现。他曾怀揣盒子炮，潜入忻州城报仇，但无果而终，这个保安团已被拆解编入山西新军，无从寻觅。他没想到会在沁城打听到杀父仇人。一张神秘的纸条送到他手中，说戴烨带部队来这里，将在山语楼与人开会。他夜晚潜入山语楼，却又得知换了地点，打探不出来，正在无奈，又接到一张纸条，说戴烨今天上午要带队伍来卧龙盘跟谁打仗。战乱年代打仗是常事，他顿时兴奋起来。这一带地形他熟，熟悉得像自家院子。他唯恐戴烨提前控制孤岗，但想也不会。这里虽能俯瞰卧龙盘，但攀登不易，上边无处存身，从无人上来打伏击，戴烨决不会料到有人来埋伏。

东方露出了鱼肚白，有淡淡的雾气。他睁大眼望去，卧龙盘上有了人，影影绰绰的，正在逶迤地散开。二叔讲过戴烨的体貌特征，那个身材高大的肯定是，终于来了！他将枪口瞄上去，十字图标正要叠印上戴烨的头颅，两个警卫交错站在戴烨身后。岳峰贴在扳机上的手指未动。他必须保证一枪致命。戴烨不倒，听见枪响就会高度警惕，使岳峰失去这次报仇机会。岳峰在想，戴烨终会暴露，部队指挥官在战场不可能不活动。戴烨打伏击，我打他的伏击,螳螂捕蝉黄雀在后。

晨雾散去,天大亮了。但是又见不到戴烨了,能看到部分俯伏的士兵,他们专心致志盯着前方,前方是通向城里的土路。他枪口瞄了又瞄,只等戴烨站起那一刻。突然,枪声爆豆一般响起来。岳峰观察了好一会儿。交战对方的火力很猛,一部分人冲上卧龙盘,又被反击下去。岳峰惊叫起来:鬼子!是的,戴着小顶子黄帽,打着太阳旗,就是鬼子!没听说鬼子到沁城呀,也许这就是鬼子进攻沁城的前卫。戴烨他们在伏击鬼子!岳峰能分辨出鬼子歪把子机枪的突突声。戴烨窜过来跳过去指挥,这是击杀他的好机会,但他是在跟鬼子打仗呀,自己这一枪能打出去吗?岳峰全身发抖,脸色苍白。他不是害怕,而是为难,他大脑在飞速旋转。

好像第六器官的反应,白马河里有动静!他回转头一看,一溜鬼子兵端着上了刺刀的三八大盖,猫着腰,趟着河水向着卧龙盘奔去。不发洪水的白马河不过脚脖深浅,但仲春的河水应该很凉。这些狗日的小鬼子,为了杀中国人也是拼了。河道地势低洼,岸边又长有些许灌木丛和杂草。这是抄戴烨的后路呀。鬼子如隐蔽行进到卧龙盘跟前,突然从河道里冲出,肯定打戴烨个措手不及,戴烨他们会被全歼。他倏然间想到自己接到的神秘纸条,为什么关于戴烨的信息那么准,肯定是戴烨身边有卧底,给自己送信,是为了要戴烨的命。会不会也给鬼子送了信?那就是汉奸啊!他的使命是为父报仇,现在怎么办?他要送信给戴烨很容易,只要向鬼子开火,戴烨立即会判断出身后出了情况。但只要自己暴露,孤岗上绝对经不住鬼子火力打击,也逃不掉,更令人遗憾的是,为父亲报仇的心愿永远落空了。当年戴烨为什么和父亲翻脸成仇？也许永远搞不清了。他只觉得胸腔里一团火蛇在左冲右突，难受得窝起了腰，眼睛好像要滴血。

戴烨在跟大路上的鬼子鏖战，枪声一阵紧似一阵，而白马河道里，一个又一个鬼子飞速窜过。岳峰来不及细细思考了，他果断调转枪口，朝着白马河，把一个带指挥刀的鬼子锁进狙击镜十字，扣动扳机，砰的一声响，鬼子应声仆倒，溅起多高的水花。偷袭的鬼子立即四散隐蔽。啪的一声，他又一枪。这一枪没击中，他立即补一枪，又一个鬼子倒下。河道里鬼子立即组织火力，密集的子弹噗噗地打上来。他把头伏在石板上，不停地还击。从石坎缝隙里，他看见鬼子在岸边架迫击炮。这上边没地儿躲，也来不及下去，但他满意地看到，卧龙盘上戴烨已经分出士兵调转枪口，朝河道里射击。岳峰仰天长啸：父亲，我打鬼子了！火光一闪，他随同飞来爆炸的炮弹化作了永生。

1987年7月，这里举行了庄重的仪式，将孤岗正式改名为"岳峰"，并修建了盘旋而上的木梯，于峰顶勒石记载，为配合戴部伏击日寇，孤胆英雄岳峰于此狙击偷袭的日军，最后壮烈牺牲。

掌勺人

◎ 周福泉

周福泉

山东省作家协会会员，枣庄市文艺评论家协会主席团委员。中短篇小说、散文、评论先后在《山东文学》《延安文学》《当代小说》《短篇小说》《天池》《小说月刊》等杂志发表，多篇被《微型小说选刊》、《微型小说月报》选载。

夕阳染红了羊望镇，大街上人来人往，好不热闹。这个时辰，店铺生意最红火的，还数朱怀武的"朱记羊肉铺"。

这家饭铺传承祖上手艺，在古镇有了年头。据传，那块门板大的金字招牌，是省城一位名人的墨宝。朱怀武既是厨师又是老板，人称朱掌柜，他的拿手菜是爆炒肚片、红烧禽口、凉拌羊杂。馆子从东山里买来纯正红山羊，煮炖出来的肉，细嫩可口，不腥不膻。羊汤肥而不腻，乳白透明。人们奔的，多是那锅肥汤，一碗肉汤伴着两张烧饼下肚，可回味三晌。镇上过路客很多，酒足饭饱后，大都舔着嘴唇，竖起大拇指。因此，这家饭铺叫响运河两岸，声誉扩散鲁南十里八乡。

这年秋天，饭铺里来了一位身穿细布长衫的中年男人。只见他落座许久，不点菜，不叫酒，只是品着绿茶，静观满堂的食客。

朱掌柜看此人不俗，过来打招呼。中年男人说，您这羊肉七成出锅，回锅至九成才是绝佳呀。朱掌柜一听是行家，便附和道，您说得有道理，火候就在那一成上。中年男人笑了，转开话题说，您家大公子学贯中西，在省城学界大名鼎鼎。可惜呀，二公子痴迷拉魂腔，离家这么久，还是杳无音信。

朱掌柜愕然，这位先生对自家状况竟是了如指掌，便没法接他的话题了。中年男人呵呵一笑，说道，您这百年老店，恐怕是后继无人呀！朱掌柜脸色一沉，像鱼刺卡在了喉咙，这可是他的心病。

中年男人说，老哥，我想盘下这款老匾，如何？朱掌柜笑了笑，没有搭话。中年男人抿口茶，说，您可以出个高价。朱掌柜淡定地摇了摇头说，这不是钱的事。中年男人说，您的意思？朱掌柜抬头看了匾额一眼，意味深长地说，这饭铺之所以能支撑三辈人，靠的就是饭铺里有一位掌得稳炒匀的人。中年男人摇摇头，一步三回头离开饭铺。

眼看朱掌柜年事已高，掌勺力度跌落下来，已颠不出天女散花般的洒脱。这些年，他先后招了五六个伙计，只有两个伙计入了他的眼里，他有意收他俩为徒。李大顺眼勤、嘴勤、脑瓜子好使，遇事一看就透，负责面上的应酬。郭二平手勤、脚勤，但有些迟钝，厨艺不精。两个徒弟在朱掌柜的调教下，炖肉、熬汤都不会出半点差错。掌勺的关键时刻，朱掌柜会靠过来，拿起长勺，啪啪啪敲打三下铁锅沿，舀起六个佐料盆里熬好的汤汁，洒进锅里，刺啦一声后，一阵白雾腾起，肉香飘散出去。

朱掌柜拿这两个徒弟当亲儿子对待，兄弟俩学艺三年，明里眼观察，暗里脑琢磨，学了师傅不少真传。左邻右舍称，有这俩徒弟，朱掌柜的手艺不会失传了。

朱掌柜古稀之年，众亲择日给他祝寿。朱掌柜邀来镇上业内三五好友，说有要事商议。亲朋聚齐，他亲自下厨掌勺，瞬息颠出六道拿手菜，剩余的，交给徒弟料理。

朱掌柜在八仙桌前坐下，看了大儿子一眼。两人对视的瞬间，儿子收回歉疚的目光。朱掌柜叹了口气，知道祖宗传下的手艺不能指望他了。可惜这门绝活不能留在朱姓子孙手里，他心有不甘。

佳肴上齐，酒过三巡。众位夸赞，不愧名师出高徒。朱掌柜摇摇头，以示谦逊，说，岁月不饶人，这炒勺，我是掌不动了。随即，叫来两位徒弟立在桌旁。朱掌柜看着供奉在案上的长勺，对亲友说，今天，我要把这勺子传授给他们其中的一位。谁是将来的掌勺人，还需各位见证。

大儿子脸色红涨，低垂下头。众长辈面露惋惜，别有深意地点点头。大顺、二平站在师傅面前，面色激动，手脚拘谨。

朱掌柜对俩徒弟说，香菜是汤锅必不可少的佐料，都是咱后院种植的。种菜和掌勺一样，讲究一个心诚，做到一个心细。你对它使假，它就给你脸色看。

俩徒弟看着朱掌柜，一脸虔诚，频频点头。

朱掌柜指着长勺说，我给你们每人十粒种子，一月之后，至少要生出七棵菜苗。谁的苗多、苗壮，今后就由谁来掌勺。

种菜如种庄稼，两个徒弟都不是外行。大顺心细，种子用水浸泡，加少许养料，种在了盆中。二平把盆土梳松得如案板上的白面，定时浇水施肥。

一个月过去，朱掌柜和众位长辈到齐。大顺端出陶盆，只见六棵香菜苗茁壮成长。大顺的脸上却写着不安，他没有达到师傅要求。二平忐忑地抱出一个泥盆，里面连棵苗芽也不见，他沮丧地望着师傅。

这时，朱掌柜哈哈大笑，脸上溢出欣慰的表情。他上前拉住面红耳赤的郭二平，把长勺郑重地交到他手里。众位长辈脸上一片愕然。

郭二平泪流满面，双膝跪地，给朱掌柜连磕了三个响头。李大顺喃喃低语，师傅，我的苗……

朱掌柜笑着掏出一把种子，右手捏出几粒，轻轻碾压，碎成油末。他说，做人，还是憨厚些好；做生意，讲究的就是诚实。

众人恍然大悟。

李大顺回到家，沮丧地对中年男人说，爹，你明知他在种子上做了手脚，都是煮熟的，压根生不出苗来，却给我换成咱家的种子。你盘店的心太急切了，咱是聪明过头了啊。中年男人仰天长叹，天意呀！

"朱记羊肉铺"生意一直红红火火。羊望镇的人都说，那位白发苍苍的朱老板为人很实在。有人抬杠说，他不姓朱，他是郭二平。

种在城里的麦子

◎ 韦如辉

韦如辉
中国作家协会会员,安徽省作家协会理事。作品在《小说选刊》等报刊发表,百余篇入选年度选本,五十多篇被改编为中、高考语文试卷或微电影,作品被翻译为德、英、日文等,出版个人作品集七部。

小小打工的薄利餐厅旁边,是一个不大的街心公园。公园的四个角,皆垒着一块四方的小花坛。花坛里栽着月季,红的、粉的、黄的、白的,煞是耀眼。只是品种老了,开出的花朵小,萎缩得也快。有一天,开过来一辆小挖掘机,三下两下,连根拔起。

在这里锻炼的人,伸展着胳膊腿,说好哇好,换一换更好。日子一天天随风而逝,眼看到了深秋,花坛里依然空空如也。偶尔有几只流浪猫,跑到里面拉屎撒尿,弄得人心情坏坏的。

小小也看到这一切,并没有那么坏的坏心情,只是觉得太可惜了。在乡下,每一寸土地都是金贵的,要么种庄稼,要么种蔬菜,再不济也要栽棵果树,哪能让它白白浪费掉呢!

刚下过一场雨,花坛里的泥土泛着油光,小小看得出神。老板阿菊拍了拍小小的肩膀，嘻嘻笑，小小哇，想对象了吧。小小脸庞立马升起朝霞，头摇得像拨浪鼓。对象在上海打工，一年才能见上一面。小小嘴里说不想，心里却痒着哩，猫爪挠的似的。

想遥远的他，不实用，小小在想花坛里能种些啥。想着想着，想到了妈妈给她装的那一小袋麦籽。临出来的时候，妈妈舍不得，扯着她的胳膊摇哇摇，小小哇，要想家，就摸摸这袋麦籽。麦籽是妈妈留下做种的，粒粒饱满瓷实。小布袋里装着，塞在行李包里。每每想家时，小小就把它从包裹里取出来，瞅哇瞅，好像细眼里的妈妈。

趁着夜色，小小松了土，把麦籽均匀地撒到花坛里。

一天，两天，三天过去了。每一天，小小都移步过来，瞅哇瞅。第一天，潮湿的泥土在阳光下泛了白头；第二天，土层更白了，深处湿漉漉的；第三天，小小由不得自己，将一根手指插到土层里。心想，坏了，动了麦根儿，怎么得了呀。等到第五天，小小发现，土层里钻出嫩黄的芽尖。小小激动得来回转，忘了手里收的碗，咣当掉在地上，摔成了碎片。小小吓坏了，慌忙弯腰捡，不小心扎了手，指头渗出殷红的血。小小低着头，发出蚊子一样的声音，我赔。阿菊扯了扯嘴角，差点儿扯出来眼泪。她觉得小小是个有情有义的好孩子，打心眼里喜欢，不可能让她赔，区区一个碗算什么！

又下了一场雨，麦苗吐出了两三片叶子。风有点硬儿，麦苗更绿了。慢慢地，麦苗绿了一片。阳光下，绿油油的，有点涨眼哩。

小小想，要能施点肥就更好了。小小清楚，花坛里的土不肥，长花不一定长庄稼。可是，上哪儿弄肥料呢？小小的眉毛拧在了一起。

　　小小找来一只水桶，从三里开外的泥塘，拎来一桶脏水。小小更清楚，餐厅里的废水油腻，肥不了田，搞不好还烧根。餐厅里师傅不知道，将废水倒掉了，小小跟他吵了一架。夜里，小小做了个梦，她把一桶废水，泼到师傅的被窝里。醒来想，真是罪过。

　　走过路过的人，发现了那个花坛里的麦苗儿，很惊奇地扭过头，恋恋不舍地盯着瞅哇瞅。小小看到，有个高个子男人，用手机拍了照之后，兴奋地对前面同样高个子的女人说，麦子麦子，过来看。女人叫麦子，还是看麦子，小小不知道。小小心里乐开了花，满满的成就感。

　　还有一天，一个戴着棉帽子围着围巾的老人，手里牵着一个孩子过来，对孩子说，乖孙子，这就是麦子。孩子瞪大眼睛问，爷爷，什么是麦子？麦子是干什么用的？这里怎么会长麦子呀？

　　爷爷怎么回答的孙子，小小没听见，一个客人嚷嚷要开水。小小的眉眼间依然荡漾着笑意，这些问题太简单了，等会儿，亲口告诉那个可爱的小家伙。

　　等小小转身出来，爷孙俩已经走开了。小小从鼻孔里叹了气，心里像藏下一根针。

　　下雪了，小小高兴得不得了。妈妈常说，麦盖一床被，来年搂着馒头睡，说的就是这个事儿。城里的雪，下得小，化得快，跟人的脸一样，说变就变。

　　春天说来就来了。

　　一辆小挖掘机轰隆隆开过来，三抓两抓，把麦子抓没了。花坛里铺了一层草皮，绿得有点儿假。小小在隆隆的轰鸣声中，听到驾驶员在对讲机里说，好的好的，不耽误明天省里的检查。

小小蜷曲在被窝里，浑身发软，起不来，出冷，发热。

阿菊抚摸着小小的额头，眼眶里渐渐湿润了。

过两天，小小辞了职。

阿菊订了高铁票，送她到高铁站。阿菊说，小小，想姐了，再回来。

小小使劲地点着头，再点着头，一股股热流从胸腔里直往上涌。

捉迷藏

◎ 蟠桃叔

蟠桃叔

生于陕西淳化，现居西安。多年媒体人经历，后辞职为自由撰稿人，潜心小说、散文以及儿童文学创作。出版有作品集《唐诗江湖》《长安一片月》等。

有两个小孩，一个叫大头，一个叫黄毛。

大头的头很大。黄毛的头发很黄。

他们的村子靠近一片野树林，他俩常常结伴去林子里玩捉迷藏。

这天，大头爬上一棵榆树，藏好。

林子那么大，那么多树，真不好找呢。黄毛喊着：大头，大头，你出来吧，我输了，我找不到你。

每次找不到大头，黄毛就会来这一招把大头给诱骗出来。不过，最近大头也学精明了。

黄毛虚张声势地叫了几声，大头还是躲着不出来，只听见脚下落叶被踩的咯吱声，还有林子深处隐隐传来的啾啾鸟声。

快到吃晚饭的时候了,黄毛的肚子饿了,咕咕叫,他放弃寻找,回家吃饭。

树上的大头呢,其实他早都睡着了,坐在树杈的缝隙,抱着树枝,两条腿耷拉下来。

大头醒来已经是天黑如墨,星斗满天,森林里的湿气也重了。

他有些慌乱,赶紧溜下树就往家跑,爷爷会用烟杆敲他的小腿肚吧。

他迷路了。等他走出森林,偏离了方向,离家越来越远,越来越远……

大头也渐渐长大了,不再是孩子。他去过了很多地方,也做过许多事。

他骑着骆驼穿越沙漠去贩卖精美的玻璃器皿。他在一个桃园打零工,摘了桃子,用泉水洗干净,拿给学堂里的孩子当早点吃。他当过邮差,把信从山海关送到了嘉峪关。他打过仗。他还差一点娶了一个草原人家的女儿,他们一起挤羊奶时暗送秋波。他做过寺庙的敲钟人。他割过椴树蜜。他贩卖过盐巴。他和一群人去采石头修桥,修到一半,桥塌了,石头砸死了很多人,他侥幸逃过了一劫……

一年又一年,大头老了,成了老头。

大头后来到了海边,没有路了,他就留下来找了一份看守灯塔的差事,兼看潮起潮落。

隔三岔五,大头会抽空从塔上下来,去附近的一个小镇上买饼,带回塔上慢慢吃,买一次吃好几天。他喜欢吃一种撒了芝麻和海盐的饼。

有一天,大头又来镇上买饼,迎面来了一个光头,是个留着黄胡子的外乡人,因为他背着行囊,穿着和当地人不一样的长衫。

大头看了他一眼,就要进饼店。他已经闻到了面饼被炭火炙烤出的香味了。

这时候,那个黄胡子外乡人,丢下行囊,冲过来兴奋地嚷嚷:哈哈哈,大头,原来你躲在这里,我赢了,我赢了,我终于抓住你了!

下编

揭方晓

中国作家协会会员，江西省抚州市南城县委网络安全和信息化中心主任。工作之余，从事微型小说创作，在《小说选刊》《金山》《小说月刊》《微型小说选刊》《小小说月刊》《天池》等发表作品若干，作品曾获多种奖项。

昂然有范

◎ 揭方晓

范本阳是破落户，是西城最知名的破落户。

为什么这么说呢？范家祖上可了不得，有的当过府台，为一方百姓之父母；有的镇过边防，为千秋传颂之名将；有的高居庙堂，为政绩卓著之宰辅；有的远遁山林，为声名显赫之骚客……这样的家族，到哪儿都算得上是世家大族。

可惜的是，范家后来家道中落，只零零星星出过几个进士、举人。待到范本阳这辈，不，从他祖辈、父辈起，就彻底没落了，祖孙仨可是连个秀才都没捞上。连秀才都没中，自然就绝了仕途，又自负出身名门，贩夫走卒之类、引车卖浆之属，是绝计不肯干的，为了生计，只能一代接一代变卖家产，什么金银细软、书法字画、铜鼎瓷器，都卖得干干净净。到范本阳这儿，已经家徒四壁。

父母去世后,范本阳每天最重要的事,就是在祖辈流传下来的这座大宅子里东瞧瞧、西瞅瞅,连鸟窝、老鼠洞都不放过。瘦死的骆驼比马大,还别说,偶有收获,不是捡块碎银,就是摸串铜钱,可以勉强混几天温饱。

家人?唉,范本阳这样的破落户,是根本没有能力,也没有资格成家立业的,他自己也压根儿没往那儿想。有时,几杯浊酒过后,他禁不住泪流满面,喃喃自语:"堂堂范家,堂堂范家,至此绝嗣,奈何,奈何!"

酒是泥人张邀他喝的。整个西城,范本阳几乎没有朋友,若硬要说有,那就只能是泥人张了。

原来,西城破落的人家不少,可人家破落了就破落了,心态平和,凭双手自力更生,做豆腐、教私塾、卖馍馍、糊花圈、裱字画……养活一家人,自得其乐。可范本阳不同,他家道是破落了,可架子不倒,范儿不减,依旧装腔作势,将自己当老爷看,寻常人家绝入不了他的法眼。

比如吃饭,西城寻常人家不论早晚都叫呷饭。而范本阳循祖例,叫第一顿饭为朝食,叫第二顿饭为哺食,常说自己朝食已毕,或说哺食还在锅里呢,让人听了不舒服。比如睡觉,西城寻常人家都是说困觉。而范本阳却偏偏说成夜寐,还振振有辞摇头晃脑道:"求之不得,寤寐思服。"这是《诗经》中《关雎》篇中的句子,被他拿来引经据典了。

这还只是言语上,行为中范本阳更怪模怪样。寻常人吃饭,端起碗抄起筷子就吃,他还有前奏:净须、洗手、掸衣,有条不紊,方才不慌不忙地吃。寻常人走路，大步流星，虎虎生风，他身着长袍马褂，踱着方步，俨然老爷出巡。

范本阳说，这叫派儿，叫范儿，叫气势。

听者哄然而散，从此不跟他亲近，他自然就没有什么朋友了。泥人张不同，祖上也曾富贵过，虽没染上范本阳这样的酸腐病，头脑比较正常，却打心眼里理解他，便隔三差五喊他呷几杯浊酒。酒酣耳热时，听他说些无端掌故，感叹些无常世事，以为人生一乐。

不过，范本阳虽家徒四壁，可那座祖传下来的大宅子还非常完好，其巍然耸立之气势、富丽堂皇之气派，引人垂涎三尺。有人出大价钱要买这宅子，范本阳断然拒绝。

人家说："你都混成这样了，赶紧将宅子卖了啊。卖宅子所得，够你吃喝玩乐一辈子。"

范本阳慨然道："卖了宅子，何处为范？"

按泥人张的理解，这话里有两个意思。一是说宅子没了，范家的痕迹就从这世上抹去了，再也找不到了；二是说宅子没了，范本阳他立身处世的派儿、范儿，就彻底失去了，做人还有什么意思呢？

人家气得直跺脚，拂袖而去。

那年，日本兵入侵中国，不久就攻破了西城。日本兵蛮横地跟范本阳说，整个西城数来数去，只有他家这宅子气派，若用来作为司令部，真是完美。范本阳含笑点头，说："是啊，到哪里找这般完美的宅子去，您容我收拾一下，明天就将这宅子送给皇军，如何？"这日本兵不知是哪根筋搭错了，竟然答应了范本阳的请求，退兵而去。

当天夜里，西城突然火光冲天，范本阳的大宅子火势凶猛，转瞬间成为一堆废墟。日本兵气得直骂"八嘎"，朝四面八方放了好一通枪炮，方才罢休。

有人说，那晚的火光中，范本阳昂然而立，特别的有派儿，有范儿，有气质。目睹这一切的泥人张，心头郁结，从此疯疯颠颠。捏泥人，只捏一种，那就是昂然而立的范本阳，派儿足足的，范儿足足的，气势足足的。

张建春

中国作家协会会员，中国微型小说学会会员、中国诗歌学会会员，小说、诗歌、散文作品散见各报刊，有《向阳草暖》等六部散文、诗歌集出版，多篇作品收入各种选本，曾获安徽省社科奖（文学类）、中国微型小说年度奖。

半本书

◎ 张建春

楠子十岁这年，用两个拳头大的山芋换了半本书。半本书没有封面，纸张发黄，书页上还有不少莫名其妙的印迹。

半本书是从玩伴长金的手中换来的，长金用这书上发黄的纸叠"宝"，"宝"呈正方形，两张纸叠成一个"宝"，在地上摔，摔得灰尘直冒。楠子想看上一眼，长金不愿意，一把揣进怀里。长金穿着一件八面透风的黑色"棉猴子"，半本书揣进去就不见了踪影。

楠子苦苦哀求，长金松了口，说：要看也可以，拿东西来换。楠子张开手，说：我没东西。长金拍拍肚子，说：饿了，要想看，一个山芋。楠子太想看这书了，点了点头。

楠子家有个山芋窖，窖里有山芋，山芋藏在干燥的泥土里，不多，悄悄地冬眠着。长金知道。

乘大、妈不在家，楠子跳进了山芋窖。窖里黑乎乎的，楠子把手插进了泥土里摸索。窖中除了山芋还有土鳖(土元)，土鳖拱动，爬进暖暖的手心，让楠子心惊肉跳。

山芋楠子摸到了，先是一个，楠子把它揣进了怀里。想了想又摸了一个，揣进怀中另一边。

两个山芋长得真好，圆溜溜的，泛着红色的亮光。楠子在手上掂了掂，沉甸甸的。

楠子找到长金，长金瞅了楠子一眼。楠子慌忙拿出了一个山芋，说：这中吧。长金似是老大不情愿地拿出了半本书，在楠子的眼前晃了晃。

一手交山芋，一手交书。楠子把半本书凑在鼻子底下，发黄的纸张散发着一股霉味。长金说：三天，给你看三天。楠子说：中。但又提出了个要求：再给你个山芋，书归我。

山芋的诱惑是大的，长金眼一亮，说：中，也中。楠子从怀里掏出了另外一个山芋，长金有点不甘心，把书从楠子手中夺回，狠狠地又撕下了几页。

书在了楠子手中，两个山芋在了长金手中，俩人都得了宝贝。楠子以为长金是要把山芋吃了，可长金仅是把山芋放在鼻子下闻了又闻，小心地揣进了怀里。

楠子迫不及待地靠着南墙，对着太阳看书。阳光暖和和的，把墙和楠子都晒暖了。

书不知名字，没有头，但字都长得周正。楠子读完了小学三年级，书中的字许多还不认识。楠子只能边看边猜，还是看出了路数。这是一本写铁路上抗日的事的书,老洪、李政、鲁汉、田中、芳林嫂等都是打鬼子的英雄。

楠子沉浸在书中,可怎么也想象不出铁路和火车是怎么样的,还有铁甲车怎么就那么的厉害。另外就是一些字楠子不认识,如同吃山芋吃出了苦点子,吐了舍不得,咽下实在难受。

楠子太喜欢看书了,就是没书看,家中的一本旧日历书,楠子不知看过多少遍。

半本书楠子是偷偷看的,书的来历有毛病,是用山芋换的,怕挨大、妈的打。半本书也太不经看了,一两天工夫,楠子就看完了,楠子心像猫抓样,故事没讲完,故事中的人到底会怎么样?

楠子去找长金,跟屁虫样的顺,问长金另半本书的下落。长金摊摊手,说:我半路上捡来的,不知,不知。楠子开出了大价钱,腆着脸说:还换,五个山芋。长金推了楠子一把:滚一边,没就没,不想活了。

很多天里楠子发呆,对着半本书发呆,心却走得远远的,在心中估摸着书中的事,想象着老洪们是如何打鬼子,如何打鬼子票车,如何将铁路撬了,还有就是老洪最后和芳林嫂可成一家人了。楠子硬是在十岁时,在心里把剩下的半本书续完了。

到了春天育山芋苗时,楠子挨了一顿穷打。大发现窖中的山芋少了两个,山芋大是有数的,二十个,优选的,当作"山芋妈"的。楠子承认是自己偷吃的,肚子太饿,但不敢说是拿去和长金换半本书的事。

长金看楠子挨打,有点幸灾乐祸,躲在一边偷偷地发笑。楠子恨恨地剜了他几眼,把眼中的泪一粒粒咬破了。

楠子一直保留着半本书,随着时间的推移,书上的字全部认识了,半拉子故事也越来越清晰,直至后来楠子读到了完整的书,才知书叫《铁道游击队》。

楠子把《铁道游击队》和自己心中续的半本书对比,还真有雷同的。

过去了几十年,让楠子大为吃惊的是,另外半本书竟在拆迁的老屋中发现了,它藏在自家老屋的门头上,被虫蛀成了筛子。

楠子在某一天找到了长金,长金和楠子都奔六十岁了。长金承认,半本书是从楠子家的门头上撕下的,算是偷的。门头上的书,应是某一年楠子大或妈藏下的,原因不说都知道。

楠子想哭,但一转念又笑了。读了半本书,另半本书让楠子思念,在心中续书,不是历练了自己?否则怕是自己不会成为别人称之为的作家。

还有件事也有趣。

长金换下的两个山芋没填进自己的肚子,这山芋也成了"山芋妈",栽了两畦子,帮着一家人度过了饥饿。

李伶伶

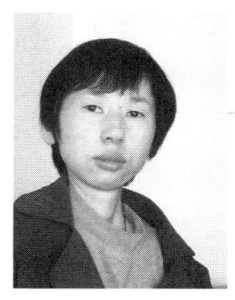

满族，中国作家协会会员，辽宁省作家协会签约作家。已发表作品300余篇，多篇被《小说选刊》等转载，作品《翠兰的爱情》被改编成30集电视连续剧。曾获辽宁文学奖等。出版有《起舞》《羊事》及英文作品集《李伶伶作品精选》等六部。

悲伤的白菜

◎ 李伶伶

老黑吃完晚饭回到病房，看到邻床多了一位患者。患者是个老大爷，左脚上打着石膏。旁边的老太太应该是他老伴，忙前忙后的。老黑跟他们打了声招呼，就躺到病床上看手机去了。

不一会儿来了个女人，听称呼是老大爷的闺女。她一进门就问，怎么摔倒的啊？老大爷不吭声，老伴替他说了，是被车撞的。

老大爷下午去超市买菜，超市正在搞活动，可以用购物所得的积分换白菜。白菜3块钱一棵，老大爷的积分能换两棵白菜呢。但是兑换积分需要身份证，老大爷没带身份证，超市工作人员不给换。老大爷问，回家取身份证回来，还给换不？工作人员说，给换。老大爷就把买好的东西送回家，拿上身份证和购物小票又往超市赶。老大爷家离超市远，骑自行车需要半个小时，他骑车经过十字路口时，被车撞了，到医院一检查，是小腿骨折，得住院。

女人听后，一阵埋怨，说，你为了两棵白菜值得吗？现在住到医院来了，得花多少棵白菜的钱啊？老太太在一旁说，我也说不让他去，可是他不听啊。老黑偷偷瞄了一眼老大爷，老大爷理亏的样子，从头到尾一声没吱。

女人又问，肇事司机呢？撞了人他得出住院费呀。老太太说，去交警队了，你小弟也去了，这会儿也该回来了。女人说，那住院押金谁出的？老太太说，咱自己先垫上的，等交警队判完了，肇事司机该给多少他得给。女人说，他不但得给住院费，还得给补偿费，这么大岁数骨折了，得遭多大罪呀！

正说着，病房的门开了，进来一个中等身材的男人。男人脸色不太好看，进来后径直走到老大爷旁边。女人问，交警队怎么说？肇事司机怎么没跟你一起来？男人说，交警队说，轿车司机没撞到咱爸，人家没有责任。女人说，没撞到咱爸，咱爸怎么会摔倒呢？男人说，我看监控录像了，咱爸摔倒时，轿车前杠离咱爸还有半米远呢。女人越听越糊涂了，说，怎么会呢，你是不是看错了？男人说，从监控录像里看，咱爸是为了躲一个送外卖的摔倒的。女人说，那送外卖的得对咱爸负责呀。男人说，送外卖的也没撞到咱爸。女人说，照你这么说，咱爸是自己摔倒的，跟别人没关系？男人说，不是我说的，是监控录像里这么显示的。而且咱爸还闯了红灯，就算别人撞到他，咱爸自己也有责任。

女人听到这儿，生气地转过身问父亲，爸，你咋还闯红灯呢？老大爷说，我不是着急嘛。女人说，就为两棵白菜吗？男人说，什么白菜？他显然还不知道白菜的事。女人给他讲了父亲换白菜的经过，然后说，咱爸是为了给你省两棵白菜的钱才摔倒的。男人说，你这说的是啥话？啥叫为我省？女人说，咱爸跟你住在一起，不是为你省是为谁省？

男人被说得脸上有点挂不住，好像父亲跟他生活没有享福，净受罪了。男人说，我没让他给我省。女人说，你让没让他省，他都是为你省，从小到大他都偏向你，缺啥少啥他都是冲我要。男人说，怎么偏向我了？他冲你要啥了？俩人说着说着吵了起来。

老太太在旁边劝完这个劝那个，但俩人都在气头上，都听不进去，话越说越多，七百年的谷子八百年的糠都倒出来了。最后说到了住院费，因为父亲摔伤别人没有责任，住院费都得自己出。女人说手里不宽裕，拿不出钱来，她再次埋怨父亲没事找事。

病房里像住进了一窝马蜂似的，嗡嗡嗡地吵个没完，一刻也不得安宁。老黑作为外人，劝也不是不劝也不是，他正想出去躲躲，忽听老大爷一声吼，别吵了，我不治了，我这就出院，说着就要下床。三个人赶紧劝阻。但老大爷的倔脾气上来了，非要走。他好像忘了左腿骨折了，下地往前走时一用力，受伤的腿吃不住劲儿，摔倒了。大家赶忙去扶他，并叫来了医生。

医生查看了老大爷的伤腿，觉得没什么大碍，让他别乱动，好好休养。医生走后，老大爷还闹着要出院，女人发了脾气，说，你不用走，都是我不对，我不会说话，我不会做事，我走！说完，女人从兜里掏出一把钱放在父亲的病床上，转身走出病房。老黑看到那把钱里有两张一百的和几张十元一元的零钱。

病房里沉默下来，一度有些尴尬，老黑假装看手机，没敢往那边看。

过了好一会儿，就听老太太说，也不知道你姐吃饭了没有。没人回应她。老太太又说，你跟你姐瞎吵啥，这两年经济不景气，她在家政公司干活挣的也没以前多了，她手里有钱的时候没少给我们花，这回就别让她出钱了。男人说，我没让她出啊，我啥时候跟她提钱了？老太太说，你是没提，可是她觉得自己该拿，但是拿不出来，她心里觉得愧得慌嘛。男人没吱声。老太太说，你开出租车虽然没有以前挣的多，但也比她强，我跟你爸还有点积蓄，这次住院费就不用你俩花了。男人小声说，好了，别说了。老黑觉得自己听到了别人的隐私，再听下去就不礼貌了，便起身出去了。

老黑一开病房的门，看到老大爷的闺女正站在门外抹眼泪呢。

见老黑出来，女人有点尴尬，急忙走开了。看着女人走远的背影，又回头看看病床上的老大爷，老黑叹口气，仰头看向棚顶的灯。

叶征球

中国微型小说学会会员，江西省作家协会会员。作品散见于《山西文学》《天池小小说》《小小说月刊》《微型小说月报》《小说月刊》《微型小说选刊》等。作品被多次收入年度选本以及多个省市中学语文试卷。

彼岸花

◎ 叶征球

在我记忆中，母亲永远都是忙碌的。我那时还小，没上学堂，就经常偎在素玉婆身边玩。

院子寂静得像一座坟墓。

青石雕砌的栏杆上，爬满了绿苔。阳光从天井上空倾泄下来，巴掌般狭小，不热烈，且有几分苍凉。

素玉婆已经老了，老得很难迈出门槛。只能整天深深地陷坐在厢房的围椅里，无声地打盹，或者望着门外。

一切，在素玉婆的眼里、耳中都是浑浊的，像隔着一层层雾翳。她模模糊糊地望见门前小山坡上，那些艳红的花，像一丛丛燃烧的火。

素玉婆就差使我，去摘几朵回来。她迟缓地把花凑到鼻尖嗅着，然后轻声告诉我，这是彼岸花……

村庄的所有劳力，都去生产队的田地里干活了，院子进进出出的人不多，更没有谁管顾我们。素玉婆喜欢给我讲一些久远的事。她目光迷蒙，呆沉沉地活在自己的世界里。

那年，白茫茫的大雪覆盖了整整一个腊月。

十六岁的素玉，在吹吹打打的唢呐声中，进了村庄，嫁给了奎子。花轿略显陈旧，四周垂着流苏，随轿夫的脚步颠簸晃荡，极有节奏。

素玉悄悄掀起盖头，红帘上绣着两只鸳鸯，笨拙可爱，像母亲养的水鸭，她偷偷抿嘴，兀自笑了。

接着，想起奶娘附耳交代的一些密话儿，脸顿时红成了胭脂，慌忙掩下盖头，生怕别人瞅见。一双小手将丝绢绞着，仿佛那些揉皱的小心事，朦朦胧胧。

一阵风扑过来，撩起纷纷扬扬的雪粉，如漫天流言。素玉颤了一下，顺手裹紧了大襟的红缎袄，依旧感觉到寒意逼人。

在娘家，素玉跟着父亲念过一些"绣幕芙蓉一笑开，斜飞宝鸭亲香腮，眼波才动被人猜……"的词句，对婚姻充满了举案齐眉的遐想。

新婚第七天，奎子就消失了。据说，一同被流窜部队抓壮丁的，邻村也有几个。

一夜之间，素玉的天就塌了。

她趴在床沿上嚎啕大哭，寻死觅活……但最终，还是在众人的苦苦劝阻中，活了下来。

白天，素玉默默地在菜园里劳作。入夜，便早早地拴门闭户，任窗外人敲猫叫，岿然不动。

素玉在油灯下，抚摸着奎子的照片，心里一遍遍地叨念着："啥时候回来，我都等你！"

逝水流年，孤影沐清辉。

慢慢地，年轻的素玉熬成了村里孤寡的素玉婆。没有人知道，这几十年的荒芜岁月，她是如何度过的。

素玉婆爱洁净，发髻绾得规矩，厢房里那几件旧木柜，也擦得一尘不染。

我常常指着她尖小的布鞋，咯咯咯地发笑。

素玉婆也咧着豁牙的嘴，慈祥地笑。伸手颤巍巍地比划说，在旧时，她已经算大脚了，真正的三寸金莲，绣花鞋里只能搁得进一颗鸡蛋。

每年刚刚入秋，素玉婆就开始怕冷了，仿佛生命里永远是终年积雪。紧紧地捂着一只铮亮的铜火笼，坐在围椅里，整个身子瑟缩成一团。

我私下里觉得，素玉婆随时会死去，像那些干枯的树叶一样。我默默地看着她，心里充满了恐惧。

但素玉婆总是奇迹般的，熬过了一个又一个漫长的冬天……

得知奎爷还活着时，我已经念书。整个村庄沸腾了，大家都议论着奎爷的事。

素玉婆拄着拐杖，悄悄问我，台湾有多远？

我翻开地理书，指着地图让素玉婆看。她眯缝着眼瞧了好大一阵子，喃喃自语："一拃远的地儿，咋就不回家呢！"

"阿婆，台湾好远的，跟咱隔着海呢，在对岸那边。"我合上书，扶素玉婆坐下。

她喏喏地点头，颤抖地撩起衣襟抹眼角，沟壑纵横的脸上夹杂着万千表情。

"奎爷肯定会回来的。"我抬头，看见五斗柜上的小瓦罐里，插着几枝新鲜的彼岸花，火红火红，温暖着老人破旧的厢房。

果然没多久，乡干部就来通知了，奎爷回大陆探亲的手续已经办妥，下个月就带着妻儿老小，还乡了。

乡里开始给素玉婆修葺房子，盖瓦、粉刷墙壁，添置一些新物件，准备接待的各项事宜……大家进进出出的，像是忙年。

素玉婆独自坐在围椅里，静静地凝望门前小山坡上，那些热闹的彼岸花。

奎爷回乡的前一天，素玉婆死了。她吃了三包鼠药，穿戴整齐，搂着年轻奎子泛黄的照片，平静地躺在那张陈旧的、几十年前的婚床上，仿佛睡得正香。

多年以后，偶尔经过那座小山坡，远远看见素玉婆坟边，那些摇曳的彼岸花。我想起它悲伤的花语，就不由得想起唐婉的《钗头凤》中的句子："人成各，今非昨，病魂常似秋千索……"

王琼华 笔名王京，中国作家协会会员，湖南省美术家协会会员，湖南省电影评论协会副主席，郴州市文联名誉主席，市作协主席。迄今已发表作品800余万字，出版个人作品集31部。

匾额

◎ 王琼华

裕后街曾有一家制笔的作坊，叫"韩家笔坊"。韩家笔坊的主人不姓韩，姓陈，街坊都喊他陈一笔。

但韩家笔坊确与韩姓有关。陈一笔把其中的来由说过许多遍了。

唐贞元年间，韩愈到郴州待命，此地刺史李伯康与韩愈是旧友，便在北湖筑一间亭子，邀请韩愈泛舟游湖。韩愈兴致勃勃，叉鱼为乐，之后在亭中挥笔写下名篇《叉鱼招张功曹》。这间亭子因此被称为"叉鱼亭"。当时给韩愈磨墨与递笔的是其书童。韩愈离开郴州前一日，书童突染重病。李伯康请来裕后街老郎中，老郎中一番把脉，称可让书童康复如初，但需饮上九九八十一天的药汤。韩愈只得将书童托付给李伯康。书童寄住老郎中家养病时，见老郎中的儿子喜欢习字,便将韩愈所用之笔的制作手艺传给老郎中的儿子。老郎中姓陈,是陈一笔的老祖宗。祖上弃医制笔后,街上便有了"韩家笔坊"。据传,这四字是韩愈所题。

陈家制笔出手不凡,在文人圈中赢得了口碑。陈一笔从不把肉羊毛笔当成山羊毛笔卖,他跟街坊打过赌,毫毛弄错了根数,愿输一坛米烧酒。反之,对方愿输两瓶洋酒。结果,两瓶洋酒被陈一笔摆上了柜台。

除了手艺,陈一笔特别看重作坊门头上挂着的匾额。隔三岔五他就要爬上梯子,细细擦拭"韩家笔坊"四字。

这日,刘五爷走到韩家笔坊门外,歪头斜脑瞧瞧正在擦拭匾额的陈一笔,嚷道,给我来二十支狼毫!

陈一笔低头一看,笑道,府上记账的笔,都是账房先生来买。

我儿子阿福上省城当差了。

早听说了,你家公子日后定要飞黄腾达!陈一笔爬下梯子,问,这跟买狼毫有啥关系?

他上司是一个舞文弄墨之人。

该是你刘五爷打听到他爱使狼毫的吧。

数你精怪!

不凑巧呀,有些日子没做狼毫了。

蒙谁呢,有哪家笔坊不做狼毫的?

这几年天气异热,黄鼠狼毛品质差了许多,拿这等劣毛制笔……

还没把话说完,刘五爷就把手摊开来,几块银圆出现在陈一笔眼前。刘五爷说,我付你双份钱,赶快做吧,省城的大人物用韩家笔坊的狼毫,也算给你脸上贴金了。

陈一笔摇头。

刘五爷顿愤,喊道,误了我儿前程,看老子怎么收拾你!

街坊都为陈一笔担心起来。陈一笔却说,来年遇到好狼毛,我再拿二十支上等狼毫送给五爷儿子吧。

这事看似悄悄过去了。一天早上,早起的陈一笔发现,"韩家笔坊"匾额不见了。街坊们猜测,是半夜里被人偷去了。陈一笔没说话,他马上拿起刚刚做成的二十支狼毫去找刘五爷。账房先生说,今晨刘五爷匆匆去了省城。

时隔一月,刘五爷和儿子阿福回到裕后街,来到韩家笔坊门前大骂,蠢驴,竟敢毁我儿子前程!

原来,刘五爷得知儿子的上司有收藏古物的嗜好,便将"韩家笔坊"匾额偷偷摘下,带进省城让儿子献给上司,想顺带挫一挫陈一笔的傲气。刘五爷没料到,上司收到匾额,说是赝品。他儿子不仅没升职,还被除了名。

陈一笔蒙了,挂了几代人的匾额,竟然是冒牌货?

晚上,陈一笔听到敲门声。开门一看,是阿福。阿福把一件用麻布包裹的东西递给陈一笔。打开一看,竟然是失踪多日的"韩家笔坊"匾额。阿福说,这件宝物,不该落到欺世盗名的人手上。是我瞒着父亲,找匠人赶工仿制了一块。

陈一笔心生感动,愧疚地说道,是我误了你前程。

阿福说,跟着那些人混,那就不只是误了我一个人的前程。

陈一笔没听懂阿福的话，但他晓得了，阿福是一个有见识的人。

陈一笔说，我要好好谢你啊。

阿福说，那就送我几支大毛笔吧。

你要练大字？

阿福笑而不答。

待阿福离开后，陈一笔赶紧把匾额藏了起来。

这日早上，陈一笔发现，街头巷尾的墙上被人偷偷刷了很多大字。

当晚，陈一笔把赶制的几支大毛笔偷偷交给了阿福。

一日，陈一笔去茶楼喝茶回家时，发现街口贴有通缉令。他凑近一看，大吃一惊，画像竟然是阿福。

听街坊说，刘五爷家被抄了，称他家的阿福是惑众造反，带兵的还是阿福在省城当差时的上司。但那些人没有抓到阿福。陈一笔听了，心里忐忑起来。

回到制笔坊，陈一笔发现了一丝异样。他赶紧把门拴上，然后轻声喊，是阿福吗？果然，阿福从竹子堆里爬了出来。

陈一笔紧张地问，你怎么躲到了这里？外面到处有人找你，我得帮你逃出去！

就在这时，笔坊的大门被砸响了，有人叫喊道，开门！检查！

陈一笔说，快，赶快跳到郴江河吧。

阿福跟随陈一笔快步跑到楼廊上，唰地跳入了郴江河。陈一笔刚吐出一口气，却发现阿福不会水，正在河里折腾着。陈一笔急中生智，立刻把藏在楼廊里的匾额扔到了河里，大声喊道，抱上匾额,腿使劲打水……

很快,阿福抱着匾额向下游游去。

这时,枪响了……

湘南起义后,阿福带着"韩家笔坊"匾额潜回到裕后街。

这时的陈一笔早已被葬到山上。那天,一直记恨陈一笔的刘五爷,也跟在送葬队伍的后面。

夜里,阿福偷偷上山,在陈一笔的坟前磕着响头,然后将匾额埋进了坟里,最后,把整个坟头铲平了。阿福说,我晓得,你是不愿离开匾额的。

穿过花香的火车

◎ 张洪霞

张洪霞

中国微型小说学会会员,辽宁省作家协会会员。有作品在《天池小小说》《北方文学》《作品》《小说林》《小小说月刊》《海燕》《小说月刊》《中国铁路文艺》《作家文摘》《微型小说选刊》等发表、转载。并有作品入选各种年度选本和中学试卷。

  我觉得隔壁春生婶是村里最好看的新娘子,特别是她的两条大辫子,在身后飘来荡去的,让我喜欢得不得了。

  那天,我又趴在墙头上,偷偷地往隔壁看。在院子里晒太阳的春生婶看到我,冲我招招手。

  五月的阳光明媚而温暖,春生婶轻柔地给我梳头发,用红头绳在我头顶上扎了一根望天辫,看着镜子里翘翘的小辫子,我忍不住乐出了声。

  突然,一声长长的汽笛声响起。

  春生婶的手停下来。在镜子里,我看见刚才还笑吟吟的她低下头,眼里掠过一种我看不懂的忧伤。

  "婶婶,你喜欢大火车吗?"我问。

离村子不远的山坡上，有个小火车站，每天有两列绿皮火车打此经过。偶尔，零星有几个从十里八村赶来坐火车的人。

春生婶的手又动起来，扎完另一根小辫儿后，她才幽幽地说："喜欢，它会带人去梦想的地方。"

渐渐地，村里有人说起闲话。说春生娶个大学漏子，打过门就没下地干过活儿，说不准哪天就坐火车跑了……说完，她们还撇撇嘴，头对头地嘀咕几句，然后发出鸭子一样的笑声。

在一边玩耍的我，知道她们说的不是好话，便气呼呼地跑回家。

我拉住正要下地干活儿的妈妈，问："啥叫大学漏子？"

我妈满脸疑惑地看了我一眼，说："就是没考上大学的人。"

她用手扒拉一下我的望天辫，笑了，说："还是你春生婶有耐心。"

听到隔壁的关门声，我妈抬头看一眼，压低声音，说："你春生婶就差一点考上大学。"

"小西。"

春生婶在大门外喊我，说要带我出去玩。

村外的小河水欢快地流淌，河边铺满了绿草和各式的小花。不远处的山坡下，槐花开得正稠，望去，就像云海中滚动的白云，花香随风飘来漾去。山坡上，两条长长的铁轨就像山的两条大长腿，裹挟着一股股馨香，悠然地伸向远方……

听着鸟儿的啾啾声，春生婶说："小西，你听，小鸟在唱歌！"

看春生婶如痴如醉的模样儿，我心里就像有千万朵小花在绽放。我觉得这也是春生婶和村里女人不一样的地方。

一声长鸣，一列火车哐唧哐唧地从远处开过来了。我兴奋地喊："快看，在花香中奔跑的大火车。"

那一瞬间，春生婶攥紧我的手，不再言语，我们屏住呼吸，就那样静静地望着：掩映在细碎花影中的绿皮火车，呜呜地开过来，又呜呜地奔向远方……

我抬头，看春生婶的眼睛还紧紧地盯着火车消失的方向，若有所思。

许久，她转过头，脸上有欣喜闪过，她说："小西，你有诗一样的语言呢！"

"什么是诗？"

"你刚才说的话，就是诗。"

春生婶蹲下来，看着我的眼睛，说："小西，火车能带人去梦想的地方，也能把梦想带到咱这儿来。"

我瞪着懵懂的大眼睛，瞧着春生婶。

春生婶激动得脸有些发红，我从来没见她这样高兴过。她说："小西，你能带我去福茂爷爷家看小兔子吗？"

我曾跟她说过，村南头的福茂爷爷家养了两只小兔子，我和小伙伴们常去福茂爷爷家看兔子，还给小兔子摘它们最爱吃的槐树叶呢。

"原来春生婶也喜欢小兔子。"我在心里嘀咕。

春生婶突然地就走了，在地里干活的人都看见了。她们说，呜呜的大火车带走了俏丽的春生媳妇，春生这下可惨了……闲话就像长了脚，在村子里到处乱跑。

我是事后才听说春生婶走的消息，可我不信，跑到了春生婶家去看，她家果然锁着大门，这是我最不想看到的。

"我再也见不到春生婶了。"沮丧的我像个泄了气的皮球。

一晃很多天过去了，就在我为再也见不到春生婶而难过时，春生婶坐着火车回来了。她的背包里，是满满的一大摞图书和资料。

那几天，春生婶盘起长发，挽起袖子和春生叔一起在院子里忙碌，叮叮咣咣的声音又引来村里人的好奇心。

"他们这是折腾啥，要盖房子吗？"

几天工夫，春生叔家的大院里就盖起一排排的红砖小棚，很快地，棚子里就住进了一窝一窝的小兔子。

"原来他们是养兔子啊。"

"就是瞎折腾，咱村又不是没人养过，哪个养成了。"

"养大了没人回收可怎么办？"

几个月后，让那些嚼舌根的人大跌眼镜的是，一辆大汽车开进村子，春生婶家刚出栏的兔子全被收走了。

看着春生婶家一茬又一茬活蹦乱跳的小兔子，又眼瞅着春生婶从县城搬来十四英寸的黑白电视机，这可是村里第一台电视机，村里说闲话的人再也坐不住了。

"春生那个俏媳妇真能干。"

"原来养兔子还真能致富。"

"还是有文化好啊！"

风向一下子就变了，赞美声就像叮叮咚咚的小铃铛，发出的声音悦耳动听。她们开始成群结伴要来春生婶家取经，可又怎么好意思呢，只好拽着自家的孩子，打着孩子要看小兔子的幌子，涌进了春生婶家的院子。

春生婶怎么能不懂她们的小心思呢，笑着说："只要你们愿意养兔子，我一定把学到的都教给你们。"

"那可太好了！"

"省得我们闲得发慌，闲得难受，闲得把那点薄地翻了又翻。"

院子里响起了欢笑声……

就是春生婶的这句话，让这个大山褶皱里的美丽村庄，成了远近闻名的养兔基地。

高春阳

中国作家协会会员，鲁迅文学院第17届高研班学员。《天池小小说》2023年和2024年专栏作家。作品散见《文艺报》《诗探索》《小说选刊》《作家文摘》等。著有诗集、散文集四部，长篇小说三部。长篇小说《明日彩虹》被改编成电视连续剧。

蛋糕

◎ 高春阳

我巴不得自己生病。

我对生病的渴望可以用一个词儿来形容：垂涎三尺。

但我不愿意我弟弟生病，他还不到两岁，走路都侧歪的。我比弟弟大五岁，我妈当然向着他。可偏偏老天爷也向着他——居然他生病了！

为什么不是我？

我眼睁睁看着我妈，抱起弟弟冲去镇上卫生院的时候，小人书掉地上了。我收回羡慕的目光，弯腰拾起"马良"，拍拍"马良"身上的灰尘，进屋，跪下，看床底下那八包点心。我把脑袋伸进床底下，像小狗一样凑近，鼻子一吸，浑身骨头就酥了。

点心用牛皮纸包着，纸绳把它们捆成十字形，上面系个手提扣。

牛皮纸已经被点心的油渍浸染，看起来油光锃亮，闻起来香气扑鼻。

我已经六岁了，从没吃过点心。说实话，我对点心出现在我家，是很奇怪和敬畏的。我爸在公家锅炉房撇大锹，我妈在镇上工地搬砖。逃离生产队，不用挣工分也能靠力气吃饱饭，我妈说咱家已经烧高香了。怎么可能吃得起点心呢？

我妈提拎着八包点心进屋的时候，马上把我叫到跟前儿，立立眼睛说，不要偷吃，否则，屁股蛋子给你削两瓣儿！

我吓得吱溜一声钻进里屋，哄不到两岁的弟弟玩去了。我听见外屋我爸在叹气，说，要不给孩子吃一块？我妈说，拆包就废了，还怎么送礼？我爸说，少送一包呗。我妈说，俩科长，少一包，七包咋分？办编制不是闹戏。我爸说，再买一包呢？我妈说，哪有余钱？一分钱都得掰开花！然后我爸就不吭声了。我猜到是这样的结果，我妈性格比铁还铁，比钢还钢，从没见过她掉眼泪。

小人书《神笔马良》快被我翻烂了。说的是少年马良有一只神笔，画啥，啥就能变活，跟变戏法似的。我多想自己能成为马良啊，多想马良给我画一包点心啊，可惜，那是梦。

有我弟弟之前那年，我被狗咬，住院了，我妈破天荒给我买了一个玻璃瓶黄桃罐头，行啊，我就不形容那次吃罐头的感觉了吧，反正从那以后，我就巴不得自己生病，垂涎三尺地渴望自己生病。

我没病，弟弟却病了。这事儿真气人。

我在家琢磨马良的神笔，我爸回来了，火急火燎对我说，拿一包点心给你妈送卫生院去。说完去里屋床下取出一包点心塞给我，又火急火燎出去了。

跑腿的幸福来得太突然。我哆哆嗦嗦捧着这包点心，出门去卫生院。卫生院距离我家不远，我却走得非常漫长。一来我不想那么快失去跑腿的幸福，二来我怕路上有什么闪失。

可别像上一次，我去建筑工地给我妈送饭，也是不远的路，却出了事。我端着饭盒在路上遇到一条小狗，那条小狗眼馋我的饭盒，问我要，我不给，小狗生气，扑上来抓我裤腿。我急眼了，一脚踢开它，它咬了我一口。

过后，我妈领我去医院，打针输液，我就住院了。对了，就是我刚才提到第一次吃罐头那次，就是那次，我妈破天荒给我买了一个玻璃瓶黄桃罐头。反正从那以后，我就巴不得自己生病，垂涎三尺地渴望自己生病。

扯远了。

话说我捧着一包点心走在路上，心里猜，里面是槽子糕呢？还是蜜三刀呢？还是蛋糕呢？这三样点心我在小娟家都见过，就是没吃过。我见小娟吃过，小娟吃蛋糕的时候出于友情和同情，给我吃过一口。你知道一块圆形蛋糕，四周都有边边，像房檐。当时，我只在房檐上啃了一小口，就记住了一辈子。

想到这里，我好奇了，决定拆开包装看看里面是啥，反正也不吃，看看而已。我小心翼翼解开手提扣，慢慢拆开牛皮纸，哇——这些小可爱们露出真容，是蛋糕。我随口咽下唾沫，拿起一块放在鼻子底下，天哪，我一辈子都要感谢小娟，是她，让我今生记住了这种味道。

我用牙齿轻轻触碰蛋糕，真的是碰，不是咬，哈喇子就淌下来，沾到了蛋糕边上。我用手擦，不想擦掉了一块渣儿，蛋糕渣掉进我手里，我疯了，瞬间伸舌头舔了。然后发现，蛋糕边上掉渣的那个位置，出现了一个若隐若现的小小缺口。——根本看不出来嘛！我心里想，然后生出智慧，沿着蛋糕周围，仿照缺口大小，转圈啃了一遍。

我满手是油，满口生香，看着像被耗子啃过一圈的那块蛋糕，暗自得意。就这神作，轻易看不出来改动过的痕迹。就算看出来，咱这智商也有说辞对付。

按照原包装的印记，小心包装，小心系绳，恢复原状后，捧着一包蛋糕，我心满意足来到卫生院。

果然没有猜错，我妈要蛋糕，是要给生病的弟弟吃的。

护士在床边给弟弟换药，我妈随手拆开蛋糕包装，突然看到那块蛋糕，她惊呆了。护士眼神跟着瞅过来，也惊呆了。

看她俩表情不对，我说，哎呀，是耗子咬的吧？

我妈瞬间眼泪掉下来。

有生以来头一次看见我妈掉眼泪，我慌了。

我妈拿出那块蛋糕给我。

这是给我吃吗？我不敢接。

我妈说，本来也有你的份儿。吃吧，吃完咱去街上买耗子药。

秦俑

中国作家协会会员，河南省文艺评论家协会副主席，《小小说选刊》《百花园》主编，出版作品集《被风吹走的夏天》《纪念日》等，主编《中国当代小小说大系》等图书二十余种。

灯光

◎ 秦俑

是很久之前的事了吧。

那时候的郑州，电是珍稀资源。一个家里，两个房间共用一个灯泡，这没啥奇怪的，大家都习以为常。家里拢共就两个灯泡，这个开着，那个必然关着。有时"哧"一下，开着的灯也突然灭了，这也没啥奇怪的。那个时候的电啊，说断就断了。断电的不会提前发通知，被断电的也不觉得有多不堪。家里有准备的点上一支蜡烛，继续吃饭看书写字。舍不得燃掉那半截蜡烛头的，摸黑洗漱干净，上床闭眼就能呼呼大睡。

很怀念那时候的生活，简单，质朴，而又充满热情。

但是，也有烦恼。

最烦恼的是要上早班。我们是德化街北口那边一家商场的餐食员，早晨六七点，就有商场的工作人员陆续来上班。我们得提前准备员工早餐——多半是自制的豆浆、现蒸的馒头包子，还有炸油条，都是日常最普通的吃食，就是做起来特别费时间。

凌晨四点多，哪怕是夏天，也要穿两件衣服，要不然会打你一身湿湿的雾气。要是冬天，就得全身裹得严严实实的，只露两只眼睛和一对鼻孔在外头。我们同事几个从家里出发，近一点儿的走路，远一点儿的骑自行车，从郑州的不同方向会集到二七广场。到二七纪念塔的时候，偶尔能碰个面。都是年轻女孩儿，碰面了，笑嘻嘻打个招呼，用手电筒闪对方的眼睛，或是互相回应着按响自行车的铃铛，有说有笑的，其实是为了给各自壮胆。

说起来，我们几个算是单位里胆大的女孩儿。凌晨四五点，如果没有月亮，郑州城还笼罩在一片漆黑的夜色中。没有路灯，只能靠一只手电筒。每次走到二七塔的时候，脑袋里会飞快地闪过一些奇奇怪怪的零星片断，一些市井流传的形形色色的传奇物事，越想心里越发毛。

那时候，二七塔周围的高楼还没有这么多，塔身上的灯也不会长亮。每次从解放路那边走过来，一抬头，就看到二七塔冷冰冰地杵在那儿，我脚下的步子便忍不住地加快。绕是绕不过去的，只能硬着头皮往前走，眼睛盯着脚下的路。越靠近塔边，手电筒的灯光就好像变得越黯淡，似乎被什么冲淡了似的。

直到有一次，记不清是我从二七塔路过的第多少回了。那次我带的手电筒没电了，天还特别黑，空气中弥漫着一层薄薄的雾气。我使劲甩了甩手电筒，关了再打开，灯光似乎喘了一喘，叹了口气，又马上熄灭了。四周全是黑色,很厚很厚的那种黑,什么也看不到。路是熟悉的,但没有了光的指引,路似乎变得跟平时不一样了,变软了,软乎乎的,像踩在棉花上。手脚也一定是冰凉的,背上却快要渗出汗来。为了壮胆,我故意大声清嗓子,故意用力跺地面,心还是慌得很。平时经常偶遇的同事也没见一个。我叫了一声"王小妮",没人应。又叫了一声"花大姐",也没人应。慌乱中,一句歌词突然从我的嘴里蹦了出来:

"东方红,太阳升……"

这是当时流行的歌曲,也是后来二七塔每日报时用的音乐。歌声吼出来,我的胆子大了不少。而且,不知道是被我的歌声吵到,还是凑巧,二七塔的某个楼层上亮起了一线微弱的灯光。我看了看,雾气朦胧中,我分不清这是一盏油灯,还是一盏电灯。眼里有了光,心里便没了怕。有了这一线微光,脚下的路便变得硬实起来,心跳缓和下来,眼前的世界也逐渐分明起来。楼是楼,树是树,一切都回归了它们本该有的样子。

就是从这次起,再经过二七塔,我都能看到这盏灯。它总是在差不多同一个时刻亮起。从解放路街口出来,远远地,我就看到了这盏灯。在雾中时它是微黄的,在雨中时它是闪烁的,在风中时它是飘摇的。很快,我的小伙伴们也发现了这盏灯。我们惊喜地分享着一盏灯的秘密,一起想象着这盏灯背后那个温暖的人。

一盏灯,照亮了我们前行的路,也温暖了我们整个青春。

一晃过去好多年,那个在商场当餐食员的毛头女孩儿考进电台做了新闻主播,而那个久负盛名的大型商场也早已经成为历史,被人们渐渐遗忘。有一次，我参加电台组织的一个主题活动，要以二七纪念塔为主题做一期深度的访谈宣传。采访中，一位曾参与塔楼维修的工程师讲到了这么一个故事：

　　为了完成维修任务，他有几个月时间住在塔楼上。他的睡眠很轻，醒得也早。每天，他都能听到楼下第一批来德化街上班的女工人的声音。往往凌晨四五点的时候，天特别黑，路上伸手不见五指。那是一个闪耀着理想光芒的年代，每个人的心中都燃着一团火。为致敬那些早起为建设新郑州做出贡献的人，他每天都会在这个时候，短暂地拉亮维修部的灯……

邓 力

重庆市作家协会会员,微型小说创作始于上世纪80年代末。著有小说《红痣》《喂牛的三更》等。

钓

◎ 邓 力

几年前,麻老师大学毕业,去了一所远离城市的农村中学任教,心却安定不下来。

学校在山的半腰,坡下有个水库,麻时常去钓鱼,越钓兴致越高,同仁开玩笑,说麻除了在课堂,要么在水库,要么在去水库的路上。

玩笑含讥带讽,麻却一点不在乎。

年底,天冷,鱼儿不咋咬钩,麻想到水库的尾部去试试运气。

水库环山而卧,尾入深沟,蛇行斗折,止于竹笼烟罩的山脚。

麻绕行数里,到了水库尾部的一处深潭,撒窝,调漂,拉饵,下钩……

运气还好,小半天,钓了几尾白鲫。面对湖光山色,麻陡生感慨:白天有鱼钓,晚上有酒喝,身在即是福地,人生到处恰好,哎,这辈子，也就这样了！

来了个老者，用不带痰的咳嗽提醒麻他的到来。

老者七十来岁的样子，用方言问麻："教细娃儿的？"嘴巴呶向半山腰的学校。

麻点头，眼神在鱼漂，问老者："本地人？"

老者说："原本不是，现在是了。"

何谓原本不是，现在是了。麻心思在鱼，没去细究。

老者安静一旁，身影让香烟模糊。

冬天水冷，鱼儿久不咬钩。老者香烟吸完一支，烟屁股滋一声入水，忍不住摇起头来："我说你呀，钓鱼不行，比起人家麻老师你差远了。"

麻一愣："哪个麻老师？"

老者说："芝麻的麻，单名一个利。"

麻差点说就是我呀！

老者递烟给麻。

麻说："谢谢，不抽！"

老者说："好习惯！"香烟自己点了，边吸，边自顾自说："那个麻老师，常来水库钓，天热钓浅，寒露后钓潭，好厉害哟！鱼线比蛛丝还细，能钓起来三五斤的大鱼，每次来钓，想钓多少钓多少，钓到太阳下山，抓大放小，拎了中意的鱼，才嘘着口哨回家。"

麻心里一乐，老者口中的他好像东坡笔下的汝州笔仙，笔仙风度于他也有？不禁暗中欢喜。

又听老者言："这麻老师是真能钓，钓出名声，还钓出了绰号，人们悄悄叫他'钓麻了'。"

钓麻了，当地土话，有钓鱼成瘾了的意思，双关了"麻"的姓。

我还有这等绰号！

麻脸微红，悄悄睃老者，老者正好斜眼瞟他，两人之间牵一根尴尬的眼线。麻慌慌断开。正好七星漂下沉，麻竿稍一昂，出水一条白鲫。

老者深吸一口香烟，继续："这麻老师不光钓鱼行，教书也行。听他们的校长说，麻老师呀，要是有一半心思用在课堂，就会是最好的老师，可惜人家心思不在教学。唉，学生急，家长急，校长也急呀，农村娃儿的未来是穿皮鞋还是草鞋，指望都在老师呀。麻老师这个样子，如何是好！听说家长们正在商议，要凑钱包口堰塘养鱼，请麻老师钓，让他一钓就起鱼，钓一会儿就收竿，既省了时间，又过了钓鱼的瘾，钓麻了不就有更多心思花在教学上了。"

老者还说："堰塘还不能太远，最好就在学校附近，你说是不是？"

七星漂又在下沉，麻装作没看见。

老者喊："拉呀，拉呀！"

稍一迟钝，拉了空竿。

老者哎哎摇头："你比人家钓麻了差远了！"

麻悄然慢慢收竿，将桶里的鱼儿一一放了，对老者说："凑钱包塘养鱼就不必了，听说那位麻老师已经不爱钓鱼了。"

又两年，麻去市里参加教师节庆祝大会，在关工委代表席上见到了老者，麻有点意外，老者却似早有预料，喊他"钓麻了"。

麻说："你早就知道我就是麻老师？"

老者哈哈一笑:"你钓鱼,我钓你,并非偶然!"

原来老者也曾在麻所在的学校教书,几年前退了休才搬去城里与子女同住,某天听人谈起学校有个"钓麻了",遂萌生了要与麻"邂逅"的念头。

为了那天的"邂逅",老者悄悄尾随跟踪了好远好久。

麻问:"家长凑钱包塘养鱼请我钓,当真?"

老者说:"没有的事!"

又说:"不过,说它是真的也未必不可。"

老者讲了他的故事。

老者是第一个来此任教的名牌大学生,情绪低落的他,疯狂地爱上了钓鱼。当时学校坡下还没有修水库,他要钓鱼,得走很远的路,下很深的沟。家长们知道后,将学校附近一处废弃的采石坑关水养鱼,供他免费钓,只为了他能扎根此地,安心教书。他知道后,内心五味杂陈,从此反而不再钓鱼了。

麻幡然醒悟,原来他与老者之间有过相同的曾经,他们都曾忘了,师者的态度捆着学生的前途,放逐理想和责任的师者,只会将学生走出大山的希望毁了。是善良的家长,唤醒了老者,而老者,又唤醒了"钓麻了"。

麻说:"要问哪个会钓鱼,还要数先生您啦,您把我这位钓鱼高手钓了。"

老者又是一阵哈哈:"我'钓'你,不过鱼饵——"老者手扪心窝,"为人师者潜藏于心的责任感,却是你自带,我只不过为你激活了。"

王生文 湖北省作家协会会员。在《山西文学》《芳草》《当代人》《辽河》《微型小说选刊》等发表作品300多篇,30多篇作品入选各种版本的年选和选刊。

伏笔

◎ 王生文

灵秀是村里公认的好姑娘,身段高,脸蛋美,逢人微微一笑,露出齐整的白牙。小伙见了故意搭讪,希望多对上几眼。大婶见了,忍不住回头再看一眼,感叹着说:"这姑娘,将来不知好施哪户人家啊……"

好施,是让某人某家得了特别好处的意思。灵秀会好施哪一家呢?其实,这个问题好多人都在想,不过,把想变成实际行动的不多,因为,人们知道大队支书已经请媒人去灵秀家了,并且听说支书许诺只要灵秀答应这门婚事,立马就让她当大队的团支书。

可是,一段时间过去,灵秀依然在生产队上工,该插秧插秧,该割谷割谷,不久,灵秀通过媒人回复支书的话也传开了:"我没有读书,缺文化,当不了团支书。"

支书家提亲不成，让一些人看到了希望，毕竟支书的儿子太平庸了。于是好几个优秀的小伙托媒人去提亲，但结果也都不成，甚至有镇上吃商品粮的人家去求亲也被灵秀一句话给回绝了——"除非能让我也吃上商品粮"。当时，给一个农村户口的人转商品粮几乎是不可能的。

渐渐地，好姑娘灵秀又给人们留下了一个谜团：她到底想寻一户怎样的人家呢？

就这样，好长一段时间，做媒的人再也没有踏过灵秀家门槛。

灵秀有个弟弟叫雨生，在大队小学念五年级。这天放晚学后，同学们陆续回家去，可雨生却跟随李老师走进了办公室。

"老师，我姐让我问你一个问题。"

"你姐？"李老师几乎不敢相信自己的耳朵。

"是的，老师……"

李老师让雨生说。

"什么是伏笔？"

"你姐怎么问这个？"

"老师，我在学校学的课文，晚上经常讲给我姐听，可是什么是伏笔，我……"雨生说到这里打住了。

"哦，"李老师用手拍了一下雨生的后背问，"是给你姐讲《小英雄雨来》吧？都怪老师没有给你们讲清楚，走，我们边走边讲……"

"伏笔，就是在前面的段落里，为后面段落所作的提示或暗示。比如《小英雄雨来》，前面讲他仰水的本领最高，这就是伏笔，有了伏笔，故事才能往后面发展，结尾再写他趁鬼子开枪之前一头扎进水底安全脱险，这才让人信服，懂了吗？"

"懂了，老师，我一回家就给姐姐讲。"

望着一路小跑回家的雨生，李老师满心里都是灵秀的影子。在此之前，他是不敢往这方面想的，自己只是一个拿工分的民办老师，长相身高家境，哪一样都不出色。

两天后，李老师克服犹豫，提着礼物，走进了媒人家。

第二天，媒人来学校找李老师，见面就问："李老师，'雨来仰水的本领最高'，这是夸谁？她灵秀的弟弟不是叫雨生吗？"

李老师一听，眼睛一亮，便问详情，媒人说："哪有详情，灵秀就让我给你捎过来这句话。我说这事不成，这回你信了吧？"媒人说完就走，生怕李老师再缠住她似的。

李老师当然不会缠媒人，他要去见灵秀。当天傍晚，李老师就在村口等到了收工回家的灵秀。这之后，人们经常看见灵秀和李老师的身影出现在村口的树林边、小河旁。

秋后的一天，面对李老师伸出的双手，灵秀缓缓地将自己的手伸了过去："雨生上中学了，以后……你教我吧……"

一段美好的乡村爱情水到渠成了。

"灵秀，好些妇女连夜校、扫盲班都不肯上，你怎么就爱上了学习？"

"起初只想跟雨生认几个字，没想到他能把你教的都讲得出来，还让我听得懂，听了还想听……"

"我看你不光听得懂，还特别会运用。"

灵秀自然懂这句话的意思，不觉脸一红，说："我也是急中生智，那个媒人进我家好多次了，每次都把她介绍给我的人夸上了天，可唯独不夸你，我猜到是你求她来的，我要是一口答应，怕她面子上过不去，就想到了你讲的伏笔……"

四年后，李老师在全县首批民师转正考试中名列前茅，转为公办教师。转正后的李老师本可以调到镇中学去任教，但他毅然留了下来，就为了不中断灵秀的学习，灵秀喜欢听《隋唐演义》，每晚一章，再累也不落下。

三年后，开始推行教师职称评定，李老师因教学成绩显著，被评定为小教高级。依政策，小教高级的家属和子女都可以转商品粮。李老师抑制住内心的喜悦，平静地把一张表格递到灵秀面前，灵秀接过表格一看，喜不自禁地说："这回还真的吃上商品粮了！"

李老师先是一愣，猛然想起灵秀说过的那句话——"除非能让我也吃上商品粮"，便笑着说："考考你，这叫什么？"

"其实，这算不上伏笔。"

"你那句话不就是伏笔吗？"

"还真不是，我当时就为了呛别人，见面没说两句话就把商品粮搬出来。商品粮怎么了？商品粮我就爱了？不过，"灵秀缓了缓，口气也变了，"现在我爱，吃商品粮当然好……"

一丝愧疚从李老师心底里冒出来，原来真正弄懂了伏笔的是灵秀，而不是自己……

唐 风

原名唐治信，中国微型小说学会会员，作品见于各报刊。

挂账

◎ 唐风

皖南的太平县，民间亦称为"仙源"。

仙源城鱼肚街右侧，有一家茶馆，青石台阶，朱红门窗，门额上一帧书匾：猴魁好茶。

茶馆的大掌柜亮爷对茶设、煮茶、吃茶十分考究，猴魁茶，两头尖，不散不翘不卷边，两叶抱芽，白毫隐伏。清晨，茶炊青烟袅袅，亮爷特别关照跑堂的伙计文火慢煮，小红泥巴火炉把猴魁茶的清香味儿一点点溢出来……

茶客入座，亮爷宽阔的衣袖折叠一层，袖管里的手臂露出约五寸许，躬身斟茶。亮爷斟茶有些讲究，右手端起紫砂壶，左手扶着壶肚，高高扬起，长长的茶线犹如一条金丝线，茶盏里泛着油亮亮的细碎的茶花。"浅茶满酒"。冲茶，茶盏切不可太满，七分满为宜，留下三分，一是便于茶客观赏两叶抱芽的茶叶漫卷漫舒地沉浮，二是茶客亮盏时不至于烫手。

偶尔，跑堂的伙计续水，过来插一嘴："冲茶就是，何须如此劳神！"

亮爷脸一沉："有道是：'坐，请坐，请上坐；茶，看茶，看好茶。'七分茶，三分敬。你不懂，退下！"

茶客，各色人等，未免有诸多欠账之事。"欠账"一说过于鄙陋，亮爷雅称"欠账"为"挂账"。挂账，一为"穷挂账"，二为"富挂账"。

章先生即为"穷挂账"。

茶馆百步之许，有一凸凹不平的胡同，美其名曰"珍珠巷"。珍珠巷徒有其名，居住的章先生却是一贫如洗。章先生本名章劼，巷子里的人之所以尊称他为"先生"，是因为章先生读过私塾，又去京城读过洋学。章先生原本就职于一家报馆，据说，章先生承蒙上海《申报》之邀，撰文抨击晚清政府，态度趋向激烈，袁世凯颁布的"洪宪"年号，不知章先生是笔误还是故意为之，见诸报端的"洪宪"是为"洪害"。自古道"千古文章千古事"，章先生预感不妙，归隐故里珍珠巷。

戴着宽边金丝眼镜的章先生有句口头禅："一饭二茶。"饭后，章先生便去猴魁茶馆就座，呷口茶，舒口气，书生意气，不胜感慨："猴魁好茶瓢饮也，吾生何求！"

章先生一腔豪气，却是囊中羞涩，饮茶过后，章先生搓着细长白皙的手指，唏嘘而笑："说来寒齿，今日之茶，暂且挂账吧！"

走下青石台阶，章先生回过头来依然朝向亮爷拱手作谢："好茶本不该挂账,无奈,天不助自弃之人也!"

忽一日,跑堂的伙计告知亮爷:"章先生另谋生路,走了!"

亮爷深深"哦"了一声,有些怅然。

约是过去了三年,跑堂的伙计翻看账簿,不禁说道:"还有章先生的'挂账'呢!"

亮爷沉思良久,说道:"打探一下章先生的去处!"

跑堂嬉笑问道:"怎么?讨还'挂账'吗?"

"不不!"亮爷取来十块银圆,"不知章先生境遇如何。十块银圆给章先生汇去吧!"

"既然汇去十块银圆,茶馆何须存留章先生的'挂账'?"言罢,跑堂的伙计欲抹去章先生的挂账,亮爷喝道:"银圆汇去,'挂账'不能抹去!"

这就奇怪了,汇款给章先生,章先生的"挂账"却存留下来,钱在二者之间有什么不同?跑堂伙计的头摇得像拨浪鼓。亮爷摆摆手:"照办就是,无须饶舌!"

言谈的当儿,忽听得铜锣响亮,邮差送来一封信函。

信函为章先生邮寄。信函的大意是,章先生弃笔从戎,已是抗日将领吉鸿昌将军属下的一位军需处长。一日,章先生与吉将军言谈猴魁好茶,嗟叹道:"宁可一日无饭,不可一日无茶!"言罢,章先生取来猴魁尖茶与吉将军小酌怡情。吉将军把盏品茗,连连赞叹:"好茶!"尔后,凄然北望,说道:"铁血男儿理应有家国情怀,凡抗日有功者,无论长官士卒,均奖励猴魁好茶一斤!"吉将军言必信行必果,当即命令军需处照价付款,办妥此事……

信函如此云云，亮爷大喜过望："吾国吾家，我食我衣，猴魁好茶能成为'功绩茶'，助前方抗日将士一臂之力，仰仗章先生了！"

跑堂的伙计取来账簿，近身很小心地问道："章先生如此功高，'挂账'抹去吧？"

"不不！"亮爷的目光沉得像石头，"章先生的功绩方可载入猴魁好茶的功德碑。不过，馈赠归馈赠，挂账归挂账，一码归一码，售出的猴魁好茶，须得真金白银，这是猴魁好茶的茶道！"

郑俊甫

豫北小城人，有小说、散文等见于《山西文学》《芒种》《短篇小说》《当代人》《小说月刊》《百花园》等。多篇作品被转载并入选多种选本。曾获中国微型小说年度奖、河南省小小说学会双年奖等。出版有小说集《给人生一个惊艳的假设》。

胡服骑射

◎ 郑俊甫

冬月，阴。林胡所在的榆中地区，赵军黑云压城。这是赵雍在位的第二十一年，推行胡服骑射之后的赵国，培养了一支骁勇善战的骑兵，所向披靡，疆域不断扩大。沉浸在开疆拓土快感中的赵雍并不满意。是年，趁秦国内乱，赵雍亲帅大军西渡黄河，兵临秦国与林胡接壤的榆中，对秦国造成严重的压迫之势。

战场就是在这样的情势下摆开的。

林胡的大将手持长刀，冲到了阵前，一阵叫嚣。赵雍冷冷一笑，命人摆下案几，置一铜鼎，注入沸水。鼎边一樽三觯。侍者将一樽酒放入鼎中，温热。酒是赵酒，味道醇厚，片刻工夫，香气扑鼻。

侍者征询的目光望向赵雍，意思是：大王，要饮了酒再战吗？赵雍嘴角微咧，轻轻吐了一句："酒先温着，待我斩了那厮，再饮不迟。"言毕，整了整窄袖短装、皮靴皮带，披挂上马。

这已经不是赵雍第一次亲自上阵了。赵军兵强马壮，良将无数，大家多次劝告赵雍，坐镇中军，运筹帷幄即可，没必要亲自冲锋陷阵。毕竟两军阵前危机四伏，刀箭无眼。赵雍不听，赵雍觉着身为王者，就应该身先士卒。赵雍有一习惯，临阵必饮酒，饮了酒豪气冲天。但这一次，赵雍一反常态，让侍者先温着酒，说要斩杀敌首，以助酒兴。

两军阵前，鼓声震天。赵雍执长戈，一声长啸，冲向胡将。两人在阵前刀戈相向，几十回合，杀得难解难分。胡将太彪悍了，出乎赵雍的意料，也出乎赵军的意料。大家的心一下子提到了嗓子眼儿，国相肥义甚至已经开始示意兵士，准备鸣金。

赵雍败下来了，战马开始往回跑。胡将不舍，紧紧追赶，胡人的良马身架矮小，却速度飞快，虎虎生风。眼见就要追上，国相肥义的心嘣嘣狂跳。说时迟，那时快，赵雍挂上长戈，一个转身，张弓搭箭，胡将应声落马。赵军山呼海啸，开始狂欢。

赵雍回到军阵前，翻身下马。早有侍者将温好的酒倒入觯中，躬身举给赵雍。赵雍端起酒，高高举过头顶。旁边有史官摇着竹简，大声问道："大王因何获胜？"

赵雍朗声答道："胡服骑射！"

"Cut！"人群中忽然有人大喊了一声。

现场一下子静下来。是导演。

导演快步走到饰演赵雍的演员面前，用责备的语气质问道："赵勇，不是提前对过台词么？怎么说起'胡服骑射'了？"

赵勇垂了头，不说话。赵勇是公司请了来，拍一部酒产品的广告片。请赵勇饰演赵王赵雍，不是因为名字同音，而是赵勇刚刚拍了一部很火的网剧《胡服骑射》，一时间成了流量担当。但是赵勇有自己的想法，他不愿意年纪轻轻只做一个赚钱工具，他的理想是诗和远方。如果不是签约公司步步紧逼，他是不会答应拍这部广告片的。

这些，导演都知道。导演缓和了语气，劝慰道："赵勇，我明白你的心思，也知道你的志向。这部广告片并没有脱离你塑造的赵王形象。对你的人设不会有影响的。"

赵勇默然。

导演挥了挥手，说："全体注意，最后一个镜头，预备，开始！"

一直沉默着的赵勇忽然开了口："导演，还是从战场的厮杀开始吧。这样连贯些。"

导演迟疑了一下，点了点头。

鼓声再起，旌旗猎猎，烟尘滚滚。赵勇正了正盔甲，抖擞精神，再次化身赵雍，战马嘶鸣，冲向胡将。数十回合过去，赵雍打马回撤，胡将紧紧追赶。赵雍弯弓搭箭，回首望月，胡将一声惨叫，跌落尘埃。

一切都很顺利，镜头甚至比第一次还要精彩。赵雍回到军前，翻身下马，再次接过了侍者递来的酒。史官把竹简摇得哗哗作响，大声问道："大王因何获胜？"

"胡……"赵雍一开口，就顿了下来，又现了赵勇的原形。

导演有些气急败坏："怎么回事儿，怎么又是这句？赵勇，你成心的吧？"

赵勇脸色一阵红，一阵白。也不知是生气，还是羞愧。

场面尴尬下来，空气一时凝固。大家面面相觑，不知道该怎样收场。这时候，扮演国相肥义的演员走上前，把赵勇拉到一边，悄声说着什么，边说边比画，声情并茂。

赵勇盯着"肥义"，良久，重重地点了点头。

鼓声又起。这一次，一镜到底。史官第三次摇着竹简，大声问道："大王因何获胜？"

赵雍高举着酒觯，左右敬了敬，一饮而尽。敞亮亮的声音应声答道："酒壮英雄胆！"

话音刚落，全场响起了热烈的掌声。导演第一个跳起来，抓住赵勇的手，使劲儿摇了摇，然后回头追问"肥义"："怎么回事儿？你给赵勇灌了什么迷魂汤？从实招来。"

"肥义"笑了笑，说："哪有什么迷魂汤呀。我就是跟赵勇说，如果他实在放不下他的诗和远方，可以把拍广告的酬劳，在赵国曾经拓展的这片土地上，设立一个助学基金。酒厂愿意为这份基金，做坚强后盾，让它一直运转下去。也算是我们一起为当地的孩子做一点力所能及的事情吧。"

一旁的摄像瓮声瓮气地插话说："酒厂同意吗？你这么自作主张！"

导演瞪了摄像一眼，嗔怪道："这位'国相'的扮演者就是酒厂老总，你说能不能自作主张？"

现场立马响起了一阵欢快的笑声。

家里来了个锢锅匠

◎ 张志明

张志明
河南省作家协会会员,中国微型小说学会会员,作品见于《小说选刊》《百花园》《啄木鸟》《安徽文学》《小小说选刊》《故事会》《小小说月刊》《小说月刊》《微型小说选刊》《微型小说月报》等。曾获中国微型小说年度奖、河南省小小说学会双年奖等。

水玉去西地给猪薅菜回来,在胡家桥村口碰到了锢漏锅的锢匠,就领他一路回了家。前几天刷锅不小心,水玉把菜锅摔了一道缝。

锢匠五十上下,话不多,进门放下挑子就掏家什摆阵势,一样样一件件在自己身前摆了个扇面形半圆,军阵似的。

一切准备停当,锢匠坐到马扎上,先用小刷把锅裂缝边缘刷干净,然后两腿夹紧,拉动摇钻,微皱眉凝定脸,往裂缝两边钻眼。水玉在煤矿的男人这时忽然进了门,一身衣裳像刚从水里捞出来。

水玉半张着嘴站起来,嗔道,咋了,掉河里了?

男人抬手扒拉扒拉脸胡撸胡撸头发,笑道,东边下得可大,到咱这儿了发现没下。

水玉笑着横眼男人，说，你真会赶！

一会儿咱这儿也下。男人说着向屋里走。

丢下锢漏锅的，水玉跟男人进了屋，边问男人晚上想吃啥，边去柜里给男人找衣裳换。

男人跟水玉进了里间，水玉一回头就看他眼神不对，急忙把衣服扔到床上便往外走，说，甭鳖形呃，人家在外面。拿手指指院里。

男人换了衣裳出来，坐在正间大椅上点一根烟，吸了两口，讪讪着起身对水玉说去西边瞧瞧父母，叼着烟出了屋。

水玉在屋里喊，晚上吃啥饭？

院里的男人回了声，吃汤面条吧。走了。

水玉正要和面擀面条，院里锢匠喊锅补好了。水玉放下面盆出去。

锢匠让水玉舀点水试试。锅补得很精细，就像巧手女人把烂衣裳补得也好看。

水玉蹲在那儿瞧着锅，锢匠开始收拾东西。阴了半下午的天果然下起了雨。

瞧着天黑了，水玉就让锢匠住下别走了。

水玉说完才想起刚回来的男人，话已收不回来。

锢匠看看天，看看雨，答应了。

水玉让锢匠晚上睡灶屋，两人忙着把挑子工具啥的往灶屋拿。

最后剩下个破皮包，里面鼓鼓的，锢匠拿起放到了枣树下。水玉一见赶忙掂过来拿进了灶屋。锢匠一下腰赶忙拿起又放回去，说，这不用拿进来。

水玉又跨两步出去一下腰拿回来放水缸边，说，哎呀，没事，啥东西也甭叫淋了！

锢匠见状，再次一下腰把皮包拿起又放到了枣树下，道，真不用真不用，灶屋地方小，放外头就中。脸就有点红。

水玉没瞧锢匠的脸，又跨进雨里掂起皮包拿进来，哎呀，大哥甭客气，别管是个啥，你叫它淋了干啥？

水玉又要往水缸跟儿搁，锢匠再次伸手去水玉手里抢，道，不是不是，这真不用往屋拿！

俩人拉拽中，皮包口裂开了，水玉一下瞧见，包里居然装着一个夜壶。

像被啥咬了手，水玉一下丢开，脸呼一下火烫。

锢匠退到煤火前，水玉走到灶屋门口。外边雨越来越大，两人半天没说话。

过了会儿，水玉回头，大哥你晚上吃啥？俺准备下汤面条。

锢匠往前站站，道，晌午在裴闸炒的菜擀的面条都还有，借借恁的火，我下碗捞面条。忽然想起什么似的，他蹲下去解一个袋子，你吃面条，我这儿啥都有。

他掏出来一堆，有一把青菜蒜苗，两根葱半瓣姜，油盐酱醋，锅碗瓢盆，水壶茶缸，竟然还有烙馍小鏊和蒜臼蒜锤。青菜蒜苗葱捆扎得纹丝不乱。

水玉一双丹凤眼都大了，说，大哥，你带得真全！

锢匠说，成天不在家，不想再亏待自己。

锢匠把他的锅碗瓢盆在水玉家灶台一角摆得整齐有序，错落有致。天天在外游村串乡的他浑身上下干干净净，整整齐齐。

扎开煤火，让锢匠先吃，水玉回屋擀面条。走到堂屋门口时，锢匠在灶屋门口道，我没蒜了，借我两瓣，我好吃蒜。

窗台上有，大哥随便吃。水玉回道。

吃了晚饭，水玉添好火，把灶屋归并归并，腾出地方，招呼锢匠铺被褥，就和男人回了屋。

准备睡觉的时候，男人出去上茅房。雨停了，有个大月亮，刮起了风。一阵风过，灶屋门口的皮包翻了，男人正好走到跟前，就瞧见了那露出来的夜壶。

回来后，男人边笑边小声嘀咕，这货肯定是个神经病！

咋了？已经在床上的水玉仰头问。

他还带个夜壶！

水玉便噗嗤笑了，一翻身趴起，两只圆白臂膀撑起身，把傍黑那一幕一五一十学给男人。

俩人笑够了，男人说，成天背个夜壶到处跑，你说他是不是神经病！

水玉说，人家那是会过日子，天冷了不用一趟一趟出来。一人在外，不好受了谁管？

男人正要拉灭电灯，锢匠突然在外面喊，弟妹，有渣头（酵母面）没有？我想和点面，明个早上烙个锅盔。

水玉急忙回道，有，等会儿呃！

男人咬牙低声恨骂，神经病神经病，绝对是个神经病。

水玉披衣起来去外间掰了块自己留的渣头，让男人送过去。

男人不动，嘴里还在小声怨骂。水玉伸手掐了男人的腿，他才不情愿地爬起来接过渣头走出去。

开了门，男人咬着牙递出去，道，大哥真是个讲究人呀，会享受！

锢匠虚着声，道，胃不好，不敢吃死面馍。

男人没接话，退步关门，乒哩咔嚓的。

第二天，锢匠起得早，自己先熬了稀饭烙了馍。水玉开门出来时，锢匠准备走了，他递过几个毛票钢镚，说，我算了下，用恁两回火，两瓣蒜，一疙瘩渣头，给你七分钱吧，中不中？

哎哟，大哥，瞧你说的，出门在外不容易，给啥钱哩！水玉推回锢匠的手。

要给要给，不少就中！锢匠把钱放到枣树下石头上，挑起了挑子。然后他看看挑上，看看灶屋，又看看院里，左看右看，瞧了好几遍，才挑起挑子出门而去。

送走锢匠，水玉给男人准备早饭。进灶屋一看，锢匠收拾得干干净净，规规矩矩，样样东西摆放得比自己还整齐，好看，小灶屋大变样。水玉心里不由感叹了一下。

坐上锅添了水，等水滚的间隙，水玉回堂屋，忽然看着哪哪都不顺眼了，忍不住搬搬弄弄，又扫又擦。怕惊动男人，她猫一样轻手轻脚。

男人从里间出来，眼睛一亮，屋里不多的桌椅板凳盆盆罐罐，被水玉重新摆了放了，焕然一新。

哟，大早上发啥神经？

人家天天在外，比咱都干净。

拉倒，别学他神经。

我不觉得人家神经，那叫讲究。

行，随便你。男人说着洗手吃饭。

吃了饭送男人到院里时，水玉笑着说，下次回来也给你买个夜壶带走。

买我也不拿。

那以后冬天夜里着凉别回来。

不回来，找相好去。

你敢。水玉抬腿去踢男人，男人往前一蹦，笑着跑出了家。

刘正权

中国作家协会会员。作品散见于《小说选刊》《清明》《莽原》等报刊,中篇小说《单开伙》被收入《中国文学年鉴2019卷》,已出版个人作品集十六部,有作品被译介到国外。

尖伤

◎ 刘正权

碗端着,龙吴东却没往嘴边送,不知情的,以为他被噎着了。

确实被噎着了,龙吴东之所以选择出来吃小碗菜,就是家里吃腻了,换个口味。用老婆刘米秀的话,想寡肠子?吃小碗菜去。刘米秀炒菜油水重,净喜欢整些大鱼大肉,生怕人家说龙吴东不当派出所长后,日子就不小康了似的。

退休前啥待遇,退休后还是啥待遇,这是刘米秀原话。

有些事可以做,但不可以说,刘米秀明显犯了忌。

当人家闲的,眼里都盯着她家饭桌?再者说,当了一辈子警察,龙吴东在意过吃吃喝喝的事?多少人请他吃饭,他都毫不犹豫拒了,用疤棍促狭龙吴东的话,龙所长请你吃饭是不是还要给出场费?

说这话时疤棍已经不混社会了，属于改造好的一类人，年轻时两人是死敌，彼此身上都有对方留下的印记，疤棍是效法古人，要相逢一笑泯恩仇。

龙吴东却没给他相逢一笑的机会。给出场费？都未必请得到我吃饭。当我没见过钱？

这话很尖锐，杀伤力十级，伤着人了龙吴东还不自知。

打脸就是这么猝不及防，饭菜端到桌上，龙吴东才发现，自己出钱吃饭的地方，竟是疤棍开的。

难怪，饭菜都堆了尖。

促狭龙吴东呢，这是，你龙吴东见过钱不假，我疤棍不把钱当回事也是真，看这顿饭不吃撑着你。

把堆尖的饭菜削平，差不多又能装上一小碗，挣钱不挣钱，挣个肚儿圆，疤棍有没有挣得肚儿圆不知道，龙吴东这会被满肚子气撑得圆鼓鼓的。

被施舍的感觉相当不好，当自己寻上门吃白食呢？

得吐出这口恶气。

正酝酿着情绪，疤棍不请自来了，见饭菜没动，脸上打了个愣怔，咋了，饭菜不入龙所长的口味？

龙吴东口气很不入味，摆出公事公办的架势，说疤棍你坐下。

疤棍搓下手，神色有点为难，我店里，这会能闲得住人？

还真是，整个店里人满为患，除了龙吴东这桌没人拼坐。

看不出你做生意挺邪性啊，龙吴东眉头习惯性一皱，没强逼着人家来消费吧。

疤棍咧着嘴，我倒是想拿着枪逼他们到别处去消费。

这绝不是说风凉话快活嘴巴，龙吴东太了解疤棍，他天生不是伺候人的主，瘸着腿挣钱，糊口打发日子应该是他的初衷，孰不料，生意火爆得让他自己都奇怪。

看着碗里堆尖的饭菜，龙吴东问，你这小碗菜开业几天了？

已经大半个月了！疤棍答。

天天这么爆满？

没办法，都不请自来！疤棍说得很无奈。

这就不在情理了，小地方规矩，开业头三天，半卖半送，爆满说得过去。大半个月，还饭菜堆尖，你安的什么心？龙吴东有点费解，可别跟我说你这是行善积德。

行善？哪轮得到我这小打小闹的店铺，疤棍脸红了，你晓得的，我浑球了大半辈子，只想寻思着老了做点正经事。

经商当然划归在正经事之列，龙吴东还是觉得疤棍这话站不住脚，三岁小孩都听说过这么一句话，奸商奸商，无奸不商，你饭菜这么堆尖，能多大点油水赚，总归有个说法吧。

说法当然有，疤棍端正身子，反问，龙所长你当了一辈子警察，办案时最忌讳的是什么？

最忌讳偏听偏信啊，以法律为依据，以事实为准绳！

每次都是龙所长给我普法，今天疤棍斗个胆，好为人师一回，也给龙所长讲讲生意经。

给我讲生意经？龙吴东有点不相信自己耳朵，你疤棍开店才几天，居然要好为人师。

疤棍把眼光落在龙吴东面前的饭菜上，这无奸不商，最先叫做是无尖不商。

无尖不商？龙吴东半信半疑，难道老祖宗传错了，应该是这么个尖法？

对啊，疤棍眉飞色舞用一双手比划着，古时候开粮行、卖谷米是用升或斗量，你晓得吧？

龙吴东肯定晓得，电视上这类场景比比皆是。

你不晓得的是，我们老祖宗经商时，卖谷米每次都把升和斗堆得尖尖的，尽量让利，以博得回头客，所以叫无尖不商。

敢情是这么个无尖不商啊。

不然呢？疤棍来了个以退为进，如果是"奸"，那世上做生意的，没一个好人了。

还真是，历朝历代，逢上天灾人祸，多少商人开仓放粮、赈灾济民。

都怪人的嘴，七传八不传的，把话传变了调不说，还把意思讲变了味！龙吴东忍不住大发感慨。

疤棍不发感慨，他轻轻叹口气，龙所长你再不把这堆尖的饭菜吃掉，会伤人心的，知道不？

申 平

中国作家协会会员，广东省小小说学会会长。迄今已发表各类作品400余万字，出版小说集23部，作品入选各种权威选本，有作品被译介到国外，被改编成电视剧。

金雕的礼物

◎ 申 平

在草原保护站工作的巴图，最近遇上一件麻烦事，他被一只金雕给缠上了。

金雕，那是草原上的空中霸王，嘴尖爪利，目光如电，速度惊人。它凌空飞起，翼展可达两米三四以上。这家伙，不但捕食野鸡、野兔、狐狸、狍子等小型动物，甚至可以猎杀野鹿、野狼等大型动物。如果有人不小心惹恼了它，它会不断追踪攻击你。

不过，巴图被金雕缠上，却不是因为他惹了金雕；恰恰相反，那是因为他救了金雕。

这天早晨，有牧人前来报告，说他家草库伦边上的铁丝网上，挂住了一只金雕。他亲眼看见，金雕在追赶一只野兔，野兔从铁丝网的空隙穿过去，金雕可能求胜心切，没有注意，一家伙就撞到铁丝网上。它的身体被铁丝网缠住，受了重伤。

巴图和牧人骑马赶去，果然看见金雕已经奄奄一息了。尽管如此，巴图上前解救它时，它还突然抖动挣扎，利爪抓伤了巴图的胳膊。巴图用衣服把它包起来，抱着它骑马回到了工作站；帮它处理完伤口、上了药以后，又把它放进笼子里，给水给肉，精心照顾。

起初，金雕还有点不识好歹，刚缓过气来就作势要攻击人。后来巴图来得多了，每天伺候它，它总算明白了人的善意。于是它也开始转变态度，巴图一来，它就张开翅膀欢迎；巴图一走，它还鸣叫送行。

就这么过了将近两个月，它的伤彻底好了。它开始注意外面的天空，有时用嘴去啄笼子上的钢丝。巴图知道，是时候放飞它了。

这天，巴图带着笼子来到野外，嘱咐金雕说：伙计，以后捕猎可要多加小心啊，不要再被铁丝网伤着了。金雕在笼子里迫不及待地展翅，又发出几声鸣叫，好像在说：知道了，你放心吧。巴图就打开了笼门，金雕试试探探地走出来，忽然展开双翅，直飞云天。但是它并没有飞远，只管在巴图头上转圈，还发出尖利的叫声，显得依依不舍。

巴图在下面朝它挥手，大喊：金雕，再见了，你要好好活着！

许久，金雕终于飞向远方，很快消失不见了。巴图的心里，竟然一时空落落的。

过了些天，巴图的"奇遇"就不断发生了。他骑马上班，忽听头顶上有什么东西嘶嘶地响，随即扑通一声，打天上掉下来一只野兔。巴图抬头看去,却见一只金雕正在他的头上盘旋。不用说,这是那只金雕前来报恩了。

开头几回,巴图还挺高兴,哎呀,这金雕还懂得感恩呢。可是渐渐地,他却觉得这不是什么好事了。特别是那天,他正在草原上步行走着,忽然哗啦一声,竟然从天上掉下一条近两米长的大蛇来。那蛇还没有死绝,蛇头烂了,蛇身还在草地上翻滚,把巴图吓了个半死。

于是,金雕的报恩就成了巴图的负担。他开始想办法躲避金雕,白天躲到办公室里不出来,天黑了才敢回家。后来他又休年假,去城里住了半个月,心想这回金雕应该放弃报恩了吧,没想到这回金雕给他来了个大"惊喜"。

他是那天晚上开车回家的,早晨他出去上了个厕所,回屋又睡回笼觉。忽然院子里轰隆一声巨响,把他惊醒了。赶紧爬起来推门一看,老天爷,竟然有一条狼躺在他家院子里。

巴图虽然在草原上也远远见过狼,但是他还从来没有近距离接触过狼。一大早的,自家院里突然飞进来一只狼,也不知道是死的还是活的,巴图立刻吓得浑身发抖。他在想,金雕,你送这礼物也太重了吧,我怎么承受得起呀!再说了,你这不是滥杀国家保护动物吗!巴图不敢出门,只好打电话报警,躲在屋里等着警察过来。

不一会来了两个警察,他们看到院子里的狼,也很紧张;又是喊叫又是扔石头,直至确认那狼确实死了才敢进院,这时巴图也战战兢兢地出来了。

警察半开玩笑地问：巴图，这是怎么回事，你该不会执法犯法吧？

巴图就结结巴巴地说起那只金雕来。正说着，就听头顶上一声呼啸，那只金雕不知道从哪里突然俯冲过来，擦着两个警察的头皮掠过，接着它在空中发出一连串啸叫，仿佛在警告他们：你们胆敢欺负我恩人，要你们好看！

巴图急忙把警察推进屋里，并对着天上大声说：好我的金雕了，这是我的朋友。你快走吧，别再来缠着我了！求你了！

于是，他们就在屋里商量起这事应该怎么办来。这金雕，也不懂人类的语言，怎么才能让它知道它这种报恩其实是破坏呢？

他们想疼了脑袋，还真的想出了一个办法。

这天上午，警察陪着巴图，用一辆皮卡装着那条死狼，还有金雕以前送来一直冻在冰箱里的野兔、野鸡、旱獭什么的，他们来到草原的一片高地上。巴图就朝着天上喊：金雕，你在哪里？你过来呀！

还真就好使！没一会工夫，天空就出现一个黑点，快如疾风闪电，眨眼到了他们的头顶之上，开始盘旋。巴图他们就开始在草地上挖坑，然后巴图把那些东西一样样举起来，朝着金雕说：金雕金雕，我不需要这些东西，你以后再不要给我送了。你这是滥杀无辜，破坏草原生态，和我的工作背道而驰，你明白了吗？

接着，巴图就把那些东西一样样丢进坑里，然后掩埋了。他最后拍了拍手，大喊：金雕，你就爱我到这里吧，我们永远都是好朋友！

巴图绝没想到，那个空中霸王突然一个俯冲下来，巨大的翅膀啪地一下，把他搧了个大跟头。金雕一声啸叫，头也不回疾飞而去。

从此，它真的不再给巴图送任何礼物了。

金马驹

◎ 于 博

> **于 博**
> 中国作家协会会员，中国微型小说学会会员，中国电影家协会会员。出版微型小说集《寻找蓝色的眼睛》。作品多次入选全国各地初高中语文试卷和高考模拟试卷。

按照刘二叔的话说，他这一辈子就攒下了这一点财产，就是被他唤作金马驹的马，一匹毛色清白的马。除此，他还有一个儿子，按刘二叔的话说，儿子不是他儿子，压根儿就是一个不孝的东西。刘二叔唯一的儿子叫刘明，不到二十岁就离家出走了。去了哪里，说法不一。有人问刘二叔小明呢，刘二叔咬着牙说："今生的儿子，前世的冤家，走了更好，省着老子掏钱给他说媳妇了，没良心的玩意。惦记他？开玩笑！我就惦记金马驹。"说完，故作轻松地哈哈一乐，一副无所谓的样子。

驹应该是马崽子，可是刘二叔的金马驹已经长大了，能驾辕拉车了，还叫金马驹，不是叫惯了，而是看出刘二叔对它的偏爱。金马驹降生的时候，就壮实，精神。金马驹大了，老马没了，金马驹变成了刘二叔主要的帮手。刘二叔有几亩地，但和于大屯没法比，但在二佐也是数得着的，要不哪能供小明念书。记得小明去奎县读高小，还是金马驹送的呢。

两年后，金马驹又驾辕去了趟县城，它很是兴奋，也有些得意。这回刘二叔换了大车，又套了两匹马。当然，车是借的，两匹马是两户屯邻凑的，为的是回来拉点木头，他们三家都要修房子，另外两家掌柜的自然跟着。那年头很少有机会去县城，送完小明，装好木料，老哥仨一家掏两毛钱，下了顿馆子。回来时，一路顺坡，马蹄嘚嘚，哥几个坐在木料上，小脸红扑的，风一吹，挺爽。正高兴呢，一辆绿皮汽车哐哐地开了过来，车头插着一个膏药旗。刘二叔急忙勒马，嘴里不迭声地喊着"卧、卧、卧"。卧，东北土话，赶车的口令，叫马靠边的意思。马拉重货，又是下坡，自然慢些，结果汽车嗖地到了，一长声嘀嘀，吓得马肉皮打颤，一扬脖，嘶鸣一声，毛了。马拉着车陡然加速，喊哧咔嚓地跑，车上的人全慌了，尖叫起来。绿皮汽车留下几声得意的浪笑，又嘀嘀两下，冒着黑烟远去了。马车继续加速，眨眼来到了一个大陡坡。刘二叔一面拽缰绳，一面大喊"吁、吁"。"吁"是勒令马停下的意思。但马受到惊吓毛了，不听号令了，岂能站住？刘二叔大喊："跳，跳车！"车上的两个人先后跳下去了，马车的速度更加快了。跳下车的两个人踉踉跄跄地跑了两步，大喊刘二叔，让他麻溜跳下来。不然肯定翻车，那样后果就不堪设想了。但是，在跳下去的那两个人惊恐的目光里，马车突然减速，越来越慢，最后站住了。

两个人兴奋地大喊大叫，跑到马车前，但见刘二叔满脸汗水，正愣愣地呆在车上。两个人叫了一声："老刘兄弟，没事吧？"刘二叔一怔，一下子跳到地上，抱住了全身颤抖、皮毛如水洗过的金马驹的脖子，大叫一声"我的金马驹呀"，便呜呜地哭了。

这件事很快传遍了二佐，全屯子人都知道了金马驹救了刘二叔。原来，前边两匹马毛了，先是拽着金马驹跟着跑，没多远，金马驹意识到这不是拉车，这是要出车祸呀，于是拼命后坐，四条腿打斜支出，在土路上趟起两道烟尘，这等于刹车呀。英勇的金马驹硬是冒着折断腿的风险，坐住了马车，避免了一起车毁人亡的事故。

大地主于大屯也听说了，眼睛一眨，来找刘二叔，要换金马驹。刘二叔死活不干，于大屯说："你知道我这个外号咋来的吧，也就是说二佐这个大屯子都是我的。你好好想想，别说你一匹马了。再说，你家小明嘎哈去了？别人打囫囵语儿，装糊涂，可我心明镜似的，咋的，我到警察署去说去呀？"刘二叔一咬牙："你愿意咋的就咋的，随便，金马驹毛都不行。"于大屯眼睛冒烟，一跺脚："你等着，不整出个甜酸，不让你知道马王爷三只眼，我于大屯滚出二佐！"

于大屯就是于大屯，话撂下半个月，日本鬼子进了二佐，头一户就是刘二叔家。一进门，于大屯就把金马驹牵了出来。他哈腰点头，冲着日本小队长说："金马驹，马肉大大的香！"小队长一笑："你的良民大大的，保长的干活。"说完，一挥手，哇啦两句，上来个日本兵，从于大屯手里接过缰绳，拴在大街上一棵榆树上。小日本鬼子一个个摇头晃脑，嘴唇咧到耳根子后，哈喇子直淌。日本小队长一摆手,一个日本兵跨步上前,端起枪瞄准,金马驹抬起头,打了两声响鼻。就在日本小队长抬起手的一刹那,刘大叔大叫一声,挥舞着镰刀从一旁蹿出来。在众人发呆的一瞬间,刘二叔用镰刀搂断了金马驹的缰绳,金马驹长嘶一声,亮开四蹄,鬃毛翻飞,扬起一片尘土,转瞬间消失在人们的视线之中。

"啪",一声枪响,刘二叔捂着胸膛慢慢地靠在老榆树上,拿起剩下的那段缰绳,哈哈大笑。

几天后的夜晚,于大屯被人打死在自家的院子里。

半个月后,二佐东边的大青山里来了一支打鬼子的队伍,领头的人骑着一匹毛色清白的马,二佐人都在背地里喜滋滋地说,那马不就是金马驹嘛,骑马的人不就是小明嘛!

客串

◎ 谢志强

谢志强

中国作家协会会员，中国文艺评论家协会会员。出版小说和文学评论集36部。发表作品近3000篇，多部作品被译介至国外，部分作品入选大、中、小学语文教材和考题。曾获中国微型小说年度奖、《小说选刊》双年奖、浙江优秀文学作品奖。

郝静出生的时辰，夜深人静，大名寄托了父母的期望：好静。父亲开五香豆铺子，前店后坊，自产自销。可是，郝静好动，渐渐地，就有了个外号：阿动。人们忘了他的大名。家里人也顺口叫他阿动。

阿动，动得有方向，是戏文，他喜欢看戏。戏到哪里演，他就追到哪里看。长到该娶媳妇的年龄，他还是静不住，只不过，挑上个货郎担子，担子里放着五香豆，紧随着戏班子，看戏，卖豆。

母亲去世得早，父亲替他发愁，据传，阿动看上了戏班子里的姑娘。

草台班，多为越剧。越剧里，清一色的女演员，男角，也由女人演，女扮男装，可是，不知为什么，阿动迷上了京剧，京剧都是男演员，跟越剧相反，有女角，也是男扮女装。

京剧戏班里的掌班（班主）说：京剧是花，阿动是蝶，蝶恋花，从未见过阿动这样的戏迷。

父亲病逝，阿动该子承父业，静下来了吧？阿动的担子里，增加了炒锅，现炒现卖。看戏，当然要吃零食，况且，带了小孩，阿动的生意特别好。他会戏里的道白、唱腔，加上五香豆的香味，有声有味，吸引很多食客。戏开场了，他会让食客自己付钱自己取豆。一包五香豆的价格固定不变。

其实，台上的戏文，他不知看了多少遍了，闲了，他还会唱几句，甚至加上一些即兴的台词。

有一天，京剧戏班，来到他家乡的古镇，仿佛郝家五香豆回归了故乡。他已经跟戏班子在外漂泊了一个春秋了。

郝姓里的族长过七十大寿，请来了戏班，族长喜欢看《三国演义》《三国志》，点的戏也是"三国"。

不知怎地，扮演二花脸的演员患了病，上吐下泻，不能上台。

掌班一急，突然想到了阿动。跟阿动商量，救个场，帮个忙，客串一下。

好像跟戏班，走南闯北，那么久，终于有了过把瘾的时刻，不过，他掩饰着激动，说：我还没正儿八经地登过台呢。

掌班说：这出戏，我演曹操点将，你演我手下的大将许褚。阿动伸出三个指头，似乎屈才了，说：就两句，三个字吧？你喊我过来听令，我答，在，你叫我率兵破敌，我应一声，得令。

掌班竖起食指、中指，说：是嘛，要不我怎么想到你来客串？两句台词，三个字，我出两块大洋，算是补偿你的生意，如何？

阿动将五香豆的担子摆在台下，吆喝一声：乡亲们，拜托了，自己取豆，自行付钱，听到了，传个话。

开演了。曹操上台，摆弄了一会儿威风，就喊：许将军听令。许褚走上台前，应道：在！一招一式，有大将风度。曹操说：命你带兵三千破敌。许褚应：得令。

台下，朦胧的月光和灯光里，一片密集的脸，随即响起一阵掌声，同时，不知谁喊：好，好，阿动演得好。"好"声响成一片。

演曹操的掌班过后说了他当时的反应：我演了数十年的戏，享受过无数次观众的喝彩，没见过给许褚的喝彩，何况，阿动是临时的客串，竟抢了风头。

掌班眼见着阿动"得令"走向侧幕，脱口喊：许将军转来。

阿动看过多少次戏，没这个情节，他愣了一下，转身回台，一副恭候的样子。

曹操说：许将军，你带兵前去，用何计破敌？

阿动醒悟，是乡亲们喝彩给他惹的麻烦。他灵机一动，顺水推舟，说：丞相在上，军机大事，不可泄露，请附耳过来。

掌班不得不伸过头，侧着脸。耳和嘴贴近。

阿动的嘴对着掌班的耳，说：我仅赚了你两块银元，你竟然如此为难我？

曹操大笑，点头，说：妙计！妙计！

台下，族长鼓掌，引领了所有观众鼓掌。

幕后，掌班边卸装，边说：阿动，你入戏了。

阿动说：我不配那些掌声，这可是我的家乡呀，乡亲们没见过我演戏，在鼓励我呢。

掌班说：如此痴迷，你可以改行了。

阿动突然想到五香豆。台下，竟然还有几个人等在担子旁边，看摊。他清点了一下零零碎碎的铜板，竟然额外多出一些钱。

有人问：阿动，你改行了？

阿动摇头，说：祖传的五香豆，到我这里不敢中断，看戏，卖豆，两不误，戏里花样太多。

老金

◎ 张　琳

张　琳

中国作家协会会员，有小说、散文、诗歌、评论等在《中国作家》《文艺报》《清明》《飞天》《四川文学》《朔方》《广西文学》《广州文艺》发表，有作品被《小说选刊》《中篇小说选刊》转载。曾多次获全国性文学奖。

小张提干不久，调入炮校后勤工作。小张第一次去茶炉房，看见一个身穿军服须发花白的人，正打着太极拳。那人看相貌也就五十岁上下，见小张打水，问："新来的小兵蛋子？"小张感觉这话像首长的口吻，他一边答是，一边瞥一眼那人的脸。那人哈哈大笑，说："不用看，本人老金，炮校谁人不识君？"

小张感觉老金这人有故事。临走的时候，小张向老金敬礼，老金立正还礼。

一次，小张值夜班，他去茶炉房打开水，看到一位穿背心大裤衩的矮矮壮壮的中年人在跟老金对弈，老金悔棋，中年人攥住老金捏棋子的手，争得面红耳赤。那中年人小张知道是谁，在炮校，谁不认得中将校长呢。

后来，小张听说了老金的故事。老金曾是济南一地下工作站负责人，公开身份是一家南货店的老板。济南战役前夕，因为看到了胜利的曙光，一时犯了麻痹大意的毛病，被捕了。敌人对他软硬兼施，金钱美女，封官许愿，毒打凌辱，种种手段使尽……老金始终一口咬定自己是商人，不是他们说的什么共党要人。在非人的折磨下，老金精神失常了。

被营救出狱后，老金住进医院，经过几年调理，病情渐趋好转，但依然不适宜担任领导工作。老金一再要求分派工作，说哪怕打扫卫生都行。就这样，老金做了炮校的茶炉工。

前两年逛旧书市场，小张从一册纸张发黄的文史资料汇编中，瞥到金石这个名字，金石正是老金姓名。小张迫不及待地读下去。这篇文章翔实生动，让老金的形象鲜活起来。

敌人感觉老金是条大鱼，见各种手段都撬不开他的嘴巴，就调来一位上校，走攻心之策——上校是一位心理学专家。在审讯室，两人一见面，都暗自吃了一惊，但表情没丝毫异样。老金认出对面的女军人是自己燕京大学心理学系的同学王媖，毕业后，老金去了延安，而她去了重庆。老金使用的是化名，王媖见到他之前，一直以为对手是一位廖姓共党嫌疑分子，哪会想到是老金呢。令老金难以置信的是，王媖没有告诉其他人他的真实身份。

以后的接触，就淡化了审讯的意味。王媖脱去军装，换上旗袍高跟鞋，一副珠光宝气的模样。而老金也被卸去刑具，沐浴更衣，老板派头俨然。王媖仅带司机和看守两名随从，邀请老金到街上吃西餐喝咖啡，甚至到舞厅跳舞。而看守不得近前，只能远远地跟着。

老金问:"你这样,不怕我跑?"王媖莞尔一笑,说:"敢这样,怕你跑?"

那天,咖啡屋里光线柔暗,王媖从精致的坤包里取出一个信封,说:"令尊来函。"老金接过,拆开信封,抖出几页信纸和一张照片。照片上,祖母、父母与姐弟坐在别墅前的草地上,融融亲情扑面而来。金父在信里说:吾儿报效祖国,老夫全力支持……无奈老夫年迈,欲让吾儿接手打理家里的橡胶园……看到这里,老金忍不住,掩面号啕大哭。王媖从包里掏出一块干净的手绢,递到老金手里。王媖扭头瞥一眼心不在焉的看守,轻声对老金说:"你逃吧。"老金摇了摇头。王媖一见,眼眶湿润了。

那看守是个老滑头,貌似心不在焉,实则盯得很紧,他不光监视老金,也一直窥觑王媖举止。每次回去,他都向上司报告王媖的动向。这次,上司震怒了,革职严查!侦查中,发现王媖有其他"通共"嫌疑,遂被秘密处决。老金从看守嘴里听到王媖被害的消息,惊愕良久,始仰天大笑,继而捶胸痛哭……

一次师团职干训班开班仪式上,校长邀请老金给学员讲几句。主席台上的老金神采飞扬,他一手掐腰,一手配合讲话打着手势:"你们来炮校这座熔炉进修,努力提高自己的军事素质;而我呢,在炮校烧茶炉子,为你们这些祖国的保卫者服务。熔炉是炉,茶炉也是炉,我们因'炉'结缘,从五湖四海走到一起……"老金话语思路清晰,赢得满堂掌声。

"老金年轻时的照片很帅,西装革履,发型一丝不乱,有三十年代上海滩的影星范儿。"校长顿了顿,又说,"影星怎能跟老金比呢,老金可是享受行政十二级干部待遇的茶炉工。"

顾文显

中国作家协会会员、中国民间文艺家协会会员，迄今有1000余万字作品发表。作品曾获梁斌文学奖等，出版专著26部，5部电影、13部微电影剧本被搬上银幕。

烙花之许

◎ 顾文显

奶突然说，她要嫁人。

真的是奇了怪啦。爷去世四十年，当时奶二十岁不到，爸才满十个月，我看过奶当年的照片，就凭那双夺魂的眼睛和一对酒窝，说媒婆挤破门一点也不夸张，可奶愣是见谁眼皮都不抬。现在她六十大寿都过了，怎么又要嫁人？

年纪大哪个也没规定不许改嫁，相中个大款、帅哥也勉强说得过去，可她偏偏要嫁村子里的斜眼索爷。老头子漂泊在外半辈子，回来买处旧屋翻盖成两间平房住在里面，好像没攒下啥钱，奶图他啥嘛。

在村里，没有哪个碰到爸不笑脸相迎。爸二十五岁承包掘池养虾，现在是方圆二十里的首富，村里最漂亮的四层小楼是我家，就这条件，让他的妈晚年嫁个斜眼老光棍，再豁达的人面子上怎么能过得去呀。

爸非常孝顺，从来都是奶说啥是啥，可因了索爷的事，母子俩就爆发了战争。

爸吼："不就一只烙鱼花吗，我补偿他十万够不够？我再给他雇个四十岁的保姆，中不中？"

奶说："不是那事儿。你不懂。"

爸脖子上的筋抻得老粗："要是三、四十那时候嫁，我啥话没有。可七十的人了，你让儿子这脸面……"

奶说："脸面？我当时饿昏在池塘边，想借你脸面活命，你在哪儿？"

爸一顿没吃饭，只是喝酒。

次日，屋里拥进来七八个男人，都是爸的结拜弟兄，一进客厅，齐刷刷跪在奶脚下，异口同声叫妈。领头的曾胖子比爸大十多岁，撒娇似的跟奶央求："您老人家要什么，咳嗽一声就好使。家有长子，国有大臣，今儿这个主，您大儿子我就做了。"

奶认真打量了一番这堆儿子，笑笑："我就一要求，去陪伴老索头，过完这一两年再说。"

爸的结拜兄弟跪在地上老半天。事先商量了许多种可能，就是没想到会是这样！

我也觉得奶过分了。老小孩，真的是老小孩吗？可老人家处理别的事，爽朗着呢。

我才是个初三的小屁孩儿，三岁时妈去世，爸只顾弄他的虾，是奶把我喂大的！我感觉奶总是没错，可这事……

家乡七月初七旧俗，这天家家户户吃烙花。发好了麦面，揉罢，按在木刻的模子里，就变成大小不一、形状各异的饼，有鱼、小兔、蝙蝠、牛啊、虎呀什么的，入锅中烙熟就叫"烙花"，以白线串成串儿，套在孩子们的脖子上，超大项圈一般，戴着满街跑。到了备战备荒年代，雪上加霜又赶上受灾，家家断了吃食，就极少见到烙花了。奶的弟和妹都饿出浮肿病，六岁的奶也饿昏在池塘边。多亏邻小队的男孩索建军看到，把奶扶起来，身上仅有的一只鱼型烙花喂给奶，这才救活她一条命。

索建军父亲有历史污点，批斗会上挨过奶父亲的踢打，就暗记下仇。见儿子把唯一的烙花喂给仇家丫头，待儿子进院，抬手一耳光，索建军成了斜眼。

奶发誓，长大了谁也不嫁，就嫁索建军。

但这话只能暗藏在心里，小姑娘嘛。要是让父亲知道为一只烙花就决定以身相许阶级敌人子弟，没准她也能被打成斜眼。

奶十五岁时，有回遇见索建军，她鼓足勇气对索建军说，这辈子不敢忘那只鱼烙花，等长大了，就嫁他，算是报恩。

索建军只是淡淡地笑笑，没说行，也没说不行。

又是一年后。索家亲戚来找，很快给办到了东北农村，奶费尽心思也找不到索建军的消息，后来，只能嫁了我爷。

据说索爷听到奶嫁人的消息，喝得昏天黑地，病了好几天。他那只眼睛越发斜得厉害，好女子看不中他，差的他看不上，就一直独身。待得知奶守寡，已是近年的事，他辗转回到当年的伤心地，没想到，已是癌症晚期。

奶极认真地跟我说："想想他当年那种冷笑，就是认定我不过那么一说。我就是要让他临死前，坚信我当年说的话。我想了好多办法，确是找不到他。我爹娘又去世，家里就剩我自己，不嫁你爷我咋办；而他那头一直在绝望中等我，所以等成了独身，那眼睛是因为我斜的……"

奶不管别人怎么看，每天去陪伴索爷，理直气壮的。有时我也过去。我感觉索爷的斜眼时间久了，还不难看，听两老人说些往事，一起顶着屋子大笑……

再有月余又到七夕。奶逼索爷去医院，医生说："老人家的日子不多了。"

好像没看出奶有怎么悲痛，只是忙忙活活地准备烙花。七夕当天，奶把揉好的发面按进她特意买回的木模具内，然后烙出大小不一、形态各异的烙花。奶一如当年，用白线串起好几串，先给我和她自己挂在项上，又特意串了一只鱼型的烙花，给索爷戴上，恰似我儿时戴的长命锁。

奶开始唠叨。她笑着对我说："小时候都这样。那个穷年又摊上灾荒，你索爷家日子好些，也只分得一个鱼烙花，却给了我，为我搭上一只眼。"

奶告诉我："都说造化弄人。如今她要弄一回造化。"

我云里雾里：奶怎么怪怪的？

奶坐在炕上，一只手揽着索爷烙花外的肩膀处，俩老人同节奏地慢慢摇晃，嘴里哼着歌："木梳梳月，花搭搭雨，天上的牛郎会织女……"

  我入了迷，这歌儿头一回听到。

  渐渐地歌弱下来停下来。我感觉出有些不对，轻轻呼唤没反应，奶和索爷一起走了！

  这时我发现，索爷双目紧闭，那只斜眼泪流得格外多。

礼谏

◎ 刘 浪

刘 浪

中国作家协会会员，广州市花都区作家协会主席。已出版个人作品集《俗事吾睹》《兄弟是手足》《紧急任务》《绝世珍品》等多部。作品曾获中国微型小说年度奖、《小说选刊》双年奖等，作品被收入《新中国成立七十周年微小说精选》《中国当代微小说300篇》等。

　　咸丰初年，国势倾颓，天下大乱。在一片风雨飘摇之中，骆秉章被任命为湖南巡抚。到任后，他广罗英才，整顿吏治，强化防务，湖南官场为之一新。这天，他正在院子里揉捻着门前晾晒的广东花县老家送来的芋荄干，管家骆肇铨走了进来。

　　见老爷难得轻闲，骆肇铨便走到跟前，想说一说这段日子挂在心上的那件事，但想到骆秉章平素为人，几次欲言又止。

　　骆秉章扫了他一眼，说："有事直说吧，不然忙乱起来又听不得你说了。"骆肇铨说："现在距年关只有两个多月了，按惯例各省地方官员要给皇帝送岁贡了，可是我们现在还没着落呢。"骆秉章皱起眉头："哦，什么岁贡？"骆肇铨见老爷疑惑，便一五一十说了个明白。原来，清朝入关后一直流行各省官员每逢年关要给皇帝送礼的习惯，礼物主要是当地好看好用、好吃好玩的稀罕物儿，取名"岁贡"。起初只是送些地方名产特产，但后来慢慢变了味，变成了官员向皇帝拍马屁，求升迁，甚至中饱私囊的事情。不少官员每年很早就开始在民间搜刮奇珍异宝，无所不用其极。

骆秉章做了十多年的京官，成天忙于纸牍文案，虽听说这事，倒也不是特别上心。现在主政地方，算是第一回遇到，便说："这事不是大清朝明文所定，人情而已，有则送，无则免。况且这湖湘之地深处内陆，哪来什么岁贡之物？如果强行到民间征集，怕又是扰民滋事，民怨沸腾，我们不凑这个热闹了。"

骆肇铨急了："老爷，皇帝新登大宝，您这个巡抚又是他亲自任命的，还是多少表示一下为好。您不知，就这事多少官员想破脑袋，盼着能以一礼博得皇上欢心呢。"

骆秉章恼了："咱府上要钱没钱，要物没物，你比我还门清，哪有什么东西能讨皇上欢喜？如果执意要送，我看除了洞庭湖的鱼，就是岳麓山的树了。"

稍顷，骆秉章又面呈忧虑之色："这岁贡本身事小，但官员们成天不务正业，都一门心思讨皇上欢喜，这就是我朝内外交困、每况愈下的原因所在。"

连着数日，骆肇铨没见老爷吩咐岁贡的事，便又来打听。骆秉章说："皇帝登基，新岁又至，是要送点礼，以尽做臣子的本分。这事我已经想好，就将咱花县老家送来的芋荚干和洞庭湖的腌鱼各取若干，打成礼盒送去即可。喜则欢喜，不喜扔了便是。"

骆肇铨本以为是开玩笑，但见骆秉章一脸肃然，忙说："老爷，千万不可,千万不可呀,这两样东西太过寻常,即便皇上不怪罪,京城大小官员也要耻笑啊!"骆秉章说:"我意已决,不复多言。现在就去办吧,不然春节前到不了京城了!"

果不其然,骆秉章的礼物千里迢迢到达京城,引起一片哗然。哂笑之余,有好事者便添油加醋呈报了咸丰。

作为新晋一省巡抚的骆秉章竟送来这两样稀松平常之物作为岁贡,分明是不把新皇帝当回事。盛怒之下,咸丰便让人将各省岁贡之物全送到朝堂之上,由他一一检视。一时间,各色贡品琳琅满目,争奇斗艳,精巧奇绝之处,不由得让人拍案叫绝。当咸丰看到骆秉章送来的那箱腌鱼和芋荚干时,默然沉思良久,脸上表情由阴转晴,瞬间欢喜起来。他信手拿起朱笔,挥毫写下"吁门特贡"四字,并让人传示给各位大臣。众官员面面相觑,骆秉章字"吁门",皇帝对其贡品御笔朱批,分明是肯定和嘉许呢!

更不可思议的是,接踵而至的除夕夜里,咸丰大宴群臣,居然就以腌鱼和芋荚干为料,让宫廷厨师烹制出了一道"御膳",名字就叫"吁门特贡",并且排在菜单第一道,而位列其后的各式菜肴,也不比往年,道道都变成了家常之菜。

官员们终于明白过来,原来皇帝即位后,志在励精图治,有一番作为。这次是要借骆秉章的贡品来作一番文章。果然,咸丰在开宴之前,面对群臣,昂然说到:"骆吁门向来以学识见长和廉素著称,此番所送贡品,借用两地特产,腌鱼为咸(全),芋荚为干,分明是劝谏朕,天下已经全搜刮干净了,要重民生,戒奢靡。其良苦用心,岂是尔等所言寒酸可笑?"

消息传到湖南，骆秉章捻须长笑："皇上果然知我懂我，不枉我一番苦心。"

骆肇铨也激动起来："老爷，这是为天下百姓做了件大好事啊！"

骆秉章却从案后弹起，"肇铨，好事只做了一半而已，我要再奏皇上，明令取消年关岁贡，各地均不得以此巧立名目，再行横征暴敛之事。"

咸丰三年春，朝廷颁旨，从即日起，各省官员不得再送贡品，凡以贡品之名行搜刮民间之实，一律重处不赦。

大清王朝延续两百多年的"岁贡"之俗就此取消。

领作

◎ 徐向林

徐向林

中国作家协会会员，江苏省作协第九届委员，盐城市作协主席。已发表各类作品逾千万字，出版个人专著二十余部，曾获首届中国工业文学奖、首届秋白中短篇报告文学奖、第三届中国法制文学奖、第五届全国志愿文学奖、第八届紫金山文学、中国微型小说年度奖等。

陆翔的出海渔船快要造好了，船身支架在一望无垠的海滩上。远远望去，像一幢吊脚小木楼，煞是威风。

造船时，陆翔脸上挂满笑容，天天到海滩上看进度，还跑前跑后给造船师傅打下手。但船体成型后，陆翔脸上的笑容却消失不见了。因为领作的李师傅告诉他，这排斧还得由老于头领作打。

在传统造船工艺中，打排斧是造船最后一道至为关键的工序。打排斧时，二三十位造船师傅分列船舷两侧，应着领作师傅吆喝的节奏，众人一齐发力敲钉卯榫。打排斧很有讲究，必须整齐划一、前后呼应、力道均衡，否则造出的船不结实，还易漏水。对于常年在海上经受风浪的渔民来说，排斧打得不好，就会上演船毁人亡的悲剧，谁也不敢掉以轻心。

领作师傅是打排斧的灵魂人物，倍受渔民尊崇。按照渔村的老传统，领作师傅有对渔船命名的特权。领作师傅一旦命了名，谁也不能改。如此一来，做领作师傅数十年的老于头在当地渔村当然是个人人尊敬的人物。他领作造出的渔船有上百艘，全是他命的名。他命名的方式有两种：一种是根据船的形状来命名，如"咸菜瓢儿"，说的是渔船像咸菜根部的菜瓢儿；另一种是根据船主的为人来命名，比如船主性格暴躁、人缘差，他就把船命名为"臭车奥"，有的船主为人斤斤计较，他就把船命名为"着肉刀"。在老于头所在的渔村，只要知道船的名字，就能了解到船主的为人，十有八九不会出错。

陆翔原先跟老于头是邻居，两家因宅基地的事闹过不少矛盾。陆翔搬到新居后，本以为跟老于头老死不相往来，没想到还是有事求到老于头。当然，陆翔是不想去求的，他在造新渔船时，特意到外面请了李师傅。李师傅先是推辞，说你们渔村有老于头在，不敢来班门弄斧。陆翔只得借口说老于头忙，请不到。李师傅这才带着一班人来帮陆翔造船。可眼看造船就要大功告成，李师傅突然"将"了一军，要把打排斧的领作权交给老于头。

陆翔不解，问李师傅："你们不是造过好多船吗，为啥要老于头领作？"

李师傅笑答："一方领作管一方事，这船只有老于头来领作才灵光。"

有点儿讲迷信的陆翔听得这话，不好再问了。他改问村里的老渔民，村里的老渔民告诉他，我们的船都是老于头来领作的，还从没请过外村的领作师傅。

陆翔没辙了,只得硬着头皮去请老于头。老于头倒也没为难他,随口就应承了下来。怎料,老于头这么爽快,反倒引起陆翔的疑惑,老于头会不会借机报复?

隔天上午,老于头精神抖擞,率着李师傅的那班人马,声势浩大地打好了排斧。等到最后一斧落定,老于头在前头领声高呼:"鱼翔出港,鱼虾满舱。"

众人跟呼:"鱼翔出港,鱼虾满舱。"

陆翔悬在心中的石头这才落了地。这"鱼翔"就是新船的名号,既吉祥,又威风。

老于头随后绕船体走了三圈,细细端详,又把李师傅拖到一边聊了会儿后,挑了根散置在船体边上的长木头,让人放进底舱的指定位置。老于头跟着钻进底舱一番敲打,出来时把斧头交给陆翔,叮嘱他:"我在底舱安了根定船木,任何时候都不能移动。要是在海上遇到突发情况,你拿这把斧头对着这定船木两端各敲三斧,保证无恙。"

老于头说完这话,自顾自走了。

三个月后,陆翔有次驾船出海打鱼。不料天气突变,海上风高浪急,渔船在风口浪尖中漂浮不定。陆翔好不容易掌稳了船舵,底舱却开始渗水,眼看着海水就要漫过小腿,情急之中,陆翔想起低悬在底舱的定船木,拿起斧头对着定船木两端各自狠敲了三下,奇迹出现了,下沉的定船木精准地堵住了渗漏处,渔船得以平安回港。

陆翔有惊无险地上了岸，旋即请李师傅来检修渔船。李师傅里里外外认真检查一番后，对陆翔说："不用修，船体绝对稳固。"

当天晚上，陆翔热情地留李师傅吃饭。李师傅的酒喝得有点儿多，他趁着酒劲儿说："告诉你一个秘密，造你这艘船时，底舱的卯榫没算好，留有缝隙，如果拆掉重做，船身就得解体，耗费点儿船材我们赔得起，但这一拆，我们这班人以后就再也不能接活儿了。"

陆翔惊讶地问："所以你们就让我请老于头？"

李师傅点头称是。

陆翔再问："老于头是怎么知道的呢？"

李师傅答："打排斧时，老于头能听音辨声。他知道底舱有问题，就放了根定船木，以备不测。"

"那当时为啥不说？"陆翔追问。

"都是做工匠的，总得留点儿脸面……"说到这儿，李师傅不胜酒力，趴在桌上打起了呼噜。

陆翔看看李师傅，又看看门外。室外，星光斑斓，星河璀璨。陆翔想了想，明天，明天一定请老于头好好喝两杯。

流量制造

◎ 张甫军

张甫军

中国微型小说学会会员、新疆作家协会会员，作品见于《西部》《湖南文学》《当代人》《天池小小说》《小小说月刊》《百花园》等。多篇被《微型小说月报》《小小说选刊》《微型小说选刊》《讽刺与幽默》转载，并选入各年度选本。出版中短篇小说集《白泽》。

夜幕降临，城边的跳蚤市场里依然热闹，人群像潮水一样在各种摊位前涌来涌去。

"你这个老头……"一个突兀的声音在人群中炸开。人潮停下来，纷纷向声音望去，有些已经凑了过去。

"你为啥要在我车的引擎盖上吃饭？"说话的是个年轻女人，绿色头发，浓妆艳抹，一身豹纹的紧身短裙。她正在一辆小轿车前，数落一个驼背的老汉："你咋不到你老婆的肚子上吃？"

老汉陪着笑，没有吭声，只是用手擦了擦嘴，把引擎盖上的饭盒端起来，用袖子擦拭着引擎盖。

"干嘛，毁灭证据啊？"绿头发女人并不买账，"赔钱！"

此时，围观的人群已经形成了半圆的人墙，有的窃窃私语，有的指指点点，有的摇头鄙夷。看到老汉不知所措的样子，从人群里走出一个妇女："小姑娘，你说话别这么难听？这个大叔只是在上面吃了个饭，又没……"

"切，多管闲事，饭放在你的脸上吃行不行？"绿头发女人不容妇女说下去，翻着白眼，又催老汉，"两百块，我要洗车！"

那个妇女被呛得脸一阵黑白，立在原地不知说什么好。

"你这人咋说话这么冲？"这时，又从人群里走出一个小伙子，他端着手机，一边录着视频一边说，"得饶人处且饶人……"

"切，又来一个狗拿耗子的。"绿头发女人一脸不屑，瞧见小伙子拿手机录视频，正色道，"瞎拍啥啊？你再拍我就报警。"

小伙子"哼"了一声，便将手机放了下来，不过那手机的镜头却悄悄对着绿头发女人，视频还在录制，他说："你这样对待一个老年人不好。"

"这跟你有一毛钱关系没有？"绿头发女人乜了一眼小伙子，继续向老汉发难，"赔钱，快点，别磨唧！"

"咋没关系，天下事天下人管，你欺负老年人我就得管。"听小伙子这么一说，围观的人群有了反应，一边倒地说："就是就是。"

"你管？冒充大尾巴狼是吧？那好，两百块你替他赔。"

"不就两百嘛，我还以为一万两万呢。"

绿头发女人冷笑："呵呵，那你拿钱啊。"

"钱肯定赔的，但事情咱们得捋捋。"小伙子说着，走到老汉面前问，"大爷，你咋在她的车盖上吃饭啊？"

老汉啊巴啊巴说了一长串。看来是个哑巴，小伙子听不懂，犯难起来,问围观的人群:"大家有会手语的吗?"

围观的人群都摇头。

老汉看小伙子听不懂,便将小伙子拉到绿头发女人车的后门旁,用手指了指车窗。那车窗开着,老汉将手伸进去,又拿出来,如此比划了一番。

小伙子明白了,老汉是看到车的窗户没关,怕有人偷车里的东西,才一边吃饭一边守着的。小伙子明白了,围观的人群也就明白了,七嘴八舌,有的说话难听:"真是好心当做驴肝肺……"

见此情景,小伙子赶紧扭动手机,用镜头将人群的反应录下来,录了一圈,又将镜头对准绿头发女人。

绿头发女人一脸的尴尬,但却嘴硬:"帮我看车?哼,我才不信他有这么好心呢。要是我车里少了东西……"说着,她便上了车。

围观的人群都以为绿头发女人要检查车里是不是少了什么东西,却不知,绿头发女人迅速把车点着,狂摁喇叭,猛踩油门,跑了。

这一切都被小伙子录了下来,他冲狼狈逃跑的车子喊:"喂,开慢点,别翻沟里去了……哈哈……"人群也跟着发出海啸一样的笑声,并向小伙子投去佩服的目光。

一件小事,就这样画上了句号,围观的人群作鸟兽散。小伙子也得意地从跳蚤市场出来,他走过一条街,在一个僻巷站住了。他拿出手机,将在跳蚤市场拍的视频发到了网上,还写了段吸睛的标题:街头暗拍,现实版的《农夫与蛇》……视频刚一发出,就获得了大量的转发和评论。

"嘿,爽!"小伙子正高兴,一辆轿车就停在了他的身边,他看了看驾车的人，满面春风地坐进副驾驶。

驾车的人不是别人，是绿头发女人，她一把将头上的假发扯下来，说："哼，要不是老娘跑得快，刚才就被市场上的人吃了。"

"辛苦辛苦，"小伙子陪着笑说，"这不是为了流量吗？别生气，回头再策划一期，你演好人……"

绿头发女人刚想说什么，这时，车后排坐进一个人，是之前那个哑巴老汉，他一边抽掉背后用来伪装驼背的抱枕，一边兴奋地问小伙子："这次阅读量咋样？"

流远的徒河

◎ 李海燕

李海燕

中国微型小说学会会员，中国作家协会会员。作品散见于《作品》《安徽文学》《当代人》《海燕》《金山》等。有作品被《小说选刊》《作家文摘》《微型小说选刊》《小小说选刊》《微型小说月报》等转载。

当年我离开爷爷家的时候，徒河还在，它贴着村庄后身，由西向东，滔滔不绝。爷爷的屋子里，总是弥漫着湿漉漉的水腥味和哗哗的流水声。

等我再次回到爷爷家中，爷爷病重临危。

爷爷的双眼凹成两眼灶，里面盛着燃过头的死灰。我的一声呼唤，爷爷眼里的光，倏地从死灰里挣脱出来，像流淌的一束光，惊喜、炽热、知足，在我身上流过，最后停在我的脸上。

褡裢和竹竿，还在原来的位置上，一个挂在炕头墙上，一个戳在炕沿和炕墙的角落。岁月给它们包裹了一层黑兮兮的尘埃，但坚硬的骨节，还依稀可见。

我又想起了那个深刻的傍晚，也是小时候，爷爷不断地给我加深记忆的那个更像一个故事的傍晚。

那个傍晚,晚霞点燃了整条徒河。街上乱哄哄的,吆喝声和枪声响成一片。父亲慌不择路地推开一扇门。

父亲把四岁的我放在爷爷怀里,压低声音对满脸惊愕的爷爷说了声拜托,没等爷爷做出回应,跪下磕了三个头,转身出了后门,一头扎进红色的徒河水中。

爷爷披着一床被子坐在炕上,把我连头带脚捂在被子里。窒息的感觉,使我无法大放悲伤。晚霞消失后,河面上氤氲着暗灰色的雾霭,屋里暗了,街上终于安静下来,爷爷才把我从被子里放出来。那天夜里,爷爷坐在炕上,手里握着三个铜钱,摇几下,抛在褥子上,一一摸过,然后再摇,再摸。第二天,天还没亮,爷爷领我出了门,回来的时候,我是爷爷口中的路上捡来的孩子。

爷爷眼里那束光,在我的脸上停留片刻后,疲惫地收了回去。他脖子上的脉搏,在灯光下一下一下地跳动着。我喊他,他的眼皮就微微颤动一下。我知道爷爷的心还醒着,他在用心感知着这个世界,感知着我的存在。

炕稍坐着三个上了些年纪的妇人,每人怀里抱着一团白布,忙着给爷爷的晚人缝孝。爷爷的晚人不多,除了两个远房侄子,就是我和父亲。关于我和父亲给不给爷爷戴孝,爷爷侄子征求过我们的意见,我和父亲几乎同时用军人的果断说,当然戴。

没人说一句多余的话,都在等待着一个时刻的到来。

就在这种近乎残忍的等待中,我隐隐地听到了徒河流动的声音,哗啦,哗啦……隐忍而强烈。我附在爷爷耳边,激动地说,爷爷,我听到徒河的流水声了。爷爷把眼睁开，眼光再次明亮起来，他似乎也听到了，脸上肌肉颤动，嘴唇翕动。

就在这时，那个褡裢发出一声沉闷的断裂声，从墙上掉了下来。再看爷爷，脸上挂着微笑和眼角的两滴泪，走了。

悠扬的唢呐声，填满了原有的空寂。我的心却越发地空落。

横跨山水回来，爷爷去了，徒河也不在了，此时徒河流淌的地方是一片玉米。被告知，几年前的一场罕见的山洪，徒河撒野，践踏了沿岸的十八个村庄，它被迫离开原来流域，迁至卧佛山北边。遥遥可见的卧佛山，并不高大，却像一道黑色的屏障，把徒河挡得严严实实。

那个黄昏以后，父亲杳无音信。我渐渐地忘记了一些事，跟爷爷亲近了起来。

每天爷爷穿上一件洗得发白的灰色长袍，肩着褡裢，左手领着我，右手拿着一根竹竿，沿着徒河边那条路，走过一个又一个村庄。

走进村庄后，爷爷从褡裢里掏出一块竹板和一截竹竿，有节奏地敲着，清脆的声音便在街面上响起来，就有人推开门招呼爷爷。他们叫爷爷先生。爷爷低头对我挤一下眼，意思是说，咱有生意做了。生意好的时候，我能吃到一个糖人儿，或者一个棉花糖。

我八岁那年，爷爷把我送到徒河对岸的学堂里读书。爷爷每天划着一只小划子（很小的船）接我上下学。小划子横向划开徒河水，拖着一条白花花的浪花，直至对岸。第二年,学堂变成了村小学，也修了桥。别人家的孩子都是自己上下学,唯独爷爷还每天接送我。

我上小学四年级的一天，爷爷领着一个穿着军装的人，到学校接我放学。爷爷说那人是我爹。那是个陌生的男人。爷爷又给我讲那天傍晚的事。

我要跟父亲走了，父亲执意要爷爷跟我们一起走。爷爷说，他把我完好无缺地交给父亲就完事了，他不会离开徒河的。我也舍不得徒河，有相当长的一段时间，我不能适应没有爷爷和徒河流水声的日子。

夜向深处滑去，人们歇了，唢呐声也歇了。我来到后院，来到那些玉米面前。我蹲下来，伸出手去，像少年时撩拨徒河水那样，触到的却是生硬的玉米叶子。

我站了很久，直至东方出现一抹鱼肚白，再露出晨曦来。此时无风，荒野静谧，我望着卧佛山，努力捕捉着昨天夜里听到的流水声，却只有玉米在风中发出的沙沙声。

我脚下踩着的还是那条路，只是比原来平坦了许多。我好像看见一个失明的老人，穿着一件洗得发白的灰色长袍，肩着褡裢，左手领着一个中共地下党员面临危境时留下的年幼的孩子，右手拿着一根竹竿，一下一下地点着坑坑洼洼的路面，在徒河边走去，且渐行渐远，直至消失在我的视线里。

注：徒河，也叫屠河，为古称，现名女儿河。蒙古语称"鄂钦河"或称"乌馨河"。源头在辽宁兴城市药王庙乡西南侧张茂山（海拔696.7米）东北麓。河程全长142.6公里，是辽宁锦州地区的母亲河。

母亲的灯

◎ 马新亭

马新亭

迄今已在《天津文学》《山东文学》《小说界》等发表作品数百万字。有作品被《小说选刊》《小说月报》等转载。作品入选《中国微型小说百年经典》《中国新文学大系(1976—2000 微型小说卷)》等多种经典选本。有作品被译成英文、德文介绍到海外。

小时候的冬天,天黑得特别早,吃完晚饭天就黑下来了。为了省油,天再黑,母亲也不让点灯,一家人就在黑影里说话,谁困了谁就去睡觉。

小舅就是在那样一个冬天,冒着暴风雪从几百里外把驴牵回家的。当时驴只有一只羊那么大,这还是在煤矿工作的爹攒了好长时间的工资买的,大驴买不起。那时候,我们兄弟姐妹都小,爷爷奶奶年迈多病,父亲在外地工作,农活就指望母亲一个人干。轻一点的农活,母亲还可以干,繁重的体力活,母亲一个瘦小的女人就干不了,经常求人。父母商量买不起大的牲口,就买一头小驴,养大后干农活。可谁也没想到,在买回驴的第二年,父亲就在一次矿难中去世了。

全家围着驴转来转去,把它当宝贝似的,这个看看那个摸摸。驴长得确实挺可爱,雪白的嘴唇,乌黑的眼睛,长长的睫毛,直挺的耳朵。母亲在我们家院子的东面给驴搭建了一个棚子。母亲还把照料驴的任务交给了我。我和我家的驴形影不离。母亲对待驴像亲生的孩子一样,甚至比对我们还亲,无论小驴听话不听话,或者踩坏了什么东西,从不打驴骂驴。我知道那是母亲的希望,全家的希望,希望驴快快长大,替全家干繁重的农活。

天有不测风云,第二年的冬天,驴生了一种奇怪的病,浑身上下长满了白色的小虫子。远处看啥病也没有,走近后用手翻翻浑身的毛,下面藏着密密麻麻的小虫子。大概驴浑身又痒又疼,它不断地用蹄子踢自己的下半身,弯曲着脖子用嘴啃自己的上半身。有的地方的毛被踢光了,有的地方啃得露出了皮肤。母亲给它身上喷了些农药,不管用;又往它身上抹了一些药粉,也不见好转。驴在驴棚里不吃不喝不睡,母亲一趟一趟地往驴棚里跑,去时愁容满面,回来时长吁短叹,一遍遍焦急地说:"咋办呢?"渐渐地,驴连站都站不起来了,躺倒在地上,眼睛里流淌着泪水。母亲也一把一把地抹着眼泪,去找邻居们给驴看病,左邻右舍围着驴想了很多办法,但都无济于事。最后有人说,恐怕没救了,找个地方埋掉吧。母亲哭着说:"不能埋。"

一天深夜,我被尿憋醒了,听见窗外狂风怒吼。我感到再不跑出去上茅房,可能就憋不住了。我穿上厚厚的棉衣棉裤,跳下炕就感觉像掉进冰窟窿里一样,冻得浑身直打颤。我刚敞开门,不料暴风雪像一个猛兽,一头就把我推倒在地上,我爬起来往下弯腰,用力顶开暴风雪,往屋后的茅房里跑去……我回来快走到房门时,突然看见驴棚里亮着灯,心想这是谁在驴棚里?都下半夜了,天寒地冻的!我踩着厚厚的积雪蹒跚过去,不由得惊呆了,驴静静地躺在地上,母亲一只手举着带玻璃罩的灯,眯缝着眼,另一只手慢慢翻着驴身上的毛,一个一个往外拿虫子。我眼里含着热泪说:"娘,这么晚了,你还不去睡觉?"母亲头也不抬地说:"你快去睡吧,我已经给驴拿了好几夜小虫子,多少有些好转。"我哆嗦着说:"你不会白天给驴拿虫子?"母亲叹口气说:"白天那么多农活、那么多事,干不完,没有空,只能夜里干……"

驴慢慢开始吃草、喝水,奇迹般的站立起来,少皮无毛的地方往外长新毛。母亲有时拿着一个玉米面窝头走进驴棚,宁肯自己少吃点,也要掰成一小块一小块放进驴前面长方形的槽子里,让驴吃……

驴渐渐长大,银灰色的毛,在太阳照耀下闪闪发亮,像一匹绸缎,它不像白那么冷,也不像黑那么暗,看着让人心里踏实。驴长得很壮,很有劲,给驴套上车,驴全力以赴地拉水、拉土、拉肥、拉犁、拉麦子、拉豆子、拉高粱、拉玉米、拉柴火……

一天天,一月月,一年年……驴拉着车,母亲坐在上面,手里攥着一条从不打驴的鞭子,风里来雨里去,形影不离,相依为命。

母亲养了我们这一群孩子,没有一个病死,没有一个饿死,没有一个扔掉,没有一个送人……把孩子们一个一个拉扯长大成人,有当上乡村教师的,有当上白衣天使的,有当上农业专家的,有当上作家记者的。

后来，孩子们要把母亲接到城里去住，母亲说什么也不去，眼睛直往驴棚巡睃。母亲一直养着那头驴。每次家人劝母亲卖掉，母亲都说，那是我的孩子，不能卖！

母亲去世的那几天，不知是家人忙着处理母亲的丧事，还是忘记上料，驴咬断缰绳失踪了。几天后，人们看见驴躺在母亲的坟前，有人上前牵它起来，才发现驴已浑身冰凉……

母亲生前唯一的遗嘱，就是把那盏她一直保存下来的灯，埋进她的墓地里。因为她听说，正是煤油灯的煤油味熏死了驴身上的小白虫子，治好了驴的病。

你想变成人吗

◎ 凤 凰

> **凤 凰**
> 本名李代金，四川省作家协会会员，已在《青春》《满族文学》《时代文学》《佛山文艺》等发表作品上百万字，作品多次被《小说选刊》《微型小说选刊》等转载，出版小说集《富翁的秘密》《诚实培训班》等。

"你想变成人吗？"这些天，这句话总是往影子的耳朵里钻，折磨着影子，引诱着影子。影子看看四周，没有人对他这么说，就是影子戏艺人也没有对他这么说，那是谁在对他说呢？难道是自己在说吗？难道是自己想变成人吗？

不想变成人的影子，不是一个好影子。这句话一直在影子界里流传着。每个影子都梦想着成为一个人，而不是永远都做影子。哪怕就是做人的影子也不甘心啊。至于说做猫啊狗啊鸟啊的影子，那就更没有滋味了，简直生不如死。

虽然影子在影子戏艺人的手里千变万化，比别的影子生动活泼，赢得了无数的掌声，还有不少的赏金，但影子知道，事实上，那些掌声和赏金都是给艺人的。这让影子更加羡慕人，也更加嫉妒人，当然他也就更想变成一个人了。

影子是在影子戏结束后离开艺人的。他再也不愿意让艺人操纵他了，他想变成一个人，一个拥有影子的人。影子戏结束后，人们纷纷离开，影子跟着人们离开。因为是晚上，每个人都露出了影子，影子就跑上去跟那些影子对比。

影子知道，只要他跟哪一个人的影子长的一样，他就是哪一个人的影子，然后他就可以悄悄地干掉这个人，取而代之。影子觉得自己跟一个老人的影子很像，就跟了上去，对比了一下，两个影子实在太像了，但最终影子放弃了。

影子放弃了，不是因为可怜老人，而是他不想当一个老人。想想，一个老人还能活多久呢？要是他当了老人，那不是很悲惨的一件事吗？看看老人，走路都慢吞吞的，好像随时都要摔倒。当这样的老人，还不如就当影子自在呢。

影子匆匆往前跑去，那些年轻人都走到前面去了。影子跑到前面，在那些年轻人的身后钻来钻去，找来找去，跟他们的影子比来比去。影子和一个年轻人的影子实在太像了，影子就忍不住对年轻人的影子说："喂，你是我吗？"

年轻人的影子说："我怎么可能是你呢？你也不照照镜子，看看自己长的什么样子。"影子说："我长得挺好啊，我长的和你很像，我们到底是不是同一个影子？你是不是替代我的影子？"年轻人的影子对他吼道："你滚开！"

看对方要踢自己，影子赶紧转身走开了。影子觉得，对方和自己绝不是同一个影子，自己可不会动不动就生气。当然，自己也就不可能是这个年轻人的影子。这个年轻人恐怕也好不到哪里去,他手舞足蹈地走路,有精神病似的。

影子觉得,还是当一个孩子好。看前面的那些孩子,一个个活泼可爱,天真无邪,无忧无虑。要取代一个孩子,当然也更容易。于是影子便赶紧跑了过去。那些孩子的影子跟孩子一样,蹦蹦跳跳的,可爱极了。影子很羡慕他们。

影子围着那些孩子跑来跑去,跟他们的影子比来比去,却没有找到一个影子跟自己长得像的,这么看来,他就不是这些孩子的影子啊。那么,他是谁的影子呢?直到看戏的所有人都走了,影子也没有找到一个合适的人取而代之。

影子十分难过。他找不到合适的人取而代之,就还是只能当一个影子啊。他当影子已经当得太久了,都当够了啊。他对自己说:"我不要当影子,不要。我要当人,当活生生的人。"影子站在那里哭泣着,晚风吹得他摇摇晃晃。

影子哭够了,就往家走去。他现在走投无路,就还是只能回艺人那儿去,任凭艺人操纵他。虽然艺人给了他生命,但他还是不喜欢艺人。艺人操纵他,让他干一些不得不干的活儿,虽然人们会因此喜欢他,但他就是不喜欢艺人。

影子觉得,其实不是艺人成就了他,而是他成就了艺人。如果没有他,没有他的多姿多态,艺人怎么可能赢得那么多的掌声和赏金呢?说到底,那些掌声和赏金都应该是属于他的,可是一直以来,掌声和赏金都让艺人给独吞了。

一想到这里,影子就很生气。这都怪自己不是一个人啊。如果他是一个人的话，艺人敢不把掌声和赏金分给他吗？他不敢！影子想到这里，就更想变成人了。要是他变成了人，就可以离开艺人，去独立门户，独自表演影子戏了。

"影子呢？我的影子呢？"影子听到艺人在呼叫。影子不由一愣：表演结束后，我离开了艺人，艺人到处找影子，我不就是艺人的影子吗？影子忍不住埋怨自己太笨了，自己就是艺人的影子，却还去找别的人，又哪里能找到呢！

影子说："我在这儿！"影子向艺人跑了过去。艺人听到影子的声音，便扑了过来，一把抱住了影子。影子被艺人抱得透不过气来。影子说："你放开我。放开我。"艺人松开了手，说："我找你找了好久，你跑到哪儿去了？"

影子没有回答艺人的话，却说："给我一把刀。"艺人说："给你刀干什么？"艺人不肯给影子刀。影子就翻箱倒柜，他终于找到了一把刀。随后，影子拿刀朝跟过来的艺人的脖子上用力一抹，就看到一股红色的液体喷涌而出。

艺人一手捂着脖子，一手指着影子说："你……"艺人嘴里的话没说明白，就无力地往地上倒去。影子见此得意极了，他就要变成一个艺人了。可是就在这时，影子手中的刀掉了下去，他感到自己很无力，接着他也往地上倒去。

这时，影子想起来了，"你想变成人吗？"这句话是艺人对他说的。艺人这么对他说，是希望他好好配合表演，不要擅自行动。倒在地上的影子很快就消失了。在消失之前，影子明白了，艺人死了，他这个影子也就不复存在了。

叛徒老丁

◎ 袁作军

袁作军
湖北省作家协会会员，中国微型小说学会会员。迄今已在国内外报刊发表文学作品约50万字，多篇作品获奖，入选权威文集。有作品被中小学试卷选用。著有微型小说集《白马玉雕》。

老丁在大兴米厂打滚了二十年，才爬到销售经理的位置。把一个乡村小型米厂大米年销量从一千吨提升到一万吨，就是他创造的神话。

如此厉害的金牌销售，怎么就成了反出大兴米厂的叛徒呢？

厂里的收购经理小杨找吴老板抱怨："老丁每天都是小车进出，陪那些米贩子，吃喝玩乐。而我面对的是没完没了的验质、过磅，忙得吃饭、上厕所都要带小跑。"

吴老板说："那，你跟老丁换换？"

小杨支支吾吾说："可我，不认识客户……"

吴老板说："小杨哪，验质是你的强项，老丁的事，你干不来。这样吧，我每月再给你增加两千元奖金。"

车间经理小朱也找吴老板诉苦:"我最惨!每天在昏暗的厂房里,不停地巡视机器、检验米质,空气污浊,噪音震耳。可是老丁轻轻松松,工资奖金之外,每年还另有七八万元的差旅、招待费,不公平!"

吴老板说:"世界上哪有绝对的公平?这样吧,我每月再给你增加两千元奖金。"

吴老板要给老丁增加奖金,老丁说:"只要他们俩没意见,我无所谓。"

米厂相安无事了几个月,吴老板突然罹患肺癌住院,米厂大权就全盘移交给了大学毕业宅在家里的儿子小吴。

小吴上任,听取了小杨、小朱二人的意见,果断地取消了老丁的旅差费,收缴了专用小车。

老丁还想争取一下,说:"小吴老板,你收回的小车,不过也停在院子里淋雨晒太阳,何必呢?你这样一来,我就没法开展工作了。"

小吴说:"老丁,给你一个人配小车,其他经理没有,人家心里能平衡吗?销售工作,困难肯定有,克服一下嘛。你看小杨、小朱二位经理,哪天不在与困难作斗争?你要学习他俩嘛。"

老丁无话可说了,只能长叹一声。老丁从此被"钉"在厂里,坐等生意上门,时不时的,还被指派帮忙去验质、过磅、扛米包,整天弄得灰头土脸。

老吴老板得知情况,急忙从医院回厂,呵斥小吴:"胡闹!你这样搞,是要赶走老丁吧?收购、加工、销售,是铁三角,缺一不可呢。"

小吴说："谁要赶他走了？小杨验质过磅，小朱操作机械，技术含量都很高。老丁呢，游山玩水，吃吃喝喝，一身的特殊化，算什么？你也不要说得那么邪乎。我们的客户群体已经形成，没有他老丁，估计天塌不下来。"

小吴读的是中文专业，主攻现代诗歌。老吴说："米厂管理，不像你写诗歌那么浪漫。记住，老丁不能走啊。"

老爸的话，小吴只当耳边风。谁知第一个月，大米销量就减少三百吨；第二个月，销量又减少了六百吨……

小吴不满地说："老丁，你是不是闹情绪？"

老丁说："没有，是市场竞争太激烈。我们镇周边的大型米厂就有五家，小型米厂更多。客户关系要频繁地维系。建议小吴老板，你还是要恢复差旅、招待费，配备专用小车。你信不过我，可以另行安排销售经理。"

小吴哼哼哈哈，未置可否。谁知，挨到年底一统计，大兴米厂年销售量十年来第一次跌破五千吨的新低！

全厂上下一片哗然，矛头全都恶狠狠地指向老丁。小吴拍着桌子骂人："你这个销售经理，难道就是个饭桶？没给你特殊化权力，就消极怠工！"

老丁百口莫辩，引咎辞职："我无能，我不干了总可以吧？"

小吴说："可以。"但还是强硬地扣发了老丁全年的奖金和一个月的工资。老丁据理力争，惹了一肚子气，也没把钱要到手。

金牌销冠，赋闲在家，好几家大型米厂闻风而动，重金力邀老丁加盟。老丁一一婉谢，最终却毛遂自荐，进了效益堪忧、小打小闹的鸿昌米厂，担任销售经理。人们不解地问："你这是睁着眼往泥坑里跳呢，为的哪般？"

老丁说："这里离大兴米厂最近！"

人们甚是疑惑，他这是留念大兴米厂还是怎么的？一年后，答案浮出水面：老丁带着众多的新老客户，使鸿昌米厂年销售量超过了一万四千吨，一跃而成全镇米业龙头老大；而大兴米厂却冷冷清清，门可罗雀，离倒闭仅有一步之遥了……

小吴老板逢人就骂："叛徒老丁，不得好死！"

庖丁解牛

◎ 胡 炎

> **胡 炎**
> 中国作家协会会员、河南省小小说学会副会长。出版小说集《罗裙》等四部,作品散见《北京文学》《时代文学》《清明》《黄河》《小说选刊》等。现居河南平顶山。

有人请庖丁解牛。

其时庖丁刚刚睡醒,正在细细梳发。近午的日光斜照窗棂,在墙壁上投下朦胧的光影。庖丁也站在光影里,形销骨立。他听到了来人的声音,不急,衣冠整齐后,这才打了个哈欠,缓步出门。

上午睡觉,是庖丁的习惯。

来人奉上酬银。庖丁瞟一眼,银面肃然。酬银自是不菲,这是庖丁的身价。

"有劳了!"来人赔笑,拱手。

"申时到。"庖丁说。

来人点头,告辞。

"好草好料,别委屈了牛。"庖丁唤住他,叮嘱。

来人诺诺。

庖丁坐在院中石桌旁。石桌一尘不染，光华如砥。石桌的上方，是一棵老杏树，疏枝繁叶，有鸟雀啄着青杏，自在鸣啭。庖丁沏了菊花茶，轻啜慢品。清苦中的淡香，入喉便浸淫了灵魂。再吃几块茶点，便做午餐了。

庖丁只吃素食，从不食肉。

然后，磨刀。磨得很细，很轻。磨刀声如风行水上，有绵长的乐感。用抹布擦拭干净，刀映着日光，有如明镜。庖丁在刀背上看自己的脸，眉似弯弓，目如悬月。庖丁微微笑了笑，又以食指试刀刃，似触未触间，一粒血珠饱满如豆。

庖丁把食指含在嘴里，吮了。

牛很壮硕，毛色黄亮。庖丁端详一阵，甚是满意。院中早拥了一众看客，引颈翘足，观赏庖丁的绝技。

庖丁仍不急，柔柔地抚摸牛脊。良久，再抚牛的面颊。庖丁的手柔若无骨，分明不是拿刀的手。牛一动不动，眼神迷离。庖丁退后一步，对牛说："我们开始吧。"

牛眨了下眼睛，有泪花闪动。

"不怕。"庖丁笑笑，取出刀来。

众看客屏息敛声，四下静得落发可闻。

刀抖碎了日光，走进牛的肌肤。绵延时，宛似游龙；迅疾时，寒光四溅，波月飞花。酉时，刀入鞘内，庖丁背着手，看眼前的牛。

牛依旧站立着，尚有鼻息。

"刽子手！"牛哞叫了一声，说。

庖丁一愣,这是他平生第一次听到牛说人话。日已偏西,夕阳里有血光。牛被血光涂染,徒增了几分悲壮。

"你说什么?"

"刽子手!"

庖丁说:"不,我是艺术家。"

牛拼尽了最后一丝气力:"刽子手从不说自己是刽子手。"

话落,身体分作两半,轰然倒地。

暮色黏稠,庖丁在暝晦的路上独行。外物皆似隐去,唯余那头会说话的牛。庖丁看到自己的刀在牛身上开花。美,美极了!打他将解牛技艺练到炉火纯青时,这花已开了二十余年。

可是,牛说他是刽子手。

庖丁忽而泪湿双目,世间,终是知音难觅。月色清寒,浴着落泪的庖丁。庖丁感到很委屈,也很孤独。

牛说:"上山吧。"

"为何?"

"你曾是我们的朋友。"

山道崎岖,草莽在月色中匍匐。有虫鸣和溪涧之声传来,辽远空明。满天繁星童谣般闪烁。草香雾气一样缭绕,让庖丁有些恍惚。

庖丁看到一个少年,剃着瓦块头,骑在牛背上,口含柳叶,吹着清亮的柳笛。山雀在柳笛中舞蹈,甚而有胆大者,落在他的肩上,与他戏耍。

庖丁恍然想起,自己曾是个牧童。

影影绰绰,果然有一群牛。这些牛中,有他牧养过的,也有它们的亲人、子孙和朋友。庖丁心头一热，加快了脚步。近了，群牛化作一团乱影，消逝无踪。

庖丁怅然四望，心底忽而生出一股苍凉。

月光漫泄、收拢，在他眼前站成了一面银镜。镜中人气质卓然，向他微笑。

"以解牛之技而冠天下者，非庖丁莫属。"镜中人说。

庖丁拱手一揖："谬赞了。"

镜中人庄重了神色，道："既可解牛，则人亦可解，不错吧？"

庖丁震了一下，无话。

"这般沉默，是不能，还是不敢？"镜中人冷笑，兀自脱了衣服，亮出清朗的肌体。

庖丁也冷笑了。抽出刀，以神遇而不以目视，对着镜中人，若笔走龙蛇，舞得潇洒自如，舞得狂放无羁。不消半个时辰，庖丁收手，掷刀于地上，发出叮当脆音。

"你是个真正的艺术家。"镜中人说。

须臾，头颅坠落，全身作千百碎块落入草丛，噗噗有声。

是夜，牛哞雄浑，响彻夜空。男牛、女牛、大牛、小牛，用哞唱庆贺一个仇人的死亡。

然而不久，它们便后悔了。它们迎来了笨拙的屠夫，那些屠刀不仅拙劣，而且足够凶狠。

活着的牛们，开始深深地怀念庖丁，怀念那些死在庖丁手里的牛——那样幸福而优雅的死亡，已成这世间的绝唱。

不过，也有人说，庖丁没死，午夜时分，他在月色里磨刀。

色痴

◎ 阿英

阿英

中国微型小说学会会员、河北省作家协会会员、保定市莲池区作家协会副主席。小说、诗歌作品见《十月》《莽原》《安徽文学》《当代人》《故事会》等，部分被《微型小说月报》《微型小说选刊》《青年文摘》等转载，微型小说入选多类年选与多地中学试卷。曾获中国微型小说年度奖、梁斌小说奖。

  高阳产布。清末民初，皆以草木染色。苏木染红，槐米染黄，鼠李染蓝，皂斗染黑，拼色套染，变幻无穷。但工序繁多——采集、过滤、煮染，毫厘之差，颜色便有异。主顾若是苛刻，就会有人说，去留祥佐村，找刘独眼去。

  刘独眼染的布，天水碧，紫虾青，月下白，佛面金，与样品无半丝差别，且鲜亮明艳，皂洗日晒摩擦均不脱色。

  调色配彩，全凭眼力，刘独眼却盲了一只眼。另一只，视力亦极弱。辨色时，他的脸凑得极近，独眼紧贴上去，脑袋来回移动，状颇可笑。刘独眼制染液，看起来更是腌臜，一锅色汤，手指蘸水，来回搅动，探温度高了低了；抽手入嘴，啧啧咂吮，说用料多了少了。天长日久，口唇色渍层叠，貌如厉鬼。但是，无论要求如何刁钻，哪怕是淬火的铁、初锈的铜,夕云晨霭,雉尾莺头,但凡人间的颜色,刘独眼只消看一眼,便能从染缸拎出来。

曾有人怀疑,刘独眼种下染色植物的土中施有异药,遂趁其外出,携竹篓翻入院中盗土,这人一不留神跌倒,压折一小片花。刘独眼怒如疯牛,奔突至其家。那人伏在麦秸垛上,大气不敢喘。刘独眼看不清,以为没人,便拔出门闩,将篓子捣得粉碎,又踩上几脚,气冲冲离去。

刘独眼不是没治过眼。某日,一主顾自青岛来,说当地教会医院驻有洋医,擅治疑难眼疾,但洋医即将回国,欲治须从速。刘独眼听罢,连夜揣钱上路。

没过几天,刘独眼就回来了。背上多了个瘦童,她的脑瓜顶一对小黄辫,筷子粗细。

这么快?

没去。

不治了?

钱要养娃。

女童是半道捡的,取名"小染"。从此,刘独眼更加卖力染布。

忽一日,小染生了背痈,啼哭高热,急请郎中。郎中说,恶疾,备木匣吧。

刘独眼跪求。郎中摆手走出。俄而,屋内大哭。郎中抽了袋烟,又返回,说,高阳县城东大街,有马姓名医,或可治此疾。

刘独眼深鞠一躬。郎中道,痈疽凶险,神医惜名,未必会收。你定要提我的名字,他与我交恶,一听我治不好,便肯医了。他素来贪财，钱务必带够。

刘独眼翻开被套，摸出张薄纸，揣入怀中，取床洁净褥子，兜上小染，上路。纸上文字密密麻麻，是半生的染布心得。

知情人说，瞧吧，为了心头肉，舍了命根子。

服药半月，小染可下炕走动。倒是刘独眼，瘦脱了形，眼眶凸出，如围着几根干草棍。他不住吁叹，秘方一泄，怎么赚钱养活小染？

忐忑等了两个月，市面上并未出现相似染法的布匹。

很久后，刘独眼才听闻，名医捏着那张折起的薄纸，静立不语，一盏茶工夫，将其熔入了煎药的火焰。

小染痊愈了，欢实蹦跳。那日，刘独眼醒迟，听得窗缝钻进的娇脆笑声。起身，见满院的花，悉数被小染摘下，零落一地。邻里说，逃不过一场痛揍了。却见刘独眼将小染举起，说，高处还有一朵，伸胳膊，使劲够。

小染长成了大姑娘。

小染生得嫩。衣衫用布，都是刘独眼染成。每近酷夏，便以茜草染粉，石榴皮染绿。这些材料能拦住日头，小染白净得像富家千金。

小染有志气，去省城读书。

其时，传统织机已被铁轮机代替，草木着色早让位于化学染料，但刘独眼仍终日摆弄染缸。

有人说媒，来定日子。刘独眼垂头不语。良久，扯开粘连的嘴唇，道，染匠嫁女，不想遭人笑话，待我染出正红的布，再商议其余。

自此，刘独眼院中挂满红布，将黄土墙映出彤彤热意。一块块布，深浅不一，亮暗不一，冷暖不一，风中斜飘似帆，日光星点透射，闪若银针，半坡遥望，如巨大红花摇曳。

半月后，媒人又来。刘独眼答，颜色仍欠火候。两月后再来，又说，还差口气儿。

媒人细忖，刘独眼其实是舍不得小染。

小染毕业才嫁，已是民国二十六年。日军自平津南下，掠走染轧机器，断绝棉纱颜料。高阳全县以手工织机织布，为八路军缝制棉衣。

布料需染成黄绿色，但土法浸染，一缸一色，一匹一色，难以统一。人们犯了难，去找刘独眼。

刘独眼没日没夜鼓捣，酒腌水泡，盐醋明矾，依着时辰温度、阴晴雾雨随时调整，一匹匹布，色泽一致，搭在绳上，似千军万马。

寒露过后，八路军来收布，说，战士们的冬衣终于有了着落。

这天，一个八路军来村里，他说因伤掉队，打听收布者的去向。

刘独眼凑过脸，与其握手寒暄，看他身上沾土，便弯腰细细拍打。

八路军眼含热泪。

刘独眼却耳语乡民，快去喊人，这个八路军，假的，色儿不对。

小染加入了共产党，南征北战，直到刘独眼临终，才匆匆赶回。

刘独眼指着柜子说，柜中布，是闲时染出。天青淡青，给外孙；水红桃红，给外孙女。最底下那块布，留给我自己。

小染哭成泪人。

人们说，刘独眼染了一辈子布，带入土中的那一块，不知有多奇异。

殓衣上身，出乎意料——未着任何颜色，只是原色，铺展于大地，与万物融为一体。

高自发

笔名迁夫子、高天，中国微型小说学会会员、辽宁省作家协会会员、辽宁省杂文学会理事。作品散见于《小说月刊》《海燕》《岁月》《短篇小说》等，有作品被《小说选刊》《微型小说选刊》《小小说选刊》《读者》《意林》《青年文摘》等转载。

时光窃贼

◎ 迁夫子

我一直自诩是这个世界上最高明的贼，但自从遇到时光窃贼之后，我才知道我那所谓高明的偷窃技术，跟他比起来简直是小巫见大巫。

那是一个骄阳似火的午后，我斜倚在广场栏杆上，装作若无其事地在人群里搜寻目标。我穿着一身笔挺的名牌西装，价格不菲。干我们这一行，有一身好行头很重要，当然如果再有一张帅气迷人的脸蛋儿就更好了，幸运的是这两样我都有，所以我才如此自命不凡。

突然肩膀被人拍了一下，我愕然回首发现是一个比我还英俊帅气的小伙儿，正微笑地看着我。确信他不是便衣警察后，我略放下了心，看他一身打扮很时髦，分明是哪个富家公子自投罗网来了，我甚至开始掂量着从哪儿下手。

年轻人说道:"不要枉费心机了,我的财富你偷不走。"我一惊,转身要逃。他拽住了我的胳膊:"我跟你一样,也是贼!"我惊讶于他竟然把"贼"字吐得如此清晰,要知道干我们这行的最忌讳这个字。世上没有哪个贼肯直呼自己为贼,眼前这个却是例外——当然,如果他能用他那保养得相当好的手指从目标的兜里夹出钱包,以此证明他真是一个贼的话。

"我不偷任何看得见的东西。"他仿佛看穿了我的心思。

我张大了嘴巴半天合不拢:"那,那你偷什么?"

"时光,我只偷时光,请叫我'时光窃贼'好了。"他自信地说道。

我摇摇头,觉得他在跟我开玩笑。我可不想浪费这个美好的下午时光,跟一个所谓的"时光窃贼"扯闲篇儿,我已经开始把眼神游移到附近一个大腹便便的看似很有钱的男人身上了。

"难道你不好奇我是怎么偷时光的?"实话实说,他的话一下子搔到了我的痒处,没等我说话,时光窃贼就滔滔不绝地说起来。

"就在昨晚,我偷了一个十四岁少年的青春年华。十四岁正是叛逆期,这个时期的孩子是最佳的猎物。我只要倏地钻进他的体内,他就开始疯狂地打游戏、蹦迪、喝酒——做那些快速燃烧生命的事。他的时光倍速前进,一夜之间,他就成了一个头发花白的中年人。等我从容地钻出他的身体,往你这儿溜达的时候,我的耳边还始终回响着那个少年——不,那个中年人看到镜中的自己后发出的狼嚎一般的哭声。"

"唉,世间最宝贵的是得不到和已失去,不是吗?"年轻人弹了弹笔挺的西装领子说,"每得手一次,我就会变得年轻一岁……"我惊疑地看到,昏暗的路灯下,他的领口弹出的灰尘像萤火虫一样飞舞。

时光窃贼看我有些半信半疑,接着说道:"好吧,再跟你分享一次我的胜利果实。就在上周,我四处游荡寻找猎物时,遇到一个离家出走的少女。少女厌倦了父母的嘘寒问暖和每天繁重的学习生活,她要去寻找诗与远方,我当然很乐于和她一路同行。我陪她在外面放纵了七天,就在少女决定要回家看看时,我果断地离开了她。你能想象得到,当敲响斑驳的油漆大门,认出风烛残年的老人竟然是父母,而自己早已人过中年时,她爆发出的呼天抢地的哭声,该是多么惊天动地。这多少会让我有些羞愧,毕竟是我偷走了她的青春……所以,我得早点离开她。"

我已经有些相信眼前的这个年轻人了,他现在看上去似乎比我看他第一眼时更年轻英俊了。

时光窃贼微微一笑:"我该走了,去人多的地方转转,没准儿会遇到更好的猎物,再见!"说完他转身大踏步地走了。看他头也不回地消失在东方晨曦里,我若有所失地呆立着……等等,怎么是晨曦?刚才还是骄阳似火,我只和那个时光窃贼说了一会儿话,竟然……我惊恐地四处寻找镜子或者玻璃等任何能照得见容颜的东西。

这时,一个男人和一个小男孩经过我的身边。我的耳边清晰地传来父子对话。

"爸爸,那个老爷爷太可怜了,我们给他一点儿钱吧?"

"好孩子,给你,把这枚硬币给他吧!"

我望望四周,没有看到城市流浪汉。小男孩却径直朝我走来,我不由得毛骨悚然,同时发觉身上原本笔挺的西装竟然变成了一件肮脏得看不出本色的破烂货,而我的胡子竟然有一尺多长……

我没有接住小男孩递过来的硬币,也难怪,我原本矫健的身手已经不复存在了。那枚硬币"当啷"一声掉在地上,滴溜溜打着转,它像一只陀螺快速地旋转着……旋转着,仿佛要转上一个世纪似的。

相裕亭
中国作家协会会员、江苏省作家协会小小说委员会常务副主任。曾在《作品》《长城》《雨花》等发表中短篇小说300余万字。《看座》获中国微型小说年度奖、"中骏杯"《小说选刊》双年奖。出版有《盐河旧事》等二十余部个人作品集。

蒜棋

◎ 相裕亭

高铁站周边很空旷。我因为中途转车,在冀中平原这座既熟悉又陌生的城市停留几个小时。

说熟悉,是因为早年我在北方读书,这边的窝窝头、小米粥,还有驴肉火烧,伴我度过了大学4年的时光;说陌生,我毕业30多年了,眼前的这座小城里,没有我的亲人。

我想找一家餐馆,吃一盘烩饼。

北方的面食要比我们南方做得好,尤其是烩饼。我在北方读书时,经常看到当地老乡出远门时,在腰间别着一块面饼,沿途饿了,便走进路边的餐馆,解下腰间的那块面饼,让店家帮助加工成烩饼,店家只收取很少的加工费。

我想吃一碗烩饼,寻找一下当年在北方读书时的那种感觉。

高铁站周边是宽阔的广场，我接连穿过两个红绿灯，才看到路边有一家面馆。

推门进去，面馆里烟雾缭绕。五六张长条桌前，都有人在埋头吃着水饺和烩饼。直觉告诉我，这家餐馆的生意不错，但卫生条件有些差，桌子上没有台布，后厨与就餐的地方只隔着一道帘子。

因为要赶路，或者说因为想念那一口烩饼的味道，我便在一个空位上坐下来。

餐馆里的食客多是周边干活的工人，或是像我这样匆匆赶路的人。大家好像都不在意餐馆的卫生，能坐下来吃饱肚子，抹一下嘴巴就走了。

餐饮这个行当很奇怪，哪家人多，人们就愿意往哪家去，好像人多的餐馆因为客流量大，价格会便宜，食材会更新鲜。我推门进来的这家路边店，就属于那种人气很旺的餐馆。跑堂的大嫂看我坐下了，便跟过来问我："想吃什么？饺子还是烩饼？"

我顺口说："烩饼。"

"你要什么烩饼？"那位大嫂问我话时，目光已把我的视线引到墙面的菜谱上。那上面有洋葱鸡蛋烩饼、肉丝蒜薹烩饼、肥肠青椒烩饼等。我从上到下看了一遍，每一种烩饼的价格都不一样，最贵的是肥肠青椒烩饼，20块钱一碗；比较便宜的是洋葱鸡蛋烩饼，12块钱一碗。我选择了价格中等的肉丝蒜薹烩饼。平时我不怎么吃肉，可想到我还要赶路，那就吃一点肉食，抗饿。

大嫂听我说要吃肉丝蒜薹烩饼，就"嚓嚓嚓"地在手中的小纸牌上划了划，一面告诉我要等一会儿，一面冲着"滋啦啦"爆响的内厨高声喊道:"一份肉丝蒜薹烩饼!"

跑堂的大嫂转身离去后,我用桌子上的抽纸把眼前油乎乎的桌面擦了又擦,一边擦着桌面上的污渍,一边等着我的烩饼。不经意间,我看到旁边一张长桌前坐了四个人,他们每个人的面前放着四五粒小鸟蛋一样的蒜瓣。其中一位矮胖的中年男人,还把他跟前的五粒蒜瓣摆成了一座宝塔,底下三粒,上面叠加起两粒,哗啦一下倒了,他继续叠加起来。

北方人有"吃面不吃蒜,香味减一半"的说法。很显然,他们和我一样,也是来吃烩面的。从他们的衣着上看,应该是做体力活的。具体一点说,是做泥水活的,他们的衣裤上、头发梢上,都是斑斑点点的白灰。他们每个人手中都捧着一碗茶水,桌子正中间放着一把茶壶。其中一位,把茶壶里的水往桌子上倒了一点,我以为他要擦桌子上的油污,没料想,他竟然用那茶水在桌子上划出了一副棋盘,挑衅似的与他对面的同伴说:"杀一把?"对方爽快地说:"好!杀一把。"

说话间,两个人就用跟前的蒜瓣对弈起来。他们下的是当地流行的四子棋,也叫"憋死茅"。每人两粒棋子,共走一个"冈"字。但第一步不能动"裤脚"的那枚棋子,那样,一步就把对方给憋死了。开棋的一方,要先搬"肩头"。两个人走开后,谁再把对方给"憋"得无路可走,谁就赢了。

那种棋,玩的是眼疾手快。稍有闪失,或是走错一步,就会被对方找到下手的机会。如果两个人头脑都很清醒,一直躲着死角走,怎么也不会输的。

他们选在吃饭前的短暂时间里,玩这种眼疾手快的棋,一个人用的是带皮的蒜瓣,另一个用的是剥好的蒜瓣。

他们是怎样走棋的,我看不到,我与他们隔着中间的过道。我只看到他们四个人把脑袋凑在一块儿,一个催着一个。"走呀!""你快些走呀!""哎呀,你输了!"……

他们催着对方快些走时,就是想让对方走错一步,好输棋呢。至于说谁输谁赢,好像并不重要,他们要的,就是那种输棋或是赢棋的乐子。

期间,我的肉丝蒜薹烩饼上来了。我用茶水把筷子洗了又洗,也想剥一粒蒜瓣开开胃,增添烩面的香味。但我想到一会儿还要乘坐高铁,怕带着大蒜的味道进车厢不礼貌,便放弃了吃蒜的念头。烩饼里面有蒜薹,我刚一下筷子,想到蒜薹与蒜瓣的味道是一样的,就立马把蒜薹扒拉到一边,只把肉丝和烩饼吃掉了。

等我吃得差不多时,抬头再去看下棋的那四个人,人家早已经吃完面走了。

桌子上只留下四只大如羊头的白瓷碗,和他们剥下的那些随着室内热风尚在浮动的大蒜皮。

想必,他们刚才用来下棋的蒜瓣,都被他们吃进肚子里了。

戴 涛 中国作家协会会员，上海作家协会会员，上海微型小说学会会长。作品见《北京文学》《作品》《天津文学》《小说界》《百花洲》等刊物。

遂昌街

◎ 戴 涛

遂昌街全长五百七十米，隐藏在一片高楼的背后。

它虽离外滩的大钟还不到三千米，而且已被划入了拥有外滩南京路的黄浦区，可在上海市民的认知里，遂昌街还是那个遂昌街，依旧是一百年前从十六铺码头上来的外省打工者的聚集地。

李松林出生在安徽六安，一九七零年生人。一九九六年，他二十六岁，结婚刚两年，他对妻子说，我想跟赖宝他们去上海挣钱。妻子问，儿子才一岁呢，你就不管了？李松林应，不是不管，是想让他过上好日子。

赖宝带着李松林还有村里一个年轻人来到了上海，他拿出一张字迹模糊的纸说，我有一个远房舅公住在遂昌街，我们先去找他。

李松林跟着赖宝他们坐了好几趟公交车，问了好些人，终于找到了遂昌街，找到了纸上写的门牌号码，开门的是一个中年的湖北女人，赖宝说出了舅公的名字。

湖北女人摇头，不认识，我房子是向一个浙江人借的。赖宝顿时傻了眼。

没有了方向的赖宝带着李松林他们在上海瞎转悠了两天后说，我想回家了。同村的年轻人说，我也想回去。可李松林说，不，我不回去，我和老婆说好了要到上海挣钱的，不能说话不算数。

李松林一个人留在了上海，可如何挣钱，却是一片茫然。为了省钱，他每天逛到半夜后就睡到公共浴室里，然后天刚亮就走人。这天凌晨他走出浴室，脑子里未曾想好该上哪儿，可腿已经迈向了遂昌街。

尽管大马路上还车稀人少，遂昌街上已是一片生机。人们从低矮的二层房子里出来，就在鹅卵石和块石铺成的、老上海人称之为"弹格路"的两旁，有生煤炉的，有刷牙刷痰盂的，还有外面跑来吆喝卖菜的。李松林边走边看，越看越觉得亲切，越看越觉得这就是他要的上海。

这时他看见有个四十来岁、脸上长满胡子的男人从一条小弄里推出一辆三轮，三轮上放着一只煤炉，煤炉上放着一只平底锅，围着炉子有几个铝盆和一些大口玻璃瓶。

出于好奇，李松林一路尾随着三轮。三轮到了遂昌街的入口处便停了下来，这里已经有十来个人排好了队在等候。

"胡子"停下三轮与他们打招呼，随后动作麻利地在铝锅里舀了一勺面糊，在平底锅上绕上一圈，一张煎饼的模样便呈现出来了，再打上一个鸡蛋,然后问,要小葱还是香菜,辣椒酱还是甜面酱,完了将煎饼一折四,像个折叠好的小被子,放进一个塑料袋里,买的人便提着袋子满意地走了。

第二天李松林一早上就到小弄口等"胡子",然后又跟随着三轮到街口,默默地看着"胡子"操作。"胡子"自然也注意到了他,卖完煎饼果子后就问李松林,小伙子哪里人?李松林答,安徽人。"胡子"自我介绍说,俺是山东人。接着又问,你从安徽跑到上海干啥来了?李松林吞吞吐吐说,我也不知道,就想在上海干点事。"胡子"咧咧嘴,你倒像十年前的俺,走,到家去唠。

"胡子"的家在一排有近百年历史的二层老房子的三层,李松林跟着"胡子"踩着十分狭窄的楼梯,爬上了搭出来的三层阁楼,弯着腰进门便一屁股坐在了床上。李松林脸上显露出了吃惊的表情,你就住这儿?"胡子"瞪了李松林一眼,这是在上海,你想住哪儿?

哦。李松林表示了理解的意思。"胡子"说,俺在上海打拼已经有十个年头了,也挣了一点钱,现在老婆生病了,俺想回去,打算在家建个饲养场……

听完了"胡子"的计划,李松林简直不敢相信自己的耳朵了,你真打算把这里都交给我?

是的,全交给你了。

那要多少钱啊?

你身上有多少先给俺多少,不够的,等你挣了再给。

可我还不会做煎饼果子呢。

没事，跟俺学两天就会了。

两天后，"胡子"走了，李松林就正式成了遂昌街的人。

随着上海城市的建设，市容管理愈来愈严了。这天他煎饼果子做到大半的时候城管来了，李松林赶紧朝遂昌街里跑，城管追了几步就不追了，可城管背后的食客依旧紧追不舍，直追到李松林停下三轮，就地继续做煎饼果子。李松林突然觉得自己像一条鱼，遂昌街还有这些食客就是一条河。

后来有一天上午城管又来了，还没等李松林推起三轮车，就有人上来抓住了车，李松林想挣脱，一使劲，车翻了，炉子里烧红的煤球弹了出来，正好落在他的胳膊上。

一个领导模样的人对李松林说，我们送你上医院吧。李松林死也不肯去。那人叹了口气说，以后你就早一点收工，我们也会晚一些过来。

时间过得很快，转眼李松林已和当年的"胡子"一样，在遂昌街也已经生活了十来个年头。这天晚上，住在街对面三层阁的"小苏北"特意跑来告诉他一个消息，旧城改造，整个遂昌街马上都要拆了。

这消息让李松林一下像失了魂似的，因为他不知道是像"胡子"一样回家呢，还是去寻找下一条遂昌街。

方冠晴

作家、教师，国家民间文学山花奖获得者。迄今已在全国一百多家报刊发表各类文学作品500余万字，出版有长篇小说《牧蝶人》《红裳》等多部。

天酿

◎ 方冠晴

记忆中，家乡的父老乡亲平时都不怎么饮酒，只有遇到婚嫁喜庆的宴席，才表现出对酒的热爱。酒宴往往从正午延续到下午，菜盘子早就空了，但猜拳行令仍不止歇，劝酒的、饮酒的，人人大声吆喝，脸色酡红，极为兴奋。宴罢，醉了的人高兴，走得东倒西歪，如脚踏浮云；没醉的人也高兴，仿佛自己有武松连喝十八碗仍能上冈打虎的气概。整个村庄，都浸在酒香里，浸在人们的欢笑里。

酒，都是自酿酒。要办喜事的人家，必先酿酒。要酿酒，必请槐爷。槐爷是酒匠，十里八乡酿酒的行家。

酒从甑子的竹筒里流出来，主家必挨家挨户去报信、邀请："我家的酒生出来了，去帮我品品吧。"说是请人去品，其实就是让人们去尝尝鲜。受邀的人们满脸欢欣，齐聚到主家，拿了碗接酒喝，便又将一屋子的酒香和欢欣，带回家家户户。

我家也酿过酒，是在我读高中的时候，却没有这种邀请全村人品酒的欢欣场面。因为，我家的酒，不是人酿，而是天酿。

那是土地承包制实施的第一年。暑假，收割完头季稻，我家打谷那天突遇暴雨，一家人手忙脚乱将谷子抢回家，谷子已经完全被雨水浸透，摊在堂屋的地面晾着，连地面都淌出水来。爸爸面对满屋湿谷，眉头打起了结，旱烟抽了一袋又一袋。妈妈则宽慰，别着急，等明天出个大太阳，一天就晒干了。

但，第二天没出太阳，下了整整一天的雨。

第三天还是没出太阳，还是连着下了一天的雨。

夏天的雨一向来得快去得也快，但这一年奇怪了，接着好多天，天天下雨。满屋的湿谷，只能厚实地铺在地上。爸爸发愁，妈妈着急，两个人如热锅上的蚂蚁，隔一会儿就去门外望望天，再隔一会儿又去门外望望天。但天像他们的脸色一样阴沉，雨，渐渐就下进了妈妈的眼里。

不知什么时候开始，屋子里弥漫起酒糟的味道，让人闻着头晕。爸爸妈妈只能自救，将湿谷盛进锅里，在灶膛里烧火烘，热气蒸腾上来，酒味更加浓烈。

槐爷是闻着酒味进来的。他倒背着双手察看满屋的湿谷，然后走进灶间对爸爸妈妈说："没用的，烘不干，再耽搁下去，全得烂掉。还是酿酒吧，老天已经帮你们发酵好了，是要你们酿酒呢。"

权衡再三，只能酿酒。摊开的谷子重新拢起来，渥堆发酵。槐爷说，酿酒的一半步骤，老天已经帮着完成了。这，就叫天酿。

蒸酒那天，酒从甑子的竹筒里细线般淌出来，一向不饮酒的爸爸拿碗接了，喝了一口又一口，很快醉倒在灶屋的柴堆上。妈妈在灶膛前一边烧火一边抹眼泪，哭着说："原以为分田到户了，再不会吃不饱饭了，可这一季的粮食都成酒了，往后吃啥哟！"

别人家蒸酒时，那种众人品酒的热闹场面在我家没有出现，反倒是满屋子愁云惨雾。

蒸完酒，是要付槐爷工钱的。一般的人家都是以粮食抵工钱，但我家哪里还有粮食！妈妈只得给槐爷舀了一坛酒，算是报酬。槐爷抱着那坛酒回去，但很快又返回来，他用脸盆端来一盆大米，倒进我家的米缸。爸爸酒醒了些，跌跌撞撞拦着。槐爷说："我不能拿工钱，这酒是天酿的，算不得我酿的，你给了我酒，我就得给你大米，算是换酒吧。"

第二天，村里陆陆续续有人上我家来，都是一手抱着酒坛，一手提着米袋子，他们拿大米来我家换酒。村里换酒是有规矩的，多少大米换一斤酒，但那指的是米酒。我家酿的是谷酒，不及米酒醇，价格应该低些。但人们还是按米酒的价格来换，大家说，天酿的嘛，出酒率低，不能让你家亏太多。

家里的酒全部被村里人兑换了去。那些日子，村里的男人干完活回家，总要在饭桌上抿几口酒，满村庄都弥漫着酒香。倒是我家，一滴酒不剩，也没了酒气。望着屋里成堆的白花花的大米，爸爸妈妈脸上的愁云终于散去。我也长吁了一口气，庆幸地说："幸好村里人都喜欢喝酒，家里的粮食又不愁了。"

一向好脾气的爸爸听了我的话，破天荒冲我吼起来："没良心的东西！你以为人们这么爱喝酒？大家这是在帮衬咱家，知道不？"

那年二季稻收获后，我家又酿酒了，用上好的糯米，请槐爷酿出了上好的酒。酒酿出后，爸爸让我用木托盘托着一碗碗酒，领着我去一户户人家，进了门就让我跪下，双手将托盘举过头顶。这是给长辈敬酒给恩人敬酒的至高礼节。爸爸站在我身边，抱拳作揖，说："上次酿酒没请您品酒，这次特地酿了点，请您品品。"

一家一家地去，我下跪，爸爸作揖。每家一碗酒，送完，我家里就只剩下半碗酒了。

那天晚上，爸爸妈妈将那半碗酒分喝了。一向不怎么饮酒的爸爸又醉了，醉了后抹着眼泪哭了，说："好亲不如好邻，有这一村的好乡亲，是咱家的大福分。"妈妈也醉了，她醉眼朦胧地笑，说："还是人工酿的酒好喝，甜、醇，不像上次的天酿，苦。"

是的。苦的，是天灾，而甜的，是人情。

曾 颖

曾在天涯社区、《成都晚报》等媒体任职。在《南方周末》《读者》《意林》《新京报》等数十家报刊开设过专栏。获得夏衍杯电影剧本大奖、冰心儿童图书奖和中国微型小说年度奖等。多篇作品入选各级教材和选本。出版个人作品集十余部。

跳饭

◎ 曾颖

我友老余，是一家大企业的老总，公司前些年效益不错，但最近有点恼火，常有在火上烤着的感觉。而就在这个时候，哥哥从老家打来电话，说侄女儿考上大学了。这本是个好消息，但老余的妻子却有点焦虑，因为这个好消息意味着老余又将重新承担供养一个大学生的压力——哥哥伺弄的那三亩多地，就算每亩出一千斤谷子，也养不出一个大学生来。

最终，这就成了老余的事。而最可气的是，他觉得自己天经地义有这个义务。之前，把弟弟和妹妹从乡村里拉扯出来，供他们读书并帮他们找工作，直到现在还在为他们出面协调和解决各种麻烦，已牵耗了太多的时间和精力。妻子虽然从没反对过，但心中多少有点不舒服——满指望弟弟妹妹们脱手了，可以松口气，谁知侄女儿又来了，这什么时候是个头啊！

老余感觉出妻子的不愉快，提议说，回老家走走吧，就当是散散心。

老家新通了高速公路，之前十几个小时的车程，缩短到三个小时。老余一路给妻子和女儿讲着自己以往出来读书时，爬拖拉机追汽车翻煤车，被车上的煤染成黑人的事，女儿听得哈哈大笑，而妻的脸色更加深沉。

老家在半山坡上，母亲几年前因为在省城待不惯，吵着要回去，老余重新修整了一下小院子。本来是请了设计师画了图的，最终却因为母亲这个不准动那个不准扔的各种禁忌，而最终变成了眼前这个新衫搭旧裤的样子。但至少厕所改成了抽水马桶，这让妻子和女儿没有了要去镇上住宾馆的冲动。

老母亲很意外，责怪老余也不打个招呼就回来了，让她措手不及。要知道，以往知道他们要回来，她至少三天前就要做准备，有些东西，半个月之前就备下了。

老余说："不用麻烦，就做跳饭吧。"

母亲说："现在哪个还吃那东西啊！"

"久了没吃，想了。"老余很执拗地坚持。

母亲见他很果决的样子，于是满脸疑惑地准备去了。

老余拍拍玩手机的妻子和女儿，说："走，我们帮忙去，做跳饭。"两人不太情愿地起了身。

女儿问："跳饭？是会跳的饭吗？"

老余笑笑，没有回答。这反而引起了她们的兴趣。

跳饭的主要原料是红苕，还有少量的米。

妻不解地问："不就是红苕稀饭，苕多一点而已嘛。怎么叫跳饭？"老余笑而不语。

红苕洗净削皮，放入锅中。米也淘洗干净，倒入锅里。米很快就像一群放生的小虾，瞬间消失在红苕缝隙里。

母亲拿起一个红色的老土碗，在锅的中央给它挤出一个位置放了进去，添柴点火，让老余看着，自己又扑前抢后，到屋子各处的箱柜橱屉勺盆和坛子罐子里翻找鸡蛋、腊肉、豆豉和泡菜。谁也想象不出，这间看似杂乱的厨房里，还有序地躲藏着那么多东西。这也是当初改建房子时，母亲打死也不许动的原因。包括那座破旧无比却干净得照得出人影的老柴灶，以及被岁月磨得失去了花纹和釉彩的老土碗。

几十分钟之后，整个厨房里就充满了一股柴烟和红苕纠结在一起的特殊焦香味。

老余让妻子和女儿过来，像魔术师，更像给一个大项目揭幕，他郑重地掀开锅盖。

蒸汽涌动喷薄，柴烟之中，一锅金黄的红苕之中，赫然托出一碗洁白晶莹骄傲无比的米饭。

女儿高兴地拍手，说："好神奇啊！刚才的空碗，居然变出了一碗白米饭。"

老余对女儿说："这不是变出来的，是刚才淘进锅里的米在沸腾的时候跳进锅里沉淀下来的。那时候家里米少，只能煮这样的饭，给生病或做最重活的人。"

"为什么不多煮一点？"

"因为我们的地只能种红苕，五斤红苕才能换一斤米，还得挑十几里地到镇上换。"

女儿像听神话一样，把小嘴张成了"O"形。

老余用帕子包着，把碗从锅中端了出来，用看似很不在意的语调对妻子说："从小到大，家里吃跳饭次数最多的人，是我。妈妈说，读书是最费脑壳的事情……"

他的语调很轻，但妻子却觉得很重。前几天，她看过一本书，上面写：很多偏远乡村，把家庭有限的所有资源，都集中给了被认为最可能有出息的那个子女，让他飞出去，然后来接济和照看其他的家庭成员。这是这个家庭唯一的自救方式。

她看书的当时，还觉得这是一种渺茫的赌博。

而此刻，当她面对一碗热气腾腾的跳饭时，所有的疑惑和不以为然，都化为一声叹息……

那天晚上，她做了个梦，梦见老余从一个深坑里向上爬，满头大汗，脑门和脖子上的血管，就像一根根即将爆炸的蛇。

他努力地往外爬，身体下面，拖着一根绳子，绳子上拴着弟弟妹妹和侄儿侄女们，一个个大气不敢出，缓慢地往上挣扎着……

她轻轻拍拍老余，小声说："明天早晨，我们去大哥家里看看吧。"

老余没有回答，似乎睡得很沉。

她悻悻然把头望向窗外。

窗外的月亮，像一碗白森森的跳饭。

我不是一条鱼

◎ 非 鱼

非 鱼 河南三门峡人，中国作家协会会员，河南省小小说学会副会长，出版有小说集《一念之间》《来不及相爱》《追风的人》《尽妖娆》等。有作品被翻译为英文、日文、西班牙文。

我是一条鱼。

鱼戏莲叶间，是理所当然的。每天，我所有的快乐就是在那片荷塘里游来游去，嬉戏、觅食。夏日来临，荷叶田田，荷花绽放，那是我最幸福的时刻。偶尔，我会和其他鱼们比赛，那就是看谁能吃到荷花的花瓣。

老实说，花瓣并不好吃。作为鱼，我们天生就不是吃花瓣长大的。可有时候，那些淡粉、鹅黄、洁白的各色花朵，实在是太过鲜嫩娇艳，让人，不，让鱼们调皮一下，从水里跳起来，叼一口。

大多时候，我们谁也吃不到，毕竟荷花端端地高高在上。有时候，偏就有那么一朵，低了一点，运气好的话，就会成功。对此，我比他们经验略多，胜出的次数也更多。

我不是一条鱼。

我是岸边捕捉鱼戏莲的一个摄影师。

说实话,我也算不上一个真正的摄影师,临近退休,我需要给自己找个事做。想来想去,唯有摄影还略有兴趣和基础,就在几个老朋友的撺掇下置办了一套相机,周末有空了就来这荷塘边随意拍拍。

有人说这片荷塘里的鱼会吃荷花,我不信。鱼就是鱼,它怎么会吃荷花呢?可从他们发来的照片上,我的确看到了一条张着嘴的鱼,正从水面跃起,奔向头顶的那朵粉色荷花。另一张照片上,那条鱼已经得嘴,一瓣花朵衔在唇边,正欲沉入水中。开眼界了,这是我第一次见到吃荷花的鱼。

我决定蹲守一下。

和他们一样,大清早太阳还没出来,我就把三脚架支在荷塘边,对着那几朵贴近水面的荷花,等待着阳光和鱼,如果运气好,也许就会有一幅完美的作品呢。

盯着取景器,我慢慢地等着鱼跃出水面咬上花瓣的那一刻。

为了有一张"镇得住"的照片,我有的是时间和耐心。

我是一条鱼。

岸上架起的一排排黑洞洞的炮口,对准了这个小小的池塘。我知道,他们在等什么。

荷花?不。年年岁岁花相似,他们已经对那些花失去了兴趣,他们等的是我们。我记得我说过,我们偶尔会调皮一下,会比赛,就是比看谁跳出去能吃到花瓣,他们等的就是这个。我们一跃出水,那些炮口就会齐刷刷地"咔咔咔咔咔咔……"

我告诉他们,别急。看谁能耗过谁,反正我们在水里,有的吃有的玩,让他们慢慢等去吧。

我不是一条鱼。

但我此刻有些恨那些鱼。连着七八天了,我的耐心快耗尽了,还没有一条鱼跳出来,别说拍了,看我都没看到。荷花深处,倒是听到有鱼们跳出水面弄出来的动静。

太热了。那些聒噪的蝉们拼了老命在叫,好多人已经收拾设备准备撤了,我也打算走。

电话响了,一个熟悉的号码。他问我,在哪儿?我说,在钓鱼。他说,发个位置,我马上去。我赶紧告诉他,没在钓鱼,在拍鱼,等着鱼吃荷花呢。他说,鱼会吃荷花?我不信。很快,他就来了。

我们席地坐在一棵树下,我给他说了鱼戏莲,是真的,我在等那个惊艳时刻。他看了看我的设备,又看了看别人的。他笑,哥,你这装备不行啊,入门级的。我说,就是玩玩。

过了几天,他又打电话,说给我捎了一份土特产。土特产?他老家离我老家不过三十里,他的土特产还能比我爹娘种的更土更特?我说,不用了,家里人少,吃不了多少。但他还是送来了,一个大纸箱,箱子上真的写着山珍特产。我压根不会相信。打开,果然是一个硕大的照相机镜头,佳能,六百变焦。

我立马封上,打电话让他拿走。他说,哥,就一个镜头,不值几个钱。我咨询过了，想拍那种鱼戏莲，必须得这种设备，你那个拍不到的。我说，你再不拿走，我就把箱子放你公司门卫了。

我是一条鱼。

那个老头太执着了。最近每个大清早都来，在众多的长枪短炮中支起他寒酸的相机，跟他们一样耐心地等着。

嗨，看在他这么大年纪的份儿上，我就跳一下，给他表演一下，能不能拍到就是他的事了。

我不是一条鱼。

功夫不负有心人，终于让我等到了。我盯着取景器，手一直放在快门上。看到一条青色的大鱼绕着一朵花盘旋，我就觉得可能有戏。

果然，那条鱼好像知道我做好了准备，它晃了晃尾巴，一跃而起，嘴巴大张，咬住一片花瓣，又一个甩尾，那片花瓣就被他衔在嘴里，然后和他一起沉入水面。

从出水到入水，不过短短的一两秒钟。我全部拍了下来。

等那些长枪短炮们听到动静，调整相机，去摁快门，那条鱼已经完成了它的全部动作。

我给他发信息，说我拍到了鱼戏莲，就用我的破设备。这么久了，那条鱼终究还是没忍住。忍不住，就会有被拍到的可能。

他没回我。

消失的木匠

◎ 韦如辉

韦如辉
中国作家协会会员,安徽省作家协会理事。作品在《小说选刊》等报刊发表,百余篇入选年度选本,五十多篇被改编为中、高考语文试卷或微电影,作品被翻译为德、英、日文等,出版个人作品集七部。

木匠瘸了一条腿,担着挑子,像水浪中的小船一样,慢慢向我们家的院子晃荡而来。

此时,我奶奶刚刚抓起一把鸡粮,撒到迷人的晚霞里。

看见木匠,我奶奶慌忙颠着小脚,小跑几步,上前托住木匠肩膀上的榆木扁担。说,累了吧,快快,坐下来,歇歇脚。说着,风一般闪进光线暗下去的锅屋里。

锅屋里明亮起来,一束光亮将黑暗逼到院子里。野草焚烧的气息既呛人,又好闻。

木匠并没有急于歇脚,走近我,在我头上摸了摸,再捏了捏我的脸蛋。见我撇嘴欲哭的样子,才转过身,跌坐到墙根下。

等我第二天醒来,吃饱的鸡已到院子外面散步。木匠赤裸着双臂，手执刨子，在一根槐树木头上前后翻飞。

我奶奶说，打一个床，给俺孙子睡。我奶奶的话儿，分明是对木匠说的，而她老人家却把目光转移过来，轻柔地飘到我跟前。

现在回忆起来，那时的我，说不清高兴还是不高兴。阳光从天上洒下来，身上暖洋洋的。

我没见过父亲，更没见过爷爷，我奶奶就是我的阳光。

我问过奶奶关于我爷爷和我父亲的事情，我奶奶叹了一口气，随之吐出一句没有力气的话儿，等你长大了就知道了。

日子过得像蜗牛爬一样慢，觉得自己总也长不大。从一个春节到另一个春节，我的个头，还是没有超过自己在槐树上做的那个记号。

床很快打好了，中间攀了麻绳，微微掉下肚兜儿。

站在床边，我奶奶一脸的霞光，她摆手又摆手，叫我赶紧过去。待我走近，一把拎起我，高高举起，丢到床的肚兜里。之后，在我先哭后笑的声音里，拍了拍双手，走到锅屋里，给木匠做饭去了。

木匠没有走，住到我们家的西屋里。西屋里老鼠多，往往叽叽吱吱地闹腾到半夜，直至我昏睡到梦里面。

木匠开始给左邻右舍打家具。

我奶奶说，小朱的手艺真的好，你看看，啧啧啧。有时，她老人家还会把我的小床搬出去，当作样品反复推介宣传。

才知道，木匠姓朱。在我眼里，他并不"猪"。高挑的个子，瘦削的面容，两个深陷在眼眶里的黑葡萄，透出丝丝的忧郁与神秘。

我奶奶递给我一个粗瓷大碗，碗里盛满热气腾腾的面疙瘩，努了努嘴，让我送给院子外面的木匠。

木匠正在忙，头脸上落满了细细碎碎的木屑。木屑有的被风吹走，在脚下不时滚动，有的沾在木匠的额头上，像故意撒下的金粉。

快靠近木匠时，我即将把碗放到地上。两只不知好歹的鸡突然飞过来，打翻了碗，还抓伤了我的手。

我奶奶从锅屋里跑出来，扬起扫把，轰走了鸡。之后，在我屁股上留下愤怒的印记。

小朱师傅丢下手里的活计，夺过扫把，用整个身子罩住我。

从那时开始，我发现小朱师傅的好，渐渐地，觉得超过了我奶奶。

小朱师傅忙的时候，我越靠越近。有一天，他用袖口抹了一把额头的汗水，把手里的刨子递给我，说，小家伙，来试一试。刨子沉沉的，差一点儿就从我酸疼的手里脱落。

我跟我奶奶说，我想学木工活。我奶奶正往灶膛送柴火，她突然住了手，柴火从灶膛里掉下来，在她面前燃烧着。我奶奶翻了脸，嘴里吼出一个字：滚！

那一夜，我翻来覆去睡不着。我奶奶的凶样吓到了我，或者说，我正在憎恨着我奶奶。她老人家为什么不让我学木工活？至今，依然是个谜。我奶奶如此款待木匠，为什么不让我跟他靠近呢？

起夜时，皎洁的月光照亮着大地，也照亮我们家的小院子。

我发现，木匠坐在门前的月光里，眼睛望着东北方向，双手捂着脸，轻轻啜泣着，声音很小，在寂静的深夜里，却有着穿墙越山的力量。

我吓坏了，不知如何是好，身体里的鼓胀，令我的疼痛更加强烈。

第二天早晨，我奶奶赶走了院子里的两只鸡，狠狠地挥动扫帚，将扬起的灰尘弄到清新的空气里。

从此，木匠再也没有在我们家的院子里出现过。

我奶奶整天阴沉着脸，好像整个世界都欠她许多钱财似的。

我奶奶临终前，将一张褪了色的火纸交给我。她老人家哆嗦着嘴唇告诉我，这是你木匠朱爷爷出走时留下来的。两颗浊泪，像珠子一样，从我奶奶的眼角出发，一路直下，落到枕头上，消失到一团汗水和泪水常年浸泡的棉花里。

火纸上的字迹歪歪扭扭，透出暗红，仔细辨认，顺成了两句话儿：见字如面，今后小朱照顾你！麻子。后经专家鉴定，那是一份血书。

麻子，是我爷爷的外号。他当过土匪，当时的名号，在方圆百里如雷贯耳。

从县志里获悉，我爷爷投奔东北抗联，在对日作战中不幸牺牲。

小朱师傅不姓朱，姓马，叫马小根。他乔装打扮，受我爷爷之托，不远万里，回到安徽。可是，他没能完成我爷爷的嘱托。

解放后，我父亲荣归故里，戎马一生的他，陪伴着我奶奶，直到终老。

而今，马小根的画像，悬挂在家乡烈士陵园的展室里。

马小根跟我爷爷同乡，当年一起去的东北。

王　苟

中国微型小说学会会员，河南省作家协会会员。作品散见《文艺报》《山西文学》《芒种》等，入选《微型小说选刊40年典藏本》、《中国当代微小说300篇》、《如有来生》（中英文版）等选本，出版有小说集《扶贫县长》。

小蒜煎饼

◎ 王　苟

那是周末的上午，你正在书房写小说，一缕阳光透过落地窗照进来，暖暖的很舒服。"嘭嘭嘭——"的敲门声，打乱了你的思绪。谁呀？你站起身，边想边出来开门，看到娘站在门口，一手提着鸡蛋一手提着淘洗干净的小蒜。双手接过娘拎的东西，你微笑着把娘迎进家门。

"小茜和涵涵呢？"娘笑眯眯地问。

"小茜带着涵涵去上早教了。"你说着，给娘沏了一杯茶。小茜是你的妻子，涵涵是你不满三岁的儿子。

娘系上围裙，挽起衣袖，走进厨房，"当当当——"切着小蒜，搅拌面糊，又往面糊中打几个鸡蛋，搅匀，准备摊小蒜煎饼。

小蒜煎饼是你的最爱，啥时喜欢吃这道美食，你已记不清了。

只记得小时候，娘的奶水不够吃，你饿得哇哇直哭，娘就给你摊小蒜煎饼。你吃着娘摊的小蒜煎饼，就不哭了，脸上挂着泪珠却洋溢着笑容。每次过生日，娘问你想吃啥，你总是说想吃小蒜煎饼。娘不论多忙，都要停下手中的活计，背着铁锨，提着竹篮，到田间地头挖小蒜。有了小蒜后，娘先用水淘净泥土杂质，再放到蒸馍箅子上控水，切碎。调面糊的时候，娘说过，要慢慢加水，边加水边搅和，调出的面糊不起疙瘩。面糊的稀稠度应适中，用勺子舀起来，倒下去，以缓慢的直线流下最合适，放一个小时左右醒面后，摊出来的小蒜煎饼才能完整有味。大学毕业后，你在省城参加工作，逢年过节回老家看望娘，还是嚷嚷着要吃小蒜煎饼。好在，老家离省城不远，坐公共汽车一个多小时路程。娘来省城时，常常备好小蒜鸡蛋，给你摊你爱吃的小蒜煎饼。

不大一会儿，小蒜煎饼的清香，就从厨房弥漫开来。

"娘，这么快就做好了。"你还像小时候似的，这样说着，快步来到娘的身旁，把小蒜煎饼切成片，蘸着辣子醋水，吃得有滋有味，两眼直勾勾地看着娘不疾不徐地摊小蒜煎饼。

娘摊小蒜煎饼时，用的是平底浅沿锅，直径有40厘米。娘先往平底锅上擦油，再舀一勺面糊倒进锅里，然后双手端起锅耳朵，上下左右摇匀，再放到灶台上。随着水分蒸发，大约一分钟，娘就摊好了一张小蒜煎饼。

娘在省城住了三天，就要回老家去。"娘，再住几天吧，涵涵离不了你呀。"你拉着娘的手，想留娘。

"不啦，我得赶紧回去。"娘笑呵呵地说，"家里的鸡呀，让邻居招呼喂食，也不是常法。"

"娘，"你突然想起了什么，转身从卧室拿出一把钥匙，放到娘的手上，"再来，就不用敲门了。"

"嗯。"娘把这把钥匙，与老家的钥匙串在一起，抬起头来，问道，"你知道，娘为啥总给你摊小蒜煎饼？"

"我从小就爱吃这个呀。"你不假思索地回答。

"这只是其中之一。"娘无限深情地说，"听老年人讲过，小蒜营养价值特别高。你是高血脂高血糖，多吃小蒜煎饼，对身体有好处。"

这一刻，你的眼睛潮潮的，强力抑制着，没让泪水流出来。"娘，中秋节放假，我就回去看您。"

"好，好。"娘笑得挺开心。

目送娘坐着公共汽车，渐行渐远，小茜瞅你一眼，问道："娘知道你爱吃小蒜煎饼，你知道娘爱吃啥吗？"

"知道呀，娘爱吃红薯油饼。爹活着的时候，娘每次过生日，爹都亲自下厨，给娘烙红薯油饼，娘可爱吃了。"说完这句话，你一下子沉默了，若有所思。

离中秋节越来越近，你和妻子小茜已经做好了回农村老家的准备，到万家乐超市给娘买件紫红色的大衣，一双运动鞋，还有一些生活用品。意想不到的是，在中秋节那天，小茜的单位要组织中秋诗会，涵涵的早教班要举行亲子游戏，你的杂志社约稿还没有完成。看看实在走不开，你就给娘打了个电话，说不回去了。

小茜单位组织的中秋诗会，涵涵早教班举行的亲子游戏，都是中秋节上午活动。吃过午饭，你没有心思品尝圆圆的月饼，开着车，与小茜、涵涵一起，向老家的方向驶去。

老家门前的广场上，你停好车，看到家门紧锁，心想娘可能在邻居家闲聊，就掏出钥匙打开房门。伙房门后有半篮红薯，你灵机一动，想学着爹的样子，烙红薯油饼，给娘个惊喜。你先把红薯洗净、蒸熟、去皮，搅成薯泥，放到面板上掺面，边掺边揉，直到形成面团，然后切成面块，撒上面粉擀成饼状。

小茜忙着生火，你忙着往平底锅中倒油，油热，就开始放饼。你拿着小铲子，不时地翻动着，正反两面起好多泡泡，吱吱冒着热气，香甜爽口的红薯油饼就烙制而成。看到自己像模像样烙成的红薯油饼，想到娘吃红薯油饼时那种开心的样子，一种自豪感涌上你的心头。

"娘，您在哪儿？"左等右等不见娘回来，你给娘打了个电话。

"娘正在给你摊小蒜煎饼呀。今天是中秋节，万家团圆的日子。你们忙，没有时间回老家，娘就到省城来了。"电话那头，娘格外兴奋，没有一点儿疲惫的样子。

你赶忙用保温饭盒，装起刚烙好的红薯油饼，驱车回省城。看到你们一家三口，娘笑逐颜开，端出香喷喷的小蒜煎饼。你也把自己烙制的红薯油饼端出来，与娘摊的小蒜煎饼放在一起。

你用小蒜煎饼卷着娘事先调制好的绿豆芽、土豆丝、豆腐皮，与小茜、涵涵吃得满口留香。而娘却坐在那儿，不动声色。

"娘，这是您喜欢吃的红薯油饼，我亲手做的，您尝尝吧。"你给娘夹块红薯油饼，放在娘面前的小碟里。

"我胃溃疡,已经有五年不能吃红薯油饼了。"娘向你摆摆手,喃喃地说。

看着白发苍苍的娘,你顿感无地自容,脸上热辣辣的,眼里闪着泪光。娘因患胃溃疡,五年不吃红薯油饼,作为儿子的你,竟然一点儿也不知情。

小巷连理枝

◎ 刘建超

刘建超
中国作家协会会员。发表文学作品800余篇。出版小说集11部。曾获冰心儿童图书奖、《小说选刊》年度大奖、中国微型小说年度奖等。

吃饭"易得居",嫁汉马梳理。

这是老街坊间女人们流传的一句俗语。

"易得居"是老街的百年老店,主营水席。"易得居"的饭菜量大价格实惠,很受老街人待见。尤其是住家过日子的女主,逢年过节,红白喜事,家中来客人,都喜欢到"易得居"摆上几桌。

马梳理是老街的裁缝,马梳理不说是个钻石王老五吧,在老街也是个出了名的富户。马梳理祖上就开裁缝铺,几代人经营下来,攒下了不少的家业。单说他家的裁缝铺就是个三阶院的宅子,前后也有二十几间房子。

马梳理也是三十好几了,还是单身。马梳理不着急,平平静静的。老街不少人家都托人说媒,想把家里的闺女嫁给马梳理。马梳理都客客气气地回绝了，马梳理的母亲也奈何不了。

待到马梳理和勒马听风巷的姑娘陆简荷结婚后，日子过成了老街女人眼中的风景。

马梳理住在旺子巷，巷子很深，巷子头到巷子尾有百十步长；巷子很静，长长的巷子只有巷子头的肖家锅贴铺和巷子尾的马家裁缝铺。马梳理忙乎累的时候，就沿着长长的巷子在青石板路上散散步。马梳理成了亲，再散步身边就有了陆简荷。

散步就散步吧，马梳理右胳膊挽着简荷的左胳膊，简荷的头轻歪歪地依靠在马梳理的肩上，悠闲自在地腻歪。逗得老街四邻的女主羡慕地说，这俩人就是老街的连理枝啊。

简荷怀孕害口，喜欢吃锅贴。

一天半夜，风声紧，细雨滴。简荷口馋，想吃锅贴。马梳理二话不说就披衣出门，把肖家锅贴铺子的门敲得咚咚响。

肖老板睡眼惺忪，满心的不愿意，嘟囔着说，你马梳理耐烦媳妇也不能三更半夜折腾我啊。

马梳理作揖赔理，说，辛苦肖老板了。今年你一家老小的新衣裳都包在我身上了。

老街的伏天，炽热干燥。天空看不见一丝云彩，巷子摸不着一缕轻风。

旺子巷口的大槐树下，几个女人摇着蒲扇，述说着家长里短，蝉趴在枝干上苦苦聒噪。

马梳理扛着一根长长的竹竿慢悠悠地走到大槐树下。

胖女人打趣，马梳理，你家有吊扇又有空调呢，大热天不待家搂着你宝贝媳妇歇晌，挑着杆子去要饭啊？

马梳理斯斯文文地笑笑，指着槐树说，撵蝉，撵蝉。我家简荷睡觉轻。

真是人比人气死人啊。瞧瞧马梳理，大男人家能出来为女人撵蝉。看看俺家那死鬼，吃饱了就躺床上，睡得跟死猪一样，才不管老婆的好歹呢。

女人们数落着自家的男人，声音越来越响。

马梳理举着杆子站起来，敲打树干。

胖女人说，马梳理，你这怕不是在撵蝉吧，你是嫌俺们说话声音大吵着你媳妇歇晌了啊。马梳理，你老是强势啊，俺们在这树下离你家好几十丈呢，能搅聒你媳妇歇晌？

马梳理依旧斯斯文文地笑笑，指着槐树说，撵蝉，撵蝉。我家简荷睡觉轻。

女人们也识趣，摇着蒲扇散了。

马梳理为女人扛杆撵蝉的事被抖晒得人人皆知，男人都笑话马梳理不爷们。

老街的冬天冷得嘎巴溜脆，天短夜长，老街人歇息得早。

有人说看到马梳理提着灯去河岸边转悠，说是逮蝈蝈。马梳理怀了娃的媳妇简荷，嫌巷子太幽静了，说巷子太静让人也压抑。要是有蝈蝈叫叫才好呢。

这不扯淡吗，大冬天的别说蝈蝈，蛤蟆都见不到影儿。

老街人说，马梳理神经了，宠媳妇也不带这么不着调的啊。

马梳理还真的找到"蝈蝈"了。

老街剧团里有个琴师，从小学口技，能学蝈蝈叫。剧团演出节目，有夏日的场景出现时，琴师就会学着几声蝈蝈叫，把气氛衬托得熨帖。

马梳理带着自家缝制的马甲，提着杜康老酒，找到了琴师，要拜师学艺，学蝈蝈叫。

琴师也痛快，俩人在屋里喝酒品茶，"蝈蝈"的叫声悠扬。

旺子巷青石板路被岁月的风雨打磨得油光瓦亮，简荷在马梳理的宠爱中病倒了。

简荷的病来得突然，人也走得突然，马梳理都没有个回神的机会。

老街的媒人开始陆续登马家的门，张罗着给马梳理续弦。

马梳理斯斯文文地笑着，给人沏茶倒水。每次都客气地把来人送出巷子口，来人觉得马梳理送人走路的姿势怪怪的。

有人看出了眉目，马梳理送人的姿势是挽着简荷散步的姿势。

这个马梳理啊，身边就再容不下别人了。

写牌匾

◎ 刘怀远

刘怀远

中国作家协会会员，作品散见于《山西文学》《山东文学》《四川文学》《小说月刊》等刊物，被《小说选刊》《作家文摘》《小小说选刊》《微型小说选刊》《小小说月刊》《微型小说月报》《故事会》等转载，多篇收入中学语文阅读试题和教辅，出版小说集《在唐诗中割麦》等三部。

乔小梁是民国时期的民间书法家，除了种好家里的十亩水田，剩下的时间就是读帖写字。

乔小梁的一手好字是爷爷教出来的，爷爷中过秀才，写一手上好的蝇头小楷。小梁的字写得端正，爷爷就敲他哥哥大梁的头："快临帖吧，弟弟的字比你好！"大梁头一歪躲过去，就是不写。大梁的字虽然写得不好，却聪明乖巧，长大后读完大学谋了一份公职。

早上写，中午写，晚上写，从田里回来顾不上洗去两脚的泥，就拿起毛笔。在街上和邻里说几句话的工夫，小梁的手指也会不自觉地划动。乔小梁心情好时，想教儿子练字，小梁老婆却不让，说，你除了写字什么都做不好，害我跟你清汤寡水地过了半生，还想再误下一代吗?

爷爷却以小梁为骄傲,走在街上逢人就说:"小梁临摹王右军已出神入化,他的字早晚会值钱。"

有人不屑地问:"能值多少?"

爷爷并不作答,捋下灰白的胡须说:"知道'交通银行'的几个招牌字吧?郑孝胥写的,一字一两黄金!"

众人惊呆,很多人劳作一生也没见过一两黄金呐!

"知道汉口最高的楼吧?猜猜上面'江汉关'三个字花了多少钱?是请湖北省教育厅长宗彝写的,给了500两纹银!"

"三个字就给这么多?"

从此,人们对乔小梁多了一份尊重,也多了一份期盼。什么时候他的字能卖出好价钱呢?哪怕一个字只卖一块钱,也总算得到了回报,也不会再被他老婆每天戳着脑门子唠叨。

终于,机会来了。

汉阳城里新开了一家大钱庄,钱庄贴出通告,说门前牌匾上"晋商钱庄"四个字要面向大众征集,谁都可以给写,只要字好,入选即付500银圆的润格,但只悬挂一年,下一年再重新征集。今天来看,老板就是在变相做长期广告。

通告一出,百里之内的文人墨客都积极响应,三天时间,钱庄已收到上万幅作品。乔小梁也精心写了几幅,送到钱庄。

红木牌匾挂出来,入选的是柏泉镇张老举人的字。据说还不是老举人主动写的,而是钱庄老板对所有应征作品都不满意,亲自带着银票慕名到张府求的。擅长颜体的张老举人稍作推辞,还是非常高兴地收下润格,挥毫之后,顺便把家里的10万银圆存进钱庄。

第二年,规模更加宏大的征字活动开始了。这一年的闲暇时间里,在老婆的监督下,乔小梁只练4个字。乔小梁信心满满地挑出这一年里写得最好的几幅送去了钱庄。不想还是落选了。

小梁老婆安慰道:"字是越练越好,说不定明年就能选上你的,就能把银圆拿回家了。"

不想第三年,乔小梁的字依然落选。

乔小梁比平时更少了言语,但还是坚持每天练字。老婆发现他并不是在练"晋商钱庄"这几个字,就扯高嗓子吵:"要么就不练,要练就写钱庄那几个字!"

正吵得火热,哥哥大梁来了,了解了原因,又看了案上的字,说:"论水平,你绝对能选上的。"

小梁说:"选不上就选不上吧。第一年选张老举人的字我是服气的。第二年选的是警察局王局长写的,就有些离谱。第三年更可笑,选了来汉阳城开万国洋货公司的一个洋人写的,写的那是字吗?怎么就入选了呢?"

大梁笑了:"是啊,有些需要题字的地方,并不都是写字好的人去写。"

小梁老婆说:"我还是希望小梁的字选上,能拿回500块银圆呢,我跟他这么多年,过的都是紧巴日子。"

大梁听了,笑眯眯地点点头。

终于,晋商钱庄的征字活动又开始了,可任凭老婆说干了口舌,乔小梁就是不参加了。老婆说："你若不参加，今后我就不让你写一个字。"

小梁说："宁可不写一字，也绝不去参加。"

夜晚，有人敲门。开门一看，竟然是钱庄老板。老板满脸堆笑地说："久闻先生大名，特来求赐墨宝。"

乔小梁淡淡一笑："我的字功底不够，之前已参加三次，贵庄都没选用啊。"

老板长叹一口气说："都怪请来的评审有眼无珠，造成遗珠之憾，实在可惜，今年您一定要赐字！"

一张银票放在桌上，随后老板展开桌上的宣纸。

乔小梁被老板的诚意打动，他静气凝神后，饱蘸墨汁，一挥而就。

乔小梁的字刻上了钱庄的新牌匾，老板专门设宴款待小梁。席间，老板说了很多恭维的话，说他的字精美绝伦，会给钱庄带来好运，会让钱庄八方来财，所以他认真考虑了，明年可能会破例，牌匾会继续请小梁来写，并且是双倍的润格。小梁借着酒劲有些飘飘然，感觉这些年对书法的痴迷和坚持终于得到了回报，也想起哥哥大梁之前说过的，什么"有些需要题字的地方，并不都是写字好的人去写"。现在看来，这是多么荒谬的一句话呀，看我小梁，不就是凭借书法功力，终于被钱庄选中和认可了吗？

酒宴散时，老板又悄悄塞给他一张银票。小梁以为老板喝醉了，忙推出去："您不是提前给过润格了吗？"

老板谦恭中透出狡黠一笑："我这小生意还请令兄大人多多

照应。"

乔小梁耳朵轰地一响,险些栽倒在地。哥哥乔大梁新任了汉口市财政局的科长,分管银行和钱庄。

第二天,小梁老婆兴冲冲地拿来纸笔让他教儿子练字,不想一向温顺如绵羊的小梁咆哮成一头狮子,把面前的纸撕成鹅毛飞雪:"字好有什么用?字好有什么用?"

从此,乔小梁再不写字,不写。哪怕夜深人静辗转难眠时,他也只是悄悄用手指在肚皮上画,一撇一捺……

陈淮贵

中国微型小说学会会员，浙江省作家协会会员，作品散见《人民日报》《微型小说选刊》《民间故事选刊》《小说月刊》《小小说月刊》《延河》《故事会》《经典美文》等。长篇科幻小说《奇异星球历险记》在《军事大王》连载。

信任

◎ 陈淮贵

"大喜事啊！大喜事！"

吉尔医生兴冲冲地快步走进病房。

病床上，顶级富豪乔治正紧咬牙关，浑身颤抖，忍受着疼痛的猛烈袭击，连病床都发出一阵阵吱吱的声响。

陪护的亲属们心如刀割，焦急地看着满面春风的吉尔医生："医生，打了吗啡都没用……"

"大喜事！"医生欢快地叫道，"刚刚得到消息，人体冷冻技术成功啦！这是世界级的科技成果！"

吉尔低头看了看在痛苦中挣扎的乔治，吩咐说："加大药量止痛，我要和乔治先生好好谈一谈。"

护士很快拿来约物注射，乔治渐渐平静下来。

"乔治先生,"吉尔关切地俯下身,"你的病情并不乐观,我们已尽了最大努力。"

"我知道,"乔治虚弱地说,"这是全世界的医学难题。"

"谢谢您的理解,但我们并未放弃。今天我就是来告诉你一个好消息,人体冷冻已经取得圆满成功!就在刚才,我院第一例冷冻志愿者在冷冻一年后成功唤醒,这是世界上第一例成功唤醒冷冻志愿者的实验。这意味着,我们现在治不好的病人,可以冷冻至未来治疗!"

"真是一个好消息啊!"乔治眼中放出异样的光彩,他费力地昂起头,"可是,这技术不是会损坏细胞吗?……"

"以前的冷冻技术确实是这样,实际上人被冷冻时就已死亡,灵魂早已离体。就算复活,因脑细胞受损也成了废人。"吉尔解释道,"我院的冷冻不会形成冰晶,只是让人休眠,人并未死去,换一种说法,就是人的灵魂还在。而在唤醒时,我们还能对万一被破坏的细胞进行纳米修复。——我相信,几百年以后的唤醒,比现在更加安全。"

"我有救了,我有救了……"乔治不停地喃喃说道。

"是的,乔治先生。作为富可敌国的富豪,如果就这样因病离去,那实在令人惋惜。如今有了第二次生命,真是太幸运了。"吉尔热切地说。

"什么时候可以冷冻呢?"除了冷冻这条路,乔治已经没有别的路可以走。

"如果您愿意,——当然,我觉得您应该愿意。——我们马上就可以着手准备，您的病情留给我们的时间已经不多了。当然，在这之前，我们需签订一份协议……"

"协议？"

"是呀，签订协议，明确双方的权利义务。"

"嗯，"乔治微微点头，"自然应该订协议的，我刚才太激动，疏忽了。"

"哈哈……"病房里响起一阵轻松的笑声。

"我理解，毕竟这样的好事会让人头晕目眩的。"吉尔打趣道。

"不过，我想……"呆了一会，乔治眼睛忽然失了光彩，他冷冷道，"我不冷冻了。"

"什么？！不冷冻？！"吉尔失声惊叫。

亲属们呆住了。时间凝固了一般。

"我不冷冻。"乔治重复说。

"可是可是……"吉尔结结巴巴起来，"这是您唯一的出路，您有什么理由拒绝，您的资产我想就算冷冻10000年也绰绰有余！"

"当然不是钱的问题。"乔治淡淡地说。

"那么，是什么问题？技术已经成熟了，您赶得上冷冻实验成功，这是多么幸运……"吉尔急急道。

"我相信技术没问题。"

"那您还担心什么？虽然您冷冻了，但是我们会一样维护您的权益！"

"那么，几百年后，你们都还在吗？"

"这……"大家一齐沉默下来。是的，几百年后，大家都不在了，还谈什么维护呢?

"虽然我们不在,但是有协议在呀!所以我们现在要签订协议,好维护您的利益……"

"你们见过几百年以前的协议现在还履行的吗?"

"这……"这确实没有,就算是国家条约,也因国家强弱的变化而变化了,撕协议就像撕废纸一样简单。

"可是这个协议跟普通的协议不一样吧,这样的协议全人类都会关注的。"吉尔不甘心地说,"我想,法律也会对这样的协议作出规定……"

"你们见过一百年或者哪怕几十年不改的法律吗?"乔治嗤之以鼻,"好吧!就算这样的协议会履行,可是谁来履行?几百年后,你们的医院在不在都不知道。再说,谁来监督履行、保障履行?还有,如果不唤醒我对其他人更有利,谁会那么积极地要我醒来?或者说,谁会一定让我顺利醒来而不发生点意外?"

"这……确实难以保证,但您可以在协议中加入附加条款,医院会承诺保障您的一切合法权益……"吉尔出了身冷汗,"冷冻可是您唯一的希望!"

"不,这不是希望,这是陷阱,是无望。"乔治摇摇头,"协议的履行是建立在双方都有相应威慑力的基础上的,我从来没见过一方威慑力缺失,另一方还会照常履行的,更何况是威慑力完全消失!到时,我只是一只没有思想任人操纵没有人格的肉鸡,谁会对一只死亡态的肉鸡履行协议?附加任何条款都是没用的,随便找个'协议履行的条件已发生了重大变化'之类的理由就可以轻易否决,这对于一些聪明人来说,实在是太简单不过的事情。"

"可如果您不冷冻……"吉尔说不下去了。

"我宁愿放弃生命,也不愿意到时任人宰割、生不如死。"乔治坚决地说,"你所说的唤醒,只是一个理想,一个虚无缥缈的理想。是的,我相信技术上没有任何问题,可是,据我数十年的生活工作经验,我无法相信任何要靠对方自觉才能履行的协议,无法相信任何没有制约的承诺。从法律角度来说,一个没有原告的官司,是没法打的。请让我安静地离去,好保留最后的人格尊严。"

"唉……"吉尔无可奈何地叹了一口气,"技术问题好解决,可是,人与人的信任问题,真是无解……"

许不完的愿望

◎ 吕啸天

> 吕啸天
>
> 广东省丰顺县人。系中国作家协会会员,中国微型小说学会理事,佛山市作家协会副主席,佛山市小小说学会会长,佛山市南海区作家协会主席。至今已发表600余万字文学作品。出版作品集25部,有作品被改编成电视剧本。

丰城西山百愿寺,一年四季人来人往香火特别鼎盛。这座百年古刹大雄宝殿前长着两棵许愿树。说是许愿的人把愿望写在红布上装进竹筒里再挂到树枝上,愿望就能得到实现。民间流传,若是能找到住持诉说愿望,得到指点之后再许愿就更灵验了。

这一天,丰城南大街梅丰商号大掌柜梅顺发上山求见住持缘愿大师。年过四旬的梅顺发满脸愁容对缘愿大师道:"梅某生在寒之家,自小没过过一天好日子。长大之后,梅某跟人学厨艺,后开酒楼,打拼了十几年,梅某创办了梅丰商号,经营日用百货山珍海味名贵药材,请来了近百名伙计帮忙打理生意。日进斗金一点也不稀奇。几年间梅某就成了全城赫赫有名的富商。梅某曾经以为自己是世上得到福报最多,最快乐幸福的。"

梅顺发叹了一口气接着说："发迹之后，梅某再娶了三房妾室。家中妻妾成群，但是生下的全是女儿。不孝有三，无后为大。没有儿子，梅氏一脉如何继承香火？梅某现年过四旬，年纪愈大，得子的愿望愈加强烈。在市场卖菜为生的康家，一口气生了三个儿子，日子过得真是令人羡慕。很多时候，梅某想，若今生没有儿子，纵有家财万贯，又有何用？若能得到儿子，舍去万贯家财也在所不惜。"

"月圆月缺，潮涨潮退，花开花谢，此乃自然之道。"缘愿大师道，"上天眷顾天下苍生，众生平等，得失相连。梅施主不必执着，去许愿吧。"

梅顺发走了，缘愿大师的弟子圆真好奇地问："师傅，他的愿望能实现吗？"

缘愿大师笑而不答。

梅顺发许完愿下山的时候，在市场卖菜维持一家生计的康万全也上山求见住持缘愿大师。年近五旬的康万全也满脸愁容对缘愿大师道："大师，康家世世代代都是穷苦人。老汉我的家里常常是吃了上顿没下顿。三个儿子十五六岁年纪，饭量一个大过一个，老汉卖菜的收入不够塞牙缝。老汉真担心这把老骨头也被他们啃了。"

康万全长叹了一声又说："唉，有一次我送菜到城里梅顺发的府上，我就像走进了皇宫里，人家家里要啥有啥。我就感叹这上天不公啊，为啥人家拥有这么多的财富，而我却穷得家徒四壁？我上山求佛祖保佑让我康家也能过上有钱人的日子。"

"财富如水，人生无常。"缘愿大师宣一声佛号对康万全道，"康施主不必为贫富执着,去许个愿吧。"

时光如流水,二十多年转眼就过去了。每天前来百愿寺许愿的人还是络绎不绝。这一天,一位年过六旬的老人来到许愿树下把一个许愿筒挂到树上,老人双手合十道:"佛祖保佑我家金儿浪子回头,重振梅家商号。"老人正是二十年前到寺里许愿的梅顺发。梅顺发到寺里许了愿的第二年如愿以偿生了一个儿子,取名梅宝金。晚年得子,梅家把万千的宠爱系在他一人身上。从小娇纵,长大之后的梅宝金沾上了吃喝玩乐的恶习,常常把商号里的银两偷偷卷走,再出没于青楼和赌场之中。七八年间梅家的万贯家财被挥霍一空,商号也被人买走。

而买走梅家商号的就是当日前来许愿的康万全的三个儿子。康家的三个儿子长大成人之后,进城先打散工,后来到梅家商号做伙计。穷人的孩子自立能力强。他们在商号里起早摸黑干了几年学会了做生意的本领。他们支了工钱辞了工,三人合本在城里做起了买卖。积攒了本钱后又把城南的一家濒临倒闭的酒楼盘了过来,做客家菜,生意很旺。几年间在城里又开了五家分店,康氏三兄弟成了丰城声名鹊起的年轻富商。当梅家被不肖子败光家财要靠出卖商号维持生计的时候,康氏三兄弟又筹措银两把梅丰商号买了过来。康家成了丰城首屈一指的福豪。

缘愿大师的弟子圆真得知了这一切变化,就像听了一个传奇故事一样,感叹说:"康万全老人心愿得了,晚年一定过得很幸福。"

没想到三天之后,一位白发苍苍的老人手持拐杖在家人的搀扶下上山许愿。老人正是二十年前上山许过愿的康万全。老人站在许愿树下一脸忧戚道:"佛祖保佑康家三儿早生贵子以续香火。"原来康家三个儿子发迹后,各自也娶了几房妻妾,但是生的都是女儿。康万全老人为此愁得吃睡不宁。

"梅家得到儿子,却失去了财富。康家得到了财富,却又为生子而发愁?"

圆真万分不解,问师傅:"十全十美的事,怎么就这么难?"

"月有阴晴圆缺,人有悲欢离合。天道人道皆如此。"缘愿大师道,"追求圆满,只会陷入无边苦海。无须执着,自在常随。"

玄关

◎ 欧阳华丽

欧阳华丽

中国作家协会会员,作品散见于《湖南文学》《金山》《芒种》等报刊,多篇作品被《小说选刊》《长篇小说选刊》转载,著有长篇小说《风雨人生路》。

下班后我特意拐到香雪路,为妻子买她爱吃的茯苓糕,刚巧糕点店附近一家茶叶店在做促销活动,很是实惠,我便又买了两盒茶叶。正打算回家,突然想起自己的老同学肖勇,就住在前面路口的丽景苑。想当年自己和他是大学四载上下铺的兄弟,他搬家后自己只为他暖居时来过一次,一晃两年过去了,两人各忙各的互相也没有过来往。我一边想一边拿出手机,想问下他在不在家。谁知翻出电话,我已经到了路口,看着肖勇开着车轻快地驶进小区,我的调皮劲儿上来了,对,不打电话,上楼给他一个惊喜。

坐电梯来到肖勇家,摁过门铃,门很快开了,出现在面前的是一张久违而又熟悉的脸。见到我,肖勇又惊又喜:"你小子今天怎么不声不响来了?"

"怎么，不欢迎啊？"我开玩笑。

"怎么会，快请进。"肖勇把我让进了屋。

我顺手把手上的东西放在了玄关处，换上拖鞋，进了客厅。

"来，别客气，喝茶，吃水果。"肖勇的妻子很热情，把吃的喝的摆了一桌子。

落座后喝着茶寒暄了一阵，肖勇忽然让妻子和孩子进了里屋，问我："林峰，我看你是无事不登三宝殿，要有什么事尽管实话实说，只要做得到，我一定帮忙！"

"你想哪儿去了，没事就不兴我来看看你？说来，自从你买房搬家后，我们只见过一次吧？"

"对，大家都忙。"

"听说你升科长了？恭喜恭喜呀！"我诚心道贺。

肖勇摇摇手："小单位，手上也没实权，不值一提。"他随即又认真地问我，"听说你和陈小东合伙搞了个公司？"

我点头："是的，小公司，混口饭吃。"

他感同身受地附和我："是呀，现在哪一行都不好做。你还记得我们班的'孙大炮'吗？"

我笑："当然，号称天上飞的地上跑的无所不知的那一位。"

"他现在做工程承包，上次来找我，好说歹说想让我给帮个忙，把我们单位家属楼的改建承包下来。你想，我就一个小科长，位卑言微，能帮上什么忙？所以说实在的，自己能力有限，在同学面前我很惭愧呀。"

我忙说："同学之间，情谊为重。能帮则帮，不能帮同学也不会见怪。别放在心上。"

两人东拉西扯了一阵,我说起自己的房子老旧,由衷羡慕肖勇的新房气派,地段也好。肖勇说:"哎,你不知道,一套新房把我的家底都给掏空了,现在每个月还得挤出钱还房贷,表面看着光鲜,日子过得紧巴巴……"

不知道是不是自己有些多心,我暗自觉得肖勇在担心我开口跟他借钱,赶快为他找了个台阶让他安心:"我那两居室虽小,但我住得挺安心,离上班的地方也近,现在也没有买新房的打算,倒没有还贷这些压力。"

接着继续聊天,我无意中说到了孩子慢慢长大,马上小升初,不料这又引起了肖勇的误解:"林峰,按说这孩子小升初是比较关键,关系到孩子以后上高中考大学,我家老爷子怎么也得帮忙,可实话告诉你,他眼下虽然还在教育局,但今年已经退居二线,手中没有了实权——现如今势利眼多,这种情况他是有心无力,没人还会买他的账!"

我一听忙作解释:"肖勇,孩子的事你用不着费心,我的房子虽然小,但是学区房,上学没问题。"

两年没见,本来想跟肖勇多聊一会,可眼看话不投机,我有些尴尬地坐了一会便起身告辞。没想到临别时他又瞪圆眼睛问我:"林峰,说实话,你今天找我真没什么事呀?"

我点点头:"就过来看看你,真没什么事。"

"那要真没什么事,你就把东西带走,俗话说无功不受禄。"

我有些奇怪地反问:"什么东西呀?"

肖勇向玄关处努努嘴："茶叶呀。老同学，我家各种茶都有，你自己拿回去喝吧。"

我哭笑不得，本想好好解释一番，可话到嘴边反倒不由自主地说："不值几个钱，但礼轻情义重，你就收下吧。"

"嗨，你这人真是见外，下不为例呀！"肖勇笑眯眯地送我出门。

那天懵懵懂懂出了丽景苑回到家后，妻子伸手向我要茯苓糕，我才想起给妻子买的糕点，被我顺手塞在了茶叶袋子里。

雁奴

◎ 蒋玉良

蒋玉良

笔名一湾

浅蓝,四川省作家协会会员,中国微型小说学会会员,中国寓言文学研究会会员,有微型小说集《戟之殇》出版。

大漠,孤烟,黄沙,落日。正是初秋的黄昏。

余晖里,将军兀立城头,目之所及,除了漫漫黄沙,似乎什么也没有。

但将军知道,黄沙之外的大漠深处,正有一支虎狼之师,随时准备冲杀过来。

双方暗中对峙已经一月有余。

其实双方相距甚远,但将军身经百战,洞若观火。敌军一出,将军就已知晓,并且知道领兵的正是屡犯边关的悍将乌思摩。

落日缓缓地向天际线靠近,黄昏愈来愈浓,大漠里像是被泼了血。

三年前将军被派驻这里,经历数十余战后,无数的战士将鲜血流在了这里，浸染着这里的每一粒沙子。

这黄昏的颜色，是战士们流出的鲜血吗？将军想，纵然粉身碎骨，也绝不能让敌人践踏我每一寸土地。

清脆的雁鸣传来。将军想，雁群归巢了。不远处有一个湖，每当黄昏，雁群归来，栖息湖中。此时，也是猎雁的最好时机。

离天黑还有一段时间，此时敌人也决计不敢来犯，是将军难得的可以放松的时刻。

去猎大雁吧，再有一段时间，这些家伙该飞走了。

将军带上弓箭，向着湖的方向走去。他正要靠近湖时，只见湖边的苇丛里伏着一个人，一手握弓，一手搭箭，紧紧地盯着湖心。

群雁正悠闲地漂浮于湖中水面，开始入睡。湖边一棵粗壮的苇秆上，却停着一只大雁，警惕地环视着周围。

将军很快认出那人是附近的猎户小武，跟将军极为熟络，数次帮助过将军。小武是一位出色的猎手。将军早就听说他善于猎雁，但亲见他捕猎，却还是第一次。

将军怕惊了大雁，便隐藏于苇丛看小武狩猎。

小武并不急着射出手中的箭，只静静地伏着，仿佛在等待最佳的机会。

突然，小武起身，旋即蹲下，身影在苇丛中一晃而没。

虽是极短的一个晃动，但那只停立在苇上的大雁已经被惊扰到了，伸长脖子发出尖利的警报。

湖中的大雁纷纷停止沉睡，咕咕低叫，转动脖子四处搜寻。小武只伏身于苇丛中一动不动。大雁们并未发现异常，于是又安静下来。

过了一小会，小武再次起身，蹲下。湖边的大雁再次报警，湖中的雁群再次骚动。确认未发现险情后又恢复平静。

小武如此反复五六次。奇迹出现了，湖中的大雁在发现又一次"上当"之后，竟然一起扑向岸边报警的那只大雁，将钢锥似的嘴狠狠地啄在了那只大雁的身上。

顿时，那只大雁羽毛飞散，发出阵阵哀鸣。之后，任它如何报警，湖中群雁再不理睬。

小武瞅准时机，一箭射出，箭声未停，一只大雁已然中箭，再射一箭，又一只大雁中箭。湖水在夕阳的映照下，像一滩殷红的血水，两只大雁的尸身漂浮于上面，说不出的阴森诡异。

大雁们这才反应过来，纷纷飞起，急速逃离险境。湖中一时乱羽飞扬，湖波荡漾，黄昏的宁静霎时被打破。

将军不由得大叫一声："好！"

小武连忙招呼："将军吗？知道您早来了，没来得及跟您打招呼，请恕罪呀！"

将军大感诧异："你知道我早来了？"

小武腼腆地说："这也许是我们猎人的直觉吧？你过来时，我就知道有人靠近这边，也知道是您。"

将军说："一直听说你善于猎雁，今天亲眼所见，竟然如此高超，佩服。"

小武说："哪比得上将军呀！您知己知彼，运筹帷幄，拒敌于边城之外，才是最高明的猎手！不过，我们打猎也需要知己知彼，运筹帷幄。"

将军饶有兴致地问:"那……猎雁可有什么讲究?"

小武说:"大雁最是难打,因为它们警觉性最高。只有使其失去警觉性,才能得到最佳的时机。"

将军问:"如何做到呢?"

小武说:"一个雁群不管有多少只雁,总有一只专门放哨的。这只雁对雁群忠心耿耿,任劳任怨,即使自己置于巨大的危险,也极力维护雁群的安全。它叫做雁奴,只要有危险靠近,总是及时发出警报。"

将军叹道:"有这样忠心的雁奴守护,确实不易找到机会。难怪以前我猎雁时难有收获。"

小武却话锋一转:"虽然有雁奴,但雁群却有一个致命的弱点。如果雁奴发出数次警报而没有险情,雁群便认为雁奴欺骗它们,不仅会报复雁奴,而且再也不会相信雁奴的任何警报了,这就是我数次弄出动静而迟迟不动手的原因。我在等待雁群失去对雁奴的信任。"

将军听罢,默然无语,只长叹一声,不知是为雁奴,还是为了别的。

天色快完全暗下来了,地面一切已依稀难辨。将军别了小武,自回城中。

灯下,将军执笔疾书:"臣第五次启奏,敌陈兵边关已久,必有所图。其言与我朝和平共处之语,定然不实。恳请朝廷明察,收回撤防之命。"

一月之后，乌思摩领军突袭，将军率队迎敌，双方于城下展开了厮杀。激战之际，左右伏兵齐出，乌思摩猝不及防，敌兵死伤无数。

乌思摩死命杀出重围，夺路而逃，却被将军一箭射落马下。

深秋，肃气阵阵，寒风萧萧。将军带着数骑走在南归的路上。

天空一群大雁急飞，将军抬头，却见排在最后的一只大雁，与雁群保持着一定的距离。也许是看到将军一行人吧，它一边飞一边发出凄厉的雁鸣。

将军轻呼："雁奴！"他摸摸马背上的羊皮袋，里面是一封请罪的奏折。

1970年的酒

◎ 郑玉超

郑玉超

中国微型小说学会会员,江苏省作家协会会员。作品见《安徽文学》《四川文学》《时代文学》《台港文学选刊》《天池小小说》等,多篇作品入选全国各地中高考语文试题。

那些年,鹅河两岸的人们提起酒,就会想起老坛。老坛是个酒贩子,姓陈名彪,肚大腰圆腿很短,就像他挑着的酒坛。

那个年代,人们买东西得去供销社,私人之间做买卖,逮着就是投机倒把。老坛脑子活泛,六十年代末就偷偷做起了鹅城大曲酒生意。

他挑着担子,一头一只酒坛,包着黑毡布,沿着鹅河两岸一面走一面吆喝:"好东西来咧,香香的,好香嘞!"

你听,他绝不提酒。

隔着好远就能听到他浑厚的声音。男人的酒虫一下子被勾了出来,坐立不安。女人蹙着眉头,不去骂自家男人,偏去怪老坛:"这鬼老坛,又来害人了!"

老坛刚放下担子，男人就一把掀开黑毡布，鼻子嗅了嗅说："这次不赖。"老坛佯怒："我的东西哪次赖过？"

很快，更多男人围上来，有的使劲嗅鼻子，有的咂吧着嘴，仿佛不花钱就能把酒搞到嘴里。

买酒的男人口袋里寻不出几个子儿，伸手向女人要。女人并不理，男人被逼急了，这才从腰间扯出小布袋，很不情愿地从里面摸出几张票子，唾唾两声，沾着唾沫，数了几遍，这才狠狠将钱递了去："药钱拿去吧。"

老坛接也不是，不接也不是。另一男人望着那女人，笑道："没这药，你夜里才难受呢！"

女人听了，嗔怒着要撕那男人嘴。那人慌忙跑开，众人哄堂大笑。老坛早忘了尴尬，也忍不住笑了。

男人如果实在掏不出钱，老坛就会赊着，等以后有了再给不迟。如果对方想不起还钱，老坛倒也不催。真忘了，老坛自然也会把这事忘掉，忘了一两次酒钱，没什么大不了的。

女人不欢迎归不欢迎，隔上三五天，老坛照样挑着酒，从村头一路吆喝着走来。他可不是奔女人来的，他是奔着女人爱喝酒的男人来的。这样的男人不少。鹅河两岸，不喝酒的男人寻不着几个。

男人们常说，喝的不是酒，是血性。女人就去驳，却总是驳不过男人，喝过酒的男人更无可辩驳了，倒不是男人的拳头硬——男人让女人相信有的是身体力行的办法。

老坛几乎识遍鹅河两岸的男人女人，熟悉每人的秉性，谁家男人戴了绿帽子，谁家孩子犯法进了局子，谁家男人喜欢酒后吹牛说大话，甚至连娘们儿的悄悄话老坛都知道些，只是，这些家长里短的闲事老坛从不会乱讲。

谁家男人女人要是吵架红脸，老坛见了，自会上前劝架。一次，老坛遇到男的脾气刚烈，宁折不弯，他打开坛子，舀上半舀酒，笑眯眯端上去，让男人喝了败败火。

女人见了，忙伸手抢了去，问："喝酒不会长血性吗？"

那男人扑哧一笑，顿时消了气。

老坛笑道："我这酒，滋阴壮阳作用大，夫妻夜夜恩爱说情话。"

女人一听，脸刷的红了。那男人趁女人不备，倏地夺过酒舀，仰起脖一饮而尽，然后伸手让女人掏钱，老坛摆摆手，哈哈笑着，挑起担径自走了。

1970年的冬天来得有点早。老坛贩卖酒的事，公社领导还是知道了，将大队主任骂个狗血喷头。大队主任也是好酒者，每次老坛来，他不好出面，就托别人去买。他辩称不知此事，说回去一定好好查。领导说，你不用查了，人已抓了现行。

领导好不容易抓到一个典型，一门心思要割这个资本主义尾巴。老坛被押到村里游街那天，显得更加矮小，肚子瘪瘪的，像是几天没进一粒饭了。游完街，领导说还要判刑。可是，酒收缴了，算是物证，但买酒者跑个一干二净，大队主任说，现在没了人证，不好无缘无故判人。

领导说，人证很简单。只见他打开扩音器，用手拍了拍，通知鹅河两岸所有大队领导来开会，他让现场指证老坛卖酒。

可领导失望了，无人指证。他心有不甘，坐上吉普车，亲自跑到村里，发动女人指证。他又失望了，没女人证明。他又找孩子证明。有人咕哝，孩子的话哪里能信？边说边把自家孩子拉走了。

领导很有耐心，就等。老坛还在关着，领导相信总有一天会有人证的。

老坛女人知道没人出来指证老坛，感动得泪流满面。一个清晨，她背着快一岁的儿子，到鹅河两岸一家家感谢。

女人们眼圈红了一遍又一遍，都说老坛是好人。她们接过老坛的儿子，逗着引着，恨不得把家里孩子的玩意儿一股脑儿翻来，送给他。

刚哄好老坛女人，没想到，树上的喇叭又响了。领导再一次慷慨激昂，鼓励大家去作证。老坛女人听了，眼泪又流了下来。孩子见母亲哭，也哭。女人们七嘴八舌去劝，劝着劝着，眼泪也不争气地涌出眼眶。

男人噌地站起，嘴里骂道："去砸了树上那鸟，看它还能瞎咧咧！"

老坛女人见了，忙止了哭，慌忙去劝阻。男人放下锄头，嘴里念叨着："谁要管不住自己的嘴，到公社瞎胡咧，看我不撕烂了他。"

整个漫长的冬天结束了。

春天终于来了，鹅河里沉睡一冬的水醒了，泛着涟漪，垂柳竞相吐出新芽，毛茸茸的，一片鹅黄，像是刚出壳的小鸡仔。没有人证，领导实在没辙，只好放老坛回家了。从那以后，老坛再没在鹅城出现过。直到1980年的一个夏日，人们忽然听到了熟悉而久违的声音:"好东西来咧,香香的,好香嘞!"只是这一回,又多了几个字:"鹅城大曲,好酒嘞!"

鹅河两岸喧嚣嬉闹的男人们一下子静了下来,很快,像是大梦方醒,高声叫起来,那声音响彻云霄,仿佛要掀开老坛的酒坛,任那阵阵酒香四处弥漫。

意外事故

◎ 邢庆杰

邢庆杰
中国作家协会第九届、十届全国作代会代表,山东省作家协会全委会委员,德州市作家协会主席。已在《人民文学》《中国作家》《北京文学》等发表作品400余万字,出版小说集24部。曾获"山东省泰山文艺奖"等多个文学奖项。

这是一个美好的星期天,我多年不见的文友斯人在这个城市的高铁站倒车,有两个小时的空闲。我驱车赶到那里,在站内的一家小饭馆内,和斯人喝着啤酒,相谈甚欢。

送走斯人后,我本来想找个代驾的,但高铁站附近没有代驾,最快的也要半个小时才能赶到。我不想等,又有一种侥幸心理:只喝了两瓶啤酒,开车应该没问题,况且已是下午三点多了,这个时间段没有查酒驾的。

从高铁站到我住的别墅区,有十多公里。我一路紧握方向盘,不敢有丝毫松懈。当我看到路旁"胡家庄"的牌子时,紧张的心终于放松下来,过了这个村庄就是别墅区了。心下一放松,就有了一点儿困倦,不知不觉竟闭上了眼睛……突然,我听到"呼"的一声巨响，睁开眼，就见前挡风玻璃上一片血迹。我踩下刹车，从后视镜往后观察，发现车后几十米的路边上，有一个身穿白色衣服的人蜷缩在草丛中，一动也不动。

坏了！撞死人了！我悔恨万分……经过一阵激烈的思索，决定先逃离现场，然后找人顶包。

我将车开到院子里，关上大门，一个主意已经在大脑中形成：让老崔来替我顶包。

老崔是我老家的一个朋友。前些年，他由于染上了赌瘾，不但把房子、车子都输了进去，还债台高筑。那段时间，法院的执行人员经常找他，社会上一些要账的天天在他租住的家里闹，妻子也和他离了婚……他在老家实在混不下去了，就逃了出来。他既无一技傍身，又吃不得苦干不了力气活，身上的钱全花光后，连饭也吃不上了，就打听着投奔到我这里。面对乞丐一样出现在面前的旧日老友，我尽自己所能，先安排他在我的一所闲房子里住下，后来又让他在我公司帮忙，干些跑腿打杂的活计。把他安顿好后，我专程去了一趟老家，给他妻子做了大量工作，让他们复了婚，来这里照顾他的生活。我每月支付他的工资，除去夫妻俩的生活费之外，还有部分节余，他们就用这些钱慢慢还了一些账。老崔对我非常感激，经常对我说，我是他的大恩人，他一定要报答我，为我赴汤蹈火。

恰好，今天老崔休班，正在我家帮我收拾院内的花草。

我把老崔叫到屋里，把事情简要地给他说了一遍，然后把车钥匙递给他，让他赶紧去交警队投案自首。

老崔面对我递到他面前的钥匙,下意识地退后了一步,面露惊疑之色。

我意识到自己没把话给他说明白,就凑近他说,老崔,你又没喝酒,你顶下来,就是一个正常的交通事故,这点忙你都不肯帮吗?

老崔说,不是我不肯帮忙,我是怕……怕坐牢。

我耐心地给他解释,刚才我并没有超速,车辆属于正常行驶,没有任何违章,唯一的短处就是我喝了点酒,你顶上去,就不会有刑事责任了,也不用你赔一分钱,咱入的有保险。

可万一……万一要是让我坐牢呢?

看着他犹豫不决的样子,我心里非常着急,如果不能赶在别人报警前自首,就成了肇事逃逸,那事情就更麻烦了。

我着急地说,老崔,这个忙你一定要帮,如果你坐了牢,不管你坐多长时间,工资我给你开双倍。

说着话,我再次把车钥匙递向老崔,老崔的手动了动,又垂了下去。

这时,大门口传来一阵吵嚷声,我隔着落地窗的玻璃一看,门口来了十几个男女,抬着一个门板,门板上还盖着一件破旧的床单。糟了,肯定是有人看到了事故的经过,人家抬着尸体找上门来了。好在,警察还没到,现在打电话自首还来得及。

我焦急地说,老崔,咱们不要再粘乎了,你有什么条件,尽管说吧!

老崔转头看了看门口的那些人,抬眼看了我一下,又慌忙低下头说，这么大个事……我给你顶下来，你……能不能……帮我把账还上？

我不由得一阵恼火，后悔当初帮了这个忘恩负义的白眼狼，但当下实在没有别的办法，只能是委曲求全了。我强压住怒火问，你还欠多少钱？

老崔想了想，慢吞吞地说，十几万吧。

我心里这个恨呀，娘的，这个没良心的老崔，竟然乘机敲诈我。

我想了想说，好吧，如果你真坐了牢，无论坐多长时间，我都给你开双倍工资，再替你还上这十几万的账。

说着，我再一次把车钥匙递了过去。

他仍然没有接，不好意思地挠了挠头皮说，你给我写个东西吧。

我真的是对他刮目相看了，以前光想着照顾他可怜他了，真没看出来，他心机竟然这么深。

我赶紧按他的要求写了个字据，签上自己的大名，递给了他。

他把字据仔细看了一遍，折起来，小心地装到内衣口袋里，才把车钥匙接了过去。

这时，门口的那帮人竟然砸开大门，抬着那个门板闯了进来！

为首的竟是我的一个熟人，胡家庄的村主任老胡，他一见我就拱了拱手说，兄弟，不好意思，我实在是压不住了，他们非要砸开门！

我迎上去说，你别让他们闹事，我马上报警……

老胡打断我说，报啥警呀？这么点事就别麻烦人民警察了，咱们私了吧。

你撞死了我的娜娜！至少也得赔一万块钱！一个中年男人连哭带喊地朝我冲了过来。

一万块钱？我懵了，这也太便宜了吧。

老胡拍了拍我的肩膀说，老弟别担心，有我在，不会让你破费这么多的。

他掀起了盖在门板上的那条旧床单，底下是一只血迹斑斑的白狗。

苏三皮

广东省作家协会会员，作品散见于《百花园》《安徽文学》《广西文学》《作品》《芒种》等，有作品被《小小说选刊》《微型小说选刊》《微型小说月报》转载。

月光

◎ 苏三皮

三窝村的人发觉月光不见了。

最新发觉月光不见的人是渔夫。渔夫每天早出晚归，天还没有亮，他就乘着月光摇着小船出海，天一落黑，他就会蹚着月光回家。回家之前，他会把月光牢牢地缠在小船上。

某天早上，渔夫像往常一样，天还没有亮就出门了。渔夫发现到码头的路黑乎乎的，一点儿光亮也没有。渔夫倒不是很在意。这条路他走过上万遍，就算没有月光，他也一样可以稳稳当当地走到码头。这条路的任何起伏，哪怕一个拇指大小的坑洼，就像大海里的每一条鱼，渔夫都心中有数。

天落黑时，渔夫回到了码头。渔夫抬头仰望星空，没有看见月光，月亮连影子也没有。渔夫这才慌了。

渔夫惊慌失措地跑到了族长家，一路上连跌了好几跤，但渔夫完全顾不上疼痛。渔夫把族长的木门擂得像擂一面战鼓，族长极不情愿地开了门，嘟囔着把渔夫让进了屋里。族长有早睡的习惯。族长一旦睡下，就不喜欢他人打扰。但也有例外，比如月光不见了这般大事，族长也就不会去责怪渔夫。

族长让渔夫好好回忆一下，月光是何时不见的。渔夫挤破脑袋想了又想，实在想不出来。渔夫只是记得，他前天晚上回到码头时，他着实把月光牢牢地和小船缠在了一起。早上他到码头时，小船还在，绳索也还在，只是月光不见了。渔夫又补充说，应该是早上出门时，月光就不见了。

族长捋着山羊胡子思考了一会儿，说这样的事情也不是没有过，他就听他爷爷说过，在很久以前，月光也走丢过一次。但是月光是怎么找回来的，他爷爷并没有说。族长还说，有一种可能是月光烦腻了这种日子，自己躲了起来，还有一种可能是月亮被天狗吞掉了。如果是第一种可能，那倒不用着急，月光也就和大伙儿躲个猫猫，大伙儿也不用找它，等它自己觉得无趣了，自然就会出来。但是如果是第二种可能，那麻烦就大了。

听族长这一说，渔夫就更慌了。要是月亮真被天狗吞掉了，他还怎么出海捕鱼？捕不了鱼，他的妻子孩儿又该怎么办？渔夫央求族长想想办法，无论如何得把月光找回来。

族长打着长长的哈欠说，睡醒再说吧。

渔夫一整夜都没有合眼。一整夜，月光都明晃晃地挂在他脑海里。渔夫不断地祈求月光只不过是厌烦了这种日子，偷偷地躲起来几天，几天后就会回来。

一大早，族长就敲锣把大伙儿聚拢在晒谷场。族长神情凝重地告诉大伙儿月光不见了。族长说，也许是月光自己躲了起来，也许是被天狗吞掉了，不管是哪种情况，作为三窝村的一份子，任何人都有责任，都得尽力而为去把月光找回来。族长话音刚落，人群就慌乱起来。一些女人拉扯着男人的衣袖，不停地问，这可如何是好？这可如何是好……男人被问得一脸烦躁，没好气地噎了女人一句，如何是好，如何是好，你问俺的膝盖去。

最按耐不住的是渔夫的女人。渔夫从族长家出来，并没有回家，而是去了码头，在小船的船舷上坐了整整一夜。渔夫的女人早早睡了，她的丈夫回不回来，她倒不十分关心。她丈夫原先也有过乘着月光彻夜捕鱼的情况，因此她睡得十分香甜。但是，一听说月光不见了，她便慌了。没有了月光，她的丈夫就没法出海捕鱼，或者出海捕鱼就没法摸清回家的路，这才是要命的事情。

渔夫的女人悄悄地问渔夫，是不是他把月光给藏起来了？渔夫厌恶地瞥了女人一眼，他可没有什么心情和女人开玩笑。偷藏月光，那可是要砍头的。

族长毕竟是族长，他一点儿都不慌乱。族长把大伙儿分成两批人，一批人出去找月光，一批人去采集阳光。族长有族长的盘算，要是月光找不回来，他就用大伙儿采集的阳光重新打造一个新月亮。

寻找月光的那批人，他们从北山到南山、从南山到西山、从西山到东山都寻了个遍，连月光的影儿都找不着。他们垂头丧气地回到了三窝村，悲戚地告诉族长，或许月亮真被天狗吞掉了。族长捋着山羊胡子安抚他们，吞掉就吞掉了，天塌不下来。

采集阳光的那批人，包括渔夫和他的女人在内，马不停蹄地采集阳光。他们把阳光装在透明的玻璃瓶里，盖好盖子，细心的人还贴上封条，怕一不留神就让阳光给跑掉了。那批寻找月光未果的人们也都加入了采集阳光的队伍，他们三个一群，五个一伙，在屋顶，在沙滩，在山腰，甚至还有人爬到树上，在一切可能采集得到阳光的地方把阳光装进他们的玻璃瓶。

时光就这么过了一年又一年，在族长认为他们采集的阳光已经足够打造一个新月亮时，族长敲着锣把大伙儿再次聚拢在晒谷场。族长动情地肯定了大伙儿的功绩，豪情万丈地告诉大伙儿，他将按照他爷爷留下的配方，用大伙儿采集的阳光打造一个新月亮，届时大伙儿就可以恣情拥抱月光，而渔夫再也不用担心出不了海捕鱼或出海捕鱼摸不清回家的路的问题。

三窝村的人们面面相觑，互相小声地探问，月光是什么东西？可是没有人答得上来。而渔夫，趁着族长讲话的空隙，悄悄地溜到码头，爬上小船，在船舷上睡着了。

渔夫做了一个梦，他梦见自己提着一个玻璃瓶走在黑夜里，半路上遇着他的爷爷，他爷爷问他手里提的什么东西这般亮眼。渔夫告诉他爷爷说，是月光。

刘凤琼 毕业于北京师范大学文学创作研究生班，文学硕士，曾获豆瓣阅读第三届征文大赛非虚构组优秀奖，短篇小说见《小说月报》《山西文学》《当代小说》《滇池》等。

再见鹊桥

◎ 刘凤琼

七月初七是我的大日子，也是族里的大日子。

初六清晨，天还困得睁不开眼，母亲高举着蜡烛，将我的床推得地动山摇。我翻身腾起，差一点儿撞上烛火烧到梳理得油光水滑的羽毛。

"祖宗！"母亲咋咋呼呼地嚷着，熄灭蜡烛，在昏暗中手忙脚乱地检查我，"还好还好，阿弥陀佛！"

若在年祭仪式前烧坏羽毛，便不能参加七夕节。对我们喜鹊来说，参与搭建鹊桥是无上荣耀。在七月初七这天腾空飞起，连接天地，送可怜的牛郎去见他的漂亮仙女，就会获得天庭赏赐的食物，整整一年衣食无忧。更有幸运者，吸了织女的仙气，延年益寿，脱胎换骨，登入仙籍。不过我从未见族中何人吸了灵气，成为神鸟。

但这个美好的传说一直鼓励我们,就像鲤鱼跃门幻化成龙,多蹦跶几下说不定能美梦成真。

母亲推我出门,时不时啄一下我的羽毛,又唠叨起来:"我给你找了个好位置,咱们能更接近天庭,沾到仙气!"

其实成仙这件事,对我没有吸引力。织女贵为天帝的女儿,跟爱人见一面都这么难,成仙除了成为个老不死的,有何乐趣?我站在台下,四周挤满了族人。年长、年幼的围在四周,将年轻人圈在中间。台上,老族长字正腔圆念着搭桥规矩:不得东张西望、不得直视仙人、不得东倒西歪……

都是平日里背得滚瓜烂熟的东西。我们这族,从被选定搭桥伊始,除了日复一日练习飞行、背诵规矩、梳理羽毛,生命中再也没有别的大事。参加两届搭桥的老人退下,换上更年轻的,将规则一丝不苟传下来。多少年了,鹊桥稳如磐石,未有丝毫波澜。规矩从舌头里弹出来,我的舌头已经不再属于我,它属于族长,属于明日接天连地的鹊桥。我应和着,双眼微微张开,在对面的族人中漫无目的地游荡,过了好一会儿,才聚焦到阿夕身上。

按照族规,明日之后,阿夕将走进祠堂,由族长主持婚配。为保持鹊桥的质量,每对夫妇必须生育三个以上子女。

晨光涂满了阿夕的脸,她紧闭的眼睛,顷刻把我拉入了梦境。梦里有我,有她,有蹁跹的鸟群、望不到头的丛林。梦里的我很清醒,我得做点什么,让梦境变成现实。而现实里,族人已扇动翅膀,围着村落盘旋而上。黑色的、白色的,羽毛遮天蔽日,点点光亮从间隙里挤出来,怜悯地抚摸我。我的翅膀比我更熟悉召令,它俯冲而上，找到了族长为我排的位置。不知母亲使了什么计策，族长将我排在最前，跟阿夕并肩。我生来没有父亲，也无兄弟姐妹，母亲带着我，日子过得很艰难。我们分到的食物最少，住村里最高最破的房子。小时候常有练习飞行的伙伴，冲我大喊"野种、野种"，母亲捡起石头扔过去，带着我挨家挨户找他们的父母理论。她不依不饶，一定要得到道歉才肯善罢甘休。我时常觉得羞愧难当，偶尔也觉得解气。

大地山川成了模糊的轮廓，快要接近天庭，我和阿夕骄傲地拍打着翅膀。身后传来同伴的低语，让我们维持队形，原地不动。这是族长的命令，从地面一一传递而来。

阿夕扭头看我，轻轻动着嘴巴，用我能听懂的暗语传递信息。

"祠堂祭祖，你去吗？"

"你要被指给谁？"

"父母大人说全凭族长做主。"

此刻，我渴望继承母亲的勇敢，但我只能讲些乱七八糟的事情。

"听说别族不搭桥，爱住哪儿就住哪儿，爱生几个就生几个。去年路过的燕子告诉我，南边，有海，沙滩。你见过海吗？"

她别过头，不再看我。

一道银光刺破了云层，祥云徐徐散开，从银光里走出来一个女子。我用余光拼命探看。族里拜祭时有一段皮影戏，专门讲他们的故事。在这个故事里，织女漂亮、深情，牛郎勤奋、专一。天帝是不解人情的暴君，我们是富有同情心的神鸟。我们坚持搭桥，牛郎织女才得以年年相见。

桥的那一头,传来低沉的脚步声。牛郎来了。

织女站在我和阿夕的翅膀上,我感觉不到她的重量。轻轻地,空气里隐有叹息。整座桥安静得像一粒尘埃。族长说,织女会封闭我们的五感。可我分明听到了他们尴尬的寒暄及寒暄后的争辩。

织织,我什么时候能入籍?

修炼的秘诀都教给你了,你自己得努力。

我只会放牛!凭什么你生来就是仙胎,这不公平。

既如此,明天我们不要见了。

天帝会答应?天下的百姓会答应?你以为这戏演给谁看?你们既然给我每年一天的希望,为什么不安排圆满的结局?

怪我一时心软。

你什么意思?啊——

牛郎滚下去了。

失去织女的法力控制,我们无法承托凡人的重量,惊叫着,扑腾着,在夜风的携裹下砸向大地。地上的人一定看到了这异彩纷呈的画面:漫天喜鹊飞旋,如绽放的烟火,将夜空擦亮。

我和阿夕并肩飞行。我朝她大喊:

——转弯!

——你?

——我们去看海!

我飞在前面。阿夕扇动翅膀砸破气流。她追上来,一言不发,越过我,往南,再往南。

李 晓

2003年1月生，四川自贡人。著有作品集《蓝色蒲公英》。作品发表于《青年文摘》《小小说选刊》等，曾获第三届"丰湖杯"全国大学生小小说大赛一等奖、第四届"钓鱼城"大学生中文创意写作大赛优秀奖等。

粘住

◎李晓

我的头很沉，僵硬的颈椎稍微一动，就会发出生锈般轻微的咔咔声；我的肋骨由于持续被压迫着，感觉就像在被子里蒙了几个小时，呼吸困难；我的腿由于久站而麻木了，我很想坐下或者蹲下来休息，但是我做不到。

这太滑稽了。如果现在有人推门进来，就会看见我和我爸，我们两个人，站在客厅中央，一动不动地搂着对方，如同两尊姿态生硬且毫无设计感的蹩脚雕像。

看上去很滑稽，但事实就是这样。

——我和我爸粘住了。

小时候，我爸很喜欢跟我玩一个游戏。当我站在原地的时候，他会走过来，一下子使劲地抱住我，就那么死抱着不放，说："粘住啦！怎么办呀？"我什么也不说，只是咯咯直笑，直到他终于把我松开，弯腰在我脸上留下一个胡子拉碴的吻。后来随着我渐渐长大，他也不再开这种幼稚的玩笑了。再后来，我去了外地工作，回家的日子越来越少。就在今天下午，我趁着放假回家一趟，我爸一见我回来，就久违地给了我一个大大的拥抱，并说："粘住啦！"

——然后，就像现在这样，我们真的粘住了。

我们想尽了各种办法，使出浑身解数，也没法把我们俩分开。首先，我和我爸粘得像吸铁石一样紧，靠我们自己根本没法分开，家里又没有其他人能帮忙；其次，我们也不可能跟两只绑在一起的螃蟹似的横着挪到大街上去求助，何况我们连下个台阶都无比困难；最后，如果打给119，接警员势必会把我们当作整蛊电话挂掉，没有人会相信我们。

山穷水尽了。

"都快6点了，我早该开始给你卤鸡爪了。想到你爱吃，今天特地去买了新鲜的，可现在啥也吃不上……"爸爸在我耳朵边上絮絮叨叨着。由于他的两只手都牢牢粘在我背上，巧夫难为无手之炊，他是做不了他的招牌菜了，显得颇为沮丧。幸亏他来抱我的时候，我的手臂无动于衷地垂在两边，这才让我的手逃过一劫。

饭是做不了了，总得找东西填肚子吧。我灵机一动，拖着我爸挪到行李箱旁边，艰难地从里面翻出两盒方便卤肉米饭。这个五分钟就热好了，我说。看，里面还有卤鸡爪呢！

我爸眉头一皱。"你还在吃方便食品？我都说过多少次了，叫你不要吃这些垃圾食品，全是添加剂！不要老是图省事，吃好饭是身体的本钱，就算一个人吃也不能亏待了自己……"

"我吃得少啦，这只是路上备着防饿的！而且人家这个不是垃圾食品，喏，过了质检的……"

我连忙拆开包装，以转移我爸的注意力。热好之后，他坚持要我先吃，我只好自己飞快刨完之后，端着塑料盒用勺子一口一口地喂他吃饭，每喂一口都极度小心，以免酱汁滴到衣领上。我的手臂很快就开始发酸了，爸爸默默地吃着我喂的饭，我忽然想到二十多年前他也是像这样一口一口喂我长大的。

他唯一的评价是："哪有你爸做的好吃"。

保持这个姿势让我们两人都精疲力竭，所以我们七点过就决定去睡觉。天不知何时黑下来了，我们从沙发上艰难地起身，然后侧着身子一步一步挪到卧室，关上灯，嘭地一声在床上倒下了。衣服脱不下来，我费劲地给我们俩披好被子。

"上次我们一起睡觉还是在你小时候呢，囡囡。"

"是啊。"

"当年你还那么小，像小兔子一样小……转眼间就变成大姑娘了，长得比我还高了。"

我的视线逐渐适应了黑暗，感官变得灵敏起来。窗外有一点淡淡的月光，不知道是不是月光的缘故，爸爸的头发看起来忽然变白了很多。他身上有股中药味，那是因为背上长了疖子，又有痛风病，每晚要拿自己熬的中药汤搓澡，这样才能入睡。

"不要再吃方便米饭了，知道吗，囡囡？要学着做饭，什么都要自己学。你一个人在那么远的地方打拼，有很多不容易的事，我都知道。你一定要照顾好自己,有什么委屈,要打电话和爸爸说……

"我知道,我知道你已经是大人了,但对我们来说,你永远都是爸爸妈妈的女儿。你不需要挣那么多钱,对我们来说,只要你活得健健康康、开开心心的,就是我们最大的幸福了。

"所以你要明白,不论你在哪里,爸爸的心一直都在你身边。就像这个漫长的拥抱一样,即便我松开了你的手,它的记忆和温度也永远不会消逝。"

他很少一口气说这么多话。我想看看爸爸,但我的下巴粘在爸爸的肩膀上,所以我看不到他的脸。他的脸在我记忆中蓦然变得模糊了。我想说点什么,说一些表达爱和感谢的话,但话到嘴边却变成了:

"爸,你说,我们到底为什么会粘住呢?"

"不知道啊,还是早点休息吧。也许明早醒来,一切都会恢复正常的。"他哼起了摇篮曲。他的声音早已不如以前好听了,显得笨重而沙哑,"睡吧,睡吧,我亲爱的……"但是就在这粗犷和令人安心的声音中,我慢慢地睡着了。朦胧之中,我感到那双紧抱着我的双手松开了。

我从狭窄的单人床上醒来,身旁没有父亲的身影。晨光蒙蒙地透过窗帘,映着房间里飘浮的微尘,昨晚吃剩的方便卤肉米饭盒子还放在桌上。我突然哭了起来。

我想起父亲已经去世三年了。

周国华

浙江省作家协会会员，作品散见于《山东文学》《天津文学》《小说月刊》《当代小说》《光明日报》等，有作品被《小说选刊》《小小说选刊》《微型小说选刊》等转载，著有小说集《驻足回眸》。

张自在听戏

◎ 周国华

一大早，张自在哼着小曲，一路紧打铃赶回家，未等脚踏车停稳，便扯开嗓子嚷嚷："越剧，越剧……"

"哪来的越剧，你个十三点！"丁美丽白了他一眼。厨房里的红灯牌收音机里，传来沪剧的曲调。

张自在顿时没了精神，把买来的菜放到地上，带上一副大饼油条，骑车走了。

"你个猪头三，菜也不洗就走啦？"身后传来丁美丽糯声糯气的叱喝声。

"回来再洗——"

弄堂口的理发店前，张自在停下车，掰开大饼，把油条塞入大饼肚中，大口嚼了起来。理发店的王富贵点着煤炉，笑眯眯打招呼:"早啊,做啥呢?"

"等人。"张自在摇头晃脑说。

"等天上掉下个林妹妹吧?"王富贵说。

"嗯,不……"张自在听出了王富贵话里的"馅",急忙否认。

越剧名家徐玉兰高亢奔放的唱腔回荡在理发店里。张自在酷爱越剧,丁美丽喜欢沪剧,张自在家的收音机里,播得最多的当然是沪剧。这个嘛,城隍弄的街坊邻居都知道。

张自在年轻时在五金厂上班,人长得黝黑精瘦,倒是顶尖的八级钳工。丁美丽原先是上海知青,下放在云南,因为没有门路直接回沪,只好来这座毗邻上海的江南小城定居。当然了,要来这小城也不容易,得有个合理的理由吧。于是,张自在就成了这个"理由"。从媒人介绍丁美丽这朵"花儿"认识开始,张自在偷着乐了一辈子。

不过嘛,"花儿"可不好伺候。丁美丽对谁都不坏,可就爱欺负张自在。尤其是听戏,没啥商量余地。只要播沪剧,张自在就别想自在。丁美丽常说,当初图的就是他老实,没花花肠子。男人让女人,天经地义,张自在只能摇头叹气。

一朵花就够让张自在受得了,一点点长大的"小花"张爱丽更让他头疼。家里有了电视后,换频道权落入了女儿手里。丁美丽抢不到,只能占着收音机。张自在呢,啥也没轮到。大人让小孩,谁都没啥话说。于是,张自在只能到处"蹭"戏听。

爱丽读大学后,丁美丽把持了电视,张自在总算是有了收音机这块阵地,尽管不是太牢固,有时会被丁美丽抢占,但张自在还是挺满足的。夏夜里，张自在经常躺在院子里的竹榻上，摇着蒲扇，跟着名家的唱腔哼哼唧唧，直到睡着。

在越剧和沪剧交织的旋律中，日子缓缓前移。

爱丽在外地成了家，给家里买了个DVD和十张光盘，沪剧的，越剧的，各五张。沪剧的那五张都重复放了好几十回，而越剧的，还没轮上一遍。好在后来爱丽又网购了两台专门播放戏剧的收音机，张自在这才实现了听戏自由。

丁美丽不在家时，张自在就猫在房里不出来，字正腔圆地唱着不说，时不时还学着荧幕上的名家摆摆造型。丁美丽一进院门，张自在就会大老远作揖，唱起《十八相送》中的名段："恭喜娘子一路平安把家归……"

丁美丽却不领情，"呸"一声："你个十三点，巴不得我不回来吧？"

张自在也不生气，高声念白："啊，娘子，小生这厢有礼了——"

丁美丽"扑哧"笑骂："一听戏骨头就轻，不睬你。"

不知不觉中，张自在和丁美丽都退休了。

丁美丽喜欢热闹，每天都出去搓麻将，跳扇子舞。张自在不爱走动，丁美丽想拉也拉不动他。张自在说，要他去碰碰榔头凿子还行，别的，啥都不玩。末了，他还嬉皮笑脸地做个手势："啊，娘子，请——"

丁美丽嘴一嘟："出鬼了，平常比木头还木的人，为啥偏偏去学这娘娘腔。"说完，气咻咻走了。

张自在是患肝癌去世的。临终前，张自在那张黑脸上，一直挂着笑。病房里播放着越剧,那是丁美丽为他放的。

"天上掉下个林妹妹……"

张自在对满脸是泪的丁美丽说:"我张自在这辈子有福啊,娶了个天仙一样的丁妹妹。在那边,我先把越剧听个够,你来时,我还会让你听沪剧,我晓得你一个人在外乡,冷清啊……"

那以后,张自在家里整日回荡着越剧的唱腔和旋律。

"张自在,你个猪头三,快换沪……"丁美丽一觉醒来,尖声喊着。喊到一半,她又顿住了。

算了算了,木头人在那边也怪冷清的,不跟他抢了。看着墙上的张自在照片,丁美丽流下了两行清泪。

尹小华

中国作家协会会员、北京作家协会会员、北京评论家协会会员。在国内大型文学刊物发表小说、散文、评论若干，作品入选多种选本并被改编成电视连续剧本等。

长眼睛的手

◎ 尹小华

老愚是个理发匠，今年六十有五，他对理发有一种特殊的悟性，十二岁时，就掌握了推、剪、刮等技术。

老愚的理发摊设在铁路桥下，熙来攘往的人多认识老愚，每逢有人冲他打招呼，老愚都礼貌地回应人家，抬着头，很专注地看着对方，但手中的活儿不停，仿佛手上长着眼睛。

老愚的摊前竖有一块牌子："只理不洗，男女老幼，一律8元，刮光头15元。"牌子上方贴着二维码。

老愚总是用围裙抽打几下椅子，待顾客坐下后，将衣领往里卷卷，帮其戴上围裙，用一只书夹子固定住，开始从左至右、自下而上给顾客理发，他把推子、刀子、剪子摆弄得上下翻飞，理发工具在他身上，竟然就变成了一双神奇的手，伸缩自如，灵活乖巧，妙趣横生。

老愚的业余爱好是钓鱼，有时钓一夜，也不耽误白天理发。

我是老愚的老主顾，有一天傍晚，老愚碰到我说，跟我钓鱼去吧，体验一下生活。我本来对钓鱼没有任何兴趣，但还是跟他去了。老愚钓的是"黑坑"，根据放鱼多少，收取垂钓费用。

那天我带了酒和烧鸡，坐在老愚旁边，边跟他喝酒，边看他钓鱼。老愚钓了一会儿说，今天雾气大，"没口儿"。

我感叹，80块钱垂钓费，你可要理10个头啊。老愚淡淡一笑，不能那么算，常有"空军"时，要的是钓鱼的感觉。我想也是，有钱难买愿意。就换了话题。您的理发价位也该涨涨了，公园那边的散摊理一个头，最低的也是10元，理发店都是30元。老愚摇摇头，多几个回头客就有了。我觉得老愚说的有道理，便往杯里倒了些酒，跟他碰杯。他说，不喝了，怕明早查出酒驾。

凌晨两点，我有点困了。老愚说，你到车上眯瞪眯瞪。

清晨五点，车子一摇晃，我醒了，问他收获如何？老愚眯缝着眼说，钓了三条，都三斤往上。我立即精神起来：把本儿捞回来了。老愚再次说，不能那么算，要的是钓鱼的感觉。随即，又道，过两天来家吃鱼，老家表弟来京。

未等我表态，老愚说，我每次回老家，表弟从头陪到尾，顿顿好酒好菜。说着，他打了个哈欠。我忙递上一支烟，他吸了一口，烟从肚里转了个圈冒出来，再道，这个表弟爱借钱，借了钱还健忘。他又吸口烟说，健忘就健忘吧，不还也不要……

不知不觉进了城。老愚将车停在一家小笼包子铺门前，说这里有包子、小米粥和茶叶蛋，还有小咸菜和辣椒油，随便吃。

吃过早点，老愚说，回家洗把脸就出摊。我问，不困？他说，困不困全凭感觉。

辞别老愚，我觉得有些头晕脑胀，便在护城河边溜达，溜着溜着，就溜到了老愚的理发摊——老愚正在给一位顾客刮秃瓢儿，刀子所触发出"唰唰"的声音。

我招呼老愚，你还真不辞辛苦。他没有应声，只顾低头给顾客剃头。我走近他，又说，你精神头儿真大。他还是没应声，好像一搭腔就影响他干活儿似的。我只好上前拉拉他的衣服："你不会假装听不见吧？"这时，我发现他的眼睛是微闭的，呼吸均匀，面部完全放松，偶尔伴着轻微的鼾声……没错，他睡着了。但双手还默契地配合着，一手扶头，一手持刀剃头。

而老愚每次刮秃瓢儿都是三遍，这才刮了头一遍……

想到这里，我突然感觉老愚手里亮闪闪的刀，变成了我的心脏，慌乱地跳动着。我上前轻轻动动顾客，想提醒他，理发师傅睡着了，千万别乱动。可顾客一声不吭，我仔细一观察，原来顾客也睡着了。

顾客的头任由老愚摆来转去……终于，老愚道声"有口儿"，然后拍拍顾客肩膀，顾客清醒过来，意识到头刮完了，道声"谢谢"，起身掏出手机，瞄向二维码。

随着手机传出："15元"，老愚也醒了，他抬头看见我，说早饭吃得过饱，犯困。脸上显不出丝毫愧疚，因为没有造成任何不良后果，而且这一会儿的睡眠让他神清气爽，仿佛新一天的序幕刚刚拉开。

中国人的情人节

◎ 尹全生

尹全生

中国作家协会会员,中国微型小说学会会员,曾入选"中国当代小小说风云人物榜·小小说星座"、"新世纪小小说风云人物榜·金牌作家","中国民间文艺山花奖·民间文学奖"获得者。

会计阿芬断定廖明当天准会来电话——这天是农历七月初七啊!

丈夫得癌症走后阿芬没少谈对象,可阴差阳错地都黄了。今年初,她又认识了语文老师廖明。廖明也是三十多岁、中年丧偶。经几次交往,两人彼此都颇有好感,只差捅破传统婚姻中所说的那层"窗户纸"了。

然而一天过去了她期盼的电话也没来。下班到家做好晚饭,失魂落魄的阿芬没一点食欲,让一直跟着她过的老爸先吃。

就在这时,廖明的电话来了。他先是道歉,说自己一个学生上早学途中被车撞伤,这一天忙得连打电话的时间都没有,而后就约她一同到餐馆共进晚餐。

阿芬的心境顿时由阴转晴，忙不迭地答应了。可转念一想：若共进晚餐后就各回各家，这个七夕不还是荒废了？她知道廖明酷爱古诗词，就提议："餐后咱们一起看电视吧——《中国诗词大会》今晚播放七夕专场！"

"好啊！到谁家看？"

尽管他们居住的小区隔街道相望，可彼此还都没到对方家去过。

还没等阿芬开口，老爸先在餐桌上咳起来。他患有顽固性气管炎，说不准何时何地，一咳起来就咳得没完没了、鼻涕口水四溅。之前和阿芬谈对象的几个人，都是眼看就谈成了，可当对方知道她带有这么个"拖油瓶"就中断了往来。有了前车之鉴这次阿芬早想好了：不到生米做成熟饭绝不能让廖明见到老爸。

因此她就对廖明说："到你家看吧。"

廖明在电话那头支吾了半天才回话："共进晚餐时……再确定到谁家，好吧？"

阿芬嘴上答应了可心里还是忐忑：一旦他坚持要来我家咋办？挂了电话她便手忙脚乱地打扫房间，除了客厅，连卧室也整理得像新婚洞房一般。

赴约前她对老爸说："你每天晚饭后，不是都要到街边公园去喝茶吗？今晚你去了要多待些时间。"

老爸虽年近八十但智力不衰，早猜到了闺女的心思："我等你到公园接我，你不接我不回来。"

到约定餐馆落座后，他们的话题很快就扯到了当晚的"七夕专场",以及确定到谁家去看电视。阿芬已做了万全准备,没啥好担心的,便主动邀请廖明到自己家。

餐毕两人一起走进阿芬家,并肩坐进沙发,中间隔着约一个拳头的距离。

期待的电视节目已开始了,主持人正朗读宋词:"愿天上人间,占得欢娱,年年今夜……"

阿芬剥了个香蕉递过去,顺势向廖明身边挪了挪,靠近到两人肩膀似挨似不挨的距离。

廖明有些紧张,上身悄悄往相反方向倾。阿芬恨不得抓住他胳膊拧上一把,在心里嗔道:都是过来的人了,何必羞羞答答!你看眼时下的年轻人,认识还没三天就在众目睽睽之下做"人工呼吸"了!你以为你是《西游记》里的唐僧,我是死缠男人的蜘蛛精?

之前,她认为廖明的憨厚是美德,可眼下,她却认为那是愚是呆,是不开化的木头疙瘩……

电视里在播放秦观的《纤云弄巧》:"……柔情似水,佳期如梦,忍顾鹊桥归路!两情若是久长时,又岂在朝朝暮暮。"

阿芬说这首词最后一句不好:"应改成'应厮守朝朝暮暮'!"

廖明附和:"改成'必厮守朝朝暮暮'更好!"

"还是不够味,应改成'即厮守朝朝暮暮'!"说这话时,阿芬的心砰砰跳着,身子又向廖明那边挪,还假装不经意的样子,悄悄把手放到了他膝盖上。

廖明先是一怔,而后一把抓紧了阿芬的手。一股热流"嘶啦"一下就传遍了阿芬全身,虽是过来的人,但她产生这种幸福眩晕、产生"触电"感觉还是头一次。不过她的思维还没因"触电"而中断,意识到接下来就会发生什么,闭目等待那曾出现于梦中的"急风暴雨"。

然而,除了廖明受压抑的喘息声持续撞击她耳膜之外,什么也没有发生。

主持人正朗读范成大的《七夕》:"娟娟月姊满眉颦,更无奈、风姨吹雨……"

"呼!"两人一惊,都迅速缩回了不安分的手。

——室外,骤然而至的急风暴雨把半开的窗户关上了。

阿芬急了:老爸去公园没带伞哪!她边去关窗边说谎:"坏了,我办公室窗户没关!"

见下雨廖明也变得焦急不安,跟着阿芬说:"我也要到办公室关窗户!"

阿芬取一把红伞给他:"你先走吧,我这换了雨鞋就到单位去。"

廖明前脚出门,阿芬后脚就带伞直奔街边公园。

风斜雨急,公园里哪儿还有人?好在公园不大,她很快在一房檐下找到了老爸。和他一起躲雨的还有个七八岁的女孩。

老爸见到阿芬就说起了女孩:"这孩子说,她晚饭后在公园门口与同伴做游戏,见天下雨同伴们都往家跑,她一个人只能跑到这里来躲雨。"

阿芬问女孩:"你为啥没回家?"

女孩抹眼泪了:"我爸要我一直在公园门口玩,他不来接我就不能回家。"

阿芬先是一愣后是心里一热："走，阿姨送你回家。"

阿芬牵着女孩走向公园门口，远远见到有人在那里四处张望。看那人举着的红伞阿芬觉得眼熟，是廖明？

没错，那正是廖明。

女孩已挣脱了她的手奔过去："爸——"

廖明离开阿芬后直奔公园门口，见四周无人，以为孩子躲雨回家了，可到家后再次扑空，就又掉头找来……

廖明牵着女孩走过来，阿芬扶着老爸迎面走过去。

图书在版编目（CIP）数据

中国微型小说读库. 第3辑 / 中国微型小说学会编.
上海：上海文艺出版社，2025. —— ISBN 978-7-5321-9212-0

Ⅰ. I247.82
中国国家版本馆 CIP 数据核字第 2025K08L54 号

中国微型小说读库. 第3辑

著　　者：中国微型小说学会编
责任编辑：高　健
装帧设计：周　睿
图文制作：费红莲
责任督印：张　凯

出　　版：上海文艺出版社
出　　品：上海故事会文化传媒有限公司
　　　　　（201101　上海市闵行区号景路159弄A座3楼　www.storychina.cn）
发　　行：上海文艺出版社发行中心
　　　　　（上海市闵行区号景路159弄A座2楼206室）
印　　刷：上海四维数字图文有限公司
开　　本：889毫米×1194毫米　1/32　印张13.25
版　　次：2025年2月第1版　2025年2月第1次印刷
ISBN：978-7-5321-9212-0/I.7230
定　　价：68.00元

版权所有·不准翻印

上海故事会文化传媒有限公司 出品（01201）www.storychina.cn
想看更多精彩故事？
扫码下载故事会APP

上海故事会文化传媒有限公司所有图书可办理邮购，免收邮费（挂号除外）
汇款地址：上海市闵行区号景路159弄A座2楼206室（201101）　收款人：上海故事会文化传媒有限公司出版发行部
联系电话：021-53204159
如发现本书有质量问题，请与印刷厂质量科联系 T：021-37212897